Knaur

Über die Autorin:

Jeannie Brewer wurde in Chicago geboren, wo sie auch Medizin studierte. Sie ist Ärztin und neben ihrer schriftstellerischen Arbeit in der familienmedizinischen Beratung der Universität Los Angeles tätig. Sie lebt mit ihrem Ehemann und zwei Töchtern in Calabasas, Kalifornien.

Jeannie Brewer

Ein Riß im Himmel

Roman

Aus dem Amerikanischen
von Uta Rupprecht

Knaur

Die amerikanische Originalausgabe erschien 1996
unter dem Titel »A Crack in Forever«.

Besuchen Sie uns im Internet:
www.droemer-knaur.de

Vollständige Taschenbuchausgabe Februar 1999
Droemersche Verlagsanstalt Th. Knaur Nachf., München

Umschlaggestaltung: Agentur Zero, München
Satz: Ventura Publisher im Verlag
Druck und Bindung: Clausen & Bosse, Leck
Printed in Germany
ISBN 3-426-61084-1

8 10 9 7

In Erinnerung an

Eric H. Cohen, M. D. (1948–1995),
der Mitgefühl und Weisheit gab;
er schwang die Hoffnung wie ein Schwert.

Albert Kempton d'Ossche (1947–1990),
der Menschen zum Lachen brachte;
am Leuchten seines Herzens
wärmte ich meine Hände.

John Ware (1955–1994),
den freundlichen Künstler und Visionär;
er zeigte mir Tapferkeit und Schönheit.

Für Rocky, die Liebe meines Lebens

Gib denen, die Beistand brauchen, etwas von dir:
deine Zeit, dein Mitgefühl, deine Kraft.
Denn »Geben« ist das Zauberwort, welches die Menschheit
heilen kann und den Riß im Himmel schließt.

1

Ich fühle, daß meine Hände glitschig sind von Blut. Schweres, warmes Blut, wie scharlachrote Handschuhe, die mir bis zu den Ellbogen reichen. Ich schreie, doch kein Ton kommt aus meiner Kehle; sie ist vor Angst wie zugeschnürt. Dann kann ich sehen, daß an meinen Händen gar kein Blut ist, sondern Schweiß; mein eigener, klebriger Schweiß.

Es ist heiß. Herzförmige Bambusfächer bewegen die abgestandene, nach Holz riechende Luft in der Kirche und erzeugen eine leichte Brise.

Wir sind viele, aber es sieht gar nicht so aus.

Die hohe Decke der Kathedrale, das nüchterne, polierte Holz und die in allen Farben leuchtenden Glasfenster, die farbige Regenbogen über unsere atmenden Körper werfen, lassen uns winzig wirken. Klein und hilflos sind wir, vorwärtsgetrieben vom Zufall und vom schwankenden Willen, weiterzuleben trotz unbeschreiblicher Trauer, trotz der Verzweiflung, die das Leben bedeutet.

Plötzlich weiß ich, daß das, was meine Arme und Hände überzieht und mein Innerstes durchnäßt, kein Schweiß ist, sondern Tränen; mein ganzer Körper weint. Wie soll ich den Verlust eines siebenundzwanzigjährigen Mannes, der Liebe meines Lebens, ertragen?

Bei dieser Versammlung, dem Beerdigungsgottesdienst, werden Worte gesprochen, aber sie spenden keinen Trost und haben keine Bedeutung. Warum sollte ich mich den anderen Trauergästen anschließen? Nur damit sie wissen, daß ich mich nicht schäme, daß ich ihn wirklich geliebt habe? Ich spüre kein Bedürf-

nis, das hier zu zeigen. Meine Gefühle sind in mir, sie existieren wie ein unerbittlicher Dorn, der quer durch meine Seele getrieben wurde. Worte werden sie nicht verändern.
Endlich ist es vorbei. Ich umklammere krampfhaft ein Bündel feuchter Papiertaschentücher und setze, während fremde Menschen an mir vorbeiziehen, eine dunkle Brille auf meine Nase, vor meine verquollenen Augen, um meine Trauer zu verbergen. Flüsternd sprechen sie über den Gottesdienst, wie schön er war, wie tröstlich; darüber, daß Eric, ein noch so junger Mann, jetzt in Gottes Hand ist. Nur mit Mühe kann ich die Wut in meinem Inneren zurückhalten, eine sich ausdehnende Blase hoch oben in meiner Brust. Sie kommt mir so groß vor, als würde, wenn sie platzt, das ganze Kirchengebäude schwanken, einstürzen und uns alle erschlagen.
Als ich schließlich fähig bin, die Kirche zu verlassen, haben sich Gruppen von Leuten über die Wiese verteilt, die plaudern, sich umarmen und sogar lachen. Durch den Gottesdienst geläutert, begeben sie sich zurück in ihr Alltagsleben, und ich frage mich: Was ist ein Leben? Ist es bloß Wasser, das uns durch die Finger rinnt und das wir weder fassen noch festhalten können? Hinterläßt es eine Spur, wie Salz von verdunstetem Meerwasser? Oder verschwindet es einfach, wird unsichtbar, verdampft, ohne daß wir es bemerken?
Ich wische mir den Schweiß von der Stirn. Es ist schwül, Mitte Juli, und es herrscht die drückende, nasse Hitze, die von den Städten im Mittelwesten der USA ausgebrütet wird. Einst fanden Eric und ich diese feuchte Schwüle sexuell anregend; jetzt macht sie mich nur müde.
Eric schwitzt nicht mehr. Bald wird er so ausgetrocknet sein, daß er in eine Urne paßt.
Seine Eltern sehen mich, als ich zögernd auf der Treppe stehenbleibe, und sie wenden sich eilig ab, steigen in ein glänzendes

schwarzes Auto und verschwinden in schneller Fahrt aus meinem Leben. Mitten im Sonnenschein stehe ich auf der Betontreppe, wie erschlagen von der Trauer. Auf einmal ist mir, als habe mir jemand eine große Keule über den Kopf gezogen. Der Schlag taucht alles um mich in wäßriges Grau.

2

Als ich Eric kennenlernte, verdiente ich meinen Lebensunterhalt mit Zeichnen. Der Verdienst war nicht großartig, aber die Arbeit gefiel mir. Und ich war gut darin. Es gelang mir, Körper auf dem Papier so aussehen zu lassen wie im wirklichen Leben, und dieses Talent war gefragt. Meistens erstellte ich im Auftrag von Werbeagenturen Modeillustrationen, aber gelegentlich riefen irgendwelche Mediziner oder Professoren bei mir an, weil sie realistische Darstellungen für Lehrbücher brauchten.

Das war der Grund, weshalb Eric vor sechs Jahren in Philadelphia auf meiner Schwelle stand, ein Medizinstudent, der als Modell arbeitete: nett, frech und gefährlich.

Ich öffnete die Tür. »Mr. Moro?« fragte ich.

»Stimmt. Aber ich heiße Eric.«

»Aha. Ich bin Miss Dublin. Kommen Sie doch herein.«

Ich betrachtete ihn, als er, mit geschmeidigen Bewegungen auf den Absätzen seiner abgeschabten Cowboystiefel, meine Wohnung betrat. Um den Knöchel des einen Stiefels war ein rotes Halstuch gebunden.

»Ich dachte, Sie seien Medizinstudent«, sagte ich. Angesichts seiner langen tiefschwarzen Haare und der drei zarten Silberringe, mit denen sein linkes Ohrläppchen durchstochen war, konnte ich meine Skepsis nicht verbergen.

»Bin ich auch«, gab er zurück, und sein vertrauliches Lächeln traf mich völlig überraschend. Ich schloß die Tür und ging davon; heiß konnte ich seinen Blick auf meinem Rücken fühlen. Er blieb stehen, wo er war, und fuhr fort: »Kolpinski, der Kunstge-

schichtsprofessor, hat Modelle gesucht. Ich wurde ausgewählt.«
Ich drehte mich um und sah ihn an; er zuckte die Achseln.
»Wir werden hier arbeiten«, sagte ich aus meiner Zeichenecke. Dort herrschten nicht Düsternis und Staub, wie im Rest des Einzimmer-Apartments; es war der einzige hell erleuchtete Platz. Diesen Arbeitsbereich vollgestopft zu nennen wäre eine Untertreibung gewesen, aber ich brauchte nicht viel Raum; Eric Moro war, für meine Zwecke, ein Stilleben.
Er trat neben mich. »Soll ich mich jetzt ausziehen?« fragte er.
Ich sah ihm in die Augen. Sie wirkten völlig schwarz, ohne eine Spur von Braun. Man konnte die Pupille nicht von der Iris unterscheiden. Seit vier Jahren, seit ich zwanzig war, zeichnete ich nackte Menschen; Eric war das erste Modell, das mich nervös machte. Zudem arbeitete ich gewöhnlich nicht in meiner Wohnung, aber für dieses Projekt mit Kolpinski hatte ich eine Ausnahme gemacht. Er stellte ausschließlich Medizinstudenten als Modelle an, schickte sie zu mir, und ich zeichnete verschiedene Teilansichten ihrer Körper.
»Haben Sie so etwas noch nie gemacht?« fragte ich.
»Was, mich für eine schöne Frau ausgezogen?« Er sandte mir ein verstohlenes Lächeln, eines von vielen, die ich noch sehen sollte. Nur die zarte Haut um seine Lippen verzog sich, was nichts und alles bedeuten konnte.
»Die interessantere Frage wäre eigentlich«, sagte ich, »ob Sie sich schon einmal für eine Frau ausgezogen haben, die Sie nicht schön finden.«
Sein halbes Lächeln wurde zu einem breiten Grinsen. »Das kann ich nicht behaupten«, gab er zu. Aber noch ehe ich etwas bemerken konnte, fügte er hinzu: »Alle Frauen sind schön.«
Obwohl ich mich bemühte, es zu unterdrücken, mußte ich lächeln. »Na ja, Mr. Moro, eigentlich wollte ich fragen, ob Sie schon einmal für eine Zeichnung Modell gestanden haben.«

»Ich habe Ihnen gesagt, daß ich Eric heiße ...«
»Ich weiß.«
»Wie heißen Sie?«
»Noch immer Miss Dublin.«
»Ich weiß, aber wie lautet Ihr Name?«
»Das habe ich schon gesagt, Miss Dublin. Warum setzen Sie sich nicht?«
»Nennt Ihr Freund Sie auch so?«
»Das geht Sie nichts –« Das verstohlene Lächeln, spöttisch, aber freundlich, ließ mich innehalten. Es brachte meine Gedanken zum Stolpern. »Ziehen Sie sich aus«, sagte ich, »damit wir anfangen können.«
»In Ordnung.«
»Da drüben ist ein Wandschirm.« Ich deutete darauf. »Dahinter können Sie Ihre Kleider ausziehen.«
»Warum? Sie sehen mich doch ohnehin nackt, oder?«
»Na ja ... natürlich. Tun Sie, was Sie wollen; ich möchte nur, daß Sie sich wohl fühlen.«
»Oh, ich fühle mich wohl«, erklärte er, hockte sich auf eine Stuhlkante und zog sich die Stiefel von den Füßen. Mir fiel auf, daß er keine Socken trug.
Ich ging auf die Küche zu. »Tee?« rief ich.
»Nein, danke.«
»Bier?«
»Nein, danke.«
»Sonst etwas?«
»Danke, nein. Ich bin bereit, wenn Sie bereit sind.«
Ich nickte, während ich den Wasserkessel an der Küchenspüle füllte, ihn auf einen verkrusteten Gasbrenner stellte und die Flamme darunter anzündete. Ich starrte in die blaue Hitze. Dann änderte ich meine Absicht, schaltete den Herd ab und ging zurück zu der hell erleuchteten Zimmerecke. Er war nicht da. Von den

Lampen etwas geblendet, sah ich mich um. Dann entdeckte ich ihn. Er war nackt, spazierte durch das Apartment und betrachtete meine Besitztümer.
»Wer sind die da?« fragte er und deutete auf ein Foto, das ich an die Wand neben dem Badezimmer geklebt hatte.
Ich ging zu ihm hinüber. »Meine Kinder.«
»Kinder?«
»Das ist die Gruppe, mit der ich in diesem Sommer gearbeitet habe. Im Rahmen eines Anti-Graffiti-Programms, mit dem ich vor einigen Jahren begonnen habe.« Auf dem Bild waren zehn Jugendliche zu sehen, mit denen ich »Outdoor-Kunst« gemacht hatte.
»Was ist das für ein Programm?«
»Sie malen Bilder in der ganzen Stadt, auf Stützmauern, Gebäudeseiten und so.«
»Sie geben ihnen Unterricht?«
Ich lachte. »Es ist eher so, daß sie mir etwas beibringen. In dieser Stadt gibt es ein paar tolle junge Künstler. Es gibt nur nicht so viele Leute, die ihnen das sagen.«
»Aber Sie sagen es ihnen.«
»Das ist nicht nötig. Man kann es sehen.«
»Die Kinder haben Sie bemalt?«
Er betrachtete ein anderes Foto. Ich lächelte. »Das war unsere Sitzung über ›lebende Kunstwerke‹. Es war ihre eigene Idee.« Ich hatte einen Bikini getragen, und sie hatten mich mit den verschiedensten Farben bemalt. Meine Haare waren eine Woche lang grün gewesen.
Dieses Bild schien Eric besonders zu faszinieren; er berührte es mit einem Finger, der lang und überraschend grazil war. »Wie hat sich das angefühlt?« wollte er wissen.
»Es war ein bißchen kalt, aber vor allem kitzelte und juckte es. Sie fanden das ganz toll.«

»Werden Sie mich bemalen?«
Er sah mich an, flehentlich, wie ein kleiner Junge. Mir stockte einen Moment lang der Atem, und diese Reaktion verblüffte mich. »Nun … meine Aufgabe ist es, Sie zu zeichnen«, sagte ich. »Vielleicht nächstes Mal?«
»Setzen Sie sich doch schon einmal auf den Stuhl neben den Scheinwerfern«, sagte ich. »Ich bin gleich wieder da.« Ich drehte mich zum Badezimmer um, ging hinein und schloß die Tür. Mein Herz schlug schnell, und im Spiegel sah ich, daß mein Dekolleté rot angelaufen war. Ich drehte das Wasser auf und wusch mir die Hände.
Als ich herauskam, saß er auf dem Stuhl und drehte sich im Kreis, unbekümmert und amüsiert.
»Hallo«, sagte er und ließ einen nackten Fuß über den Boden gleiten, um die Drehbewegung zu stoppen. Mit dem Gesicht zu mir hielt er an. »Gehören die Ihnen oder Ihrem Freund?« Er deutete nach oben, wo mehrere Flugzeugmodelle von der Decke hingen.
»Mir«, sagte ich. »Aber da Sie nicht stundenweise bezahlt werden, könnten wir eigentlich …«
»Was halten Sie davon, mich im Flugzeug mitzunehmen?«
Ich hatte nie fliegen gelernt, aber seine Bitte weckte in mir wieder die Sehnsucht, die ich seit meiner Kindheit hegte. »Nichts«, sagte ich und schüttelte den Kopf. »Also, für die Zeichnungen werden wir uns auf Ihren Rumpf, den Rücken und die Hüftgegend konzentrieren. Wir fangen mit der linken Seite an.«
»In Ordnung.«
»Es geht vor allem um Ihre Muskeln«, sagte ich und sah seinen Körper an. Ich konnte sehen, warum man ihn ausgesucht hatte; er war leicht zu zeichnen. Selbst in entspanntem Zustand waren seine Muskeln deutlich zu erkennen; sie waren weich modelliert, dynamisch und so geformt, wie es in den Lehrbüchern stand.

»Um Ihre Frage zu beantworten, nein«, sagte Eric.
»Wie bitte?«
»Ich habe noch nie zuvor Modell gestanden. Ich habe gerade erst mit dem Medizinstudium angefangen …«
»Und Sie sind pleite.«
»Na ja …« Er zuckte die Achseln, und ich betrachtete seine Brustmuskeln.
»Also dann«, sagte ich, »hören Sie nur zu, reden Sie nicht. Bewegen Sie sich nur, wenn ich es Ihnen sage.« Er nickte. »Ich muß Ihre linke Seite sehen«, fügte ich hinzu, während ich aufstand, »so.« Ich drehte den Stuhl. »Legen Sie die linke Hand auf das linke Knie. Was ist denn das?« Ich trat einen Schritt zurück.
»Ist das ein Problem?«
»Eine Tätowierung?«
Er blickte nach unten, um sie zu betrachten, und sah dann stolz lächelnd zu mir auf. »Ein lebendes Kunstwerk«, sagte er.
»Stimmt.« Ich lachte.
Eine angespannte Stille trat ein, während ich die Tätowierung interessiert betrachtete. »Das ist kein Problem«, sagte ich, »aber was soll das sein? Ein Magier?«
»Ein Hexenmeister.«
Wir starrten beide darauf. Ich hatte seinen linken Arm am Ellbogen gefaßt und nach oben gedreht, um die Darstellung besser sehen zu können. Sie befand sich auf seinem Deltamuskel: ein Mann mit runzeligem Gesicht und einem langen gelben Bart, einem hohen, spitzen Hut und einem fließenden purpurroten Mantel, der mit Sternen und Halbmonden geschmückt war. Der rechte Arm des Hexenmeisters war gehoben, und seine Finger, deren Nägel winzige, scharfe Messerklingen waren, umfaßten eine Kristallkugel. Mit dem Daumen rieb ich über das Bild in seiner Haut; es fühlte sich fest und glatt an.
Als ich aufsah, blickte ich in Erics Augen, die mich beobachteten,

und unsere Gesichter waren einander nahe; ich konnte seinen warmen Atem spüren. Ich trat einen Schritt zurück.
»Die Tätowierung ist hervorragend«, sagte ich. »Welcher Künstler hat das gemacht?«
»Eine Blondine in New Orleans«, antwortete er und sah den Hexenmeister ein wenig melancholisch an. »Sie war eine großartige Künstlerin.«
»War?« wollte ich fragen, aber statt dessen sagte ich: »Legen Sie Ihre Hand hierhin und beugen Sie das Bein, indem Sie den Fuß auf die Sprosse des Stuhls stellen. Gut. Genau so.« Ich ging zu meinem Stuhl und der Staffelei, blieb aber stehen und sah ihn prüfend an. »Ich muß mehr vom Rücken sehen. Drehen Sie sich ein bißchen nach rechts. Ganz genau! Ausgezeichnet.«
Ich mußte eine Serie von Zeichnungen des männlichen Rumpfes anfertigen, aber beginnen wollte ich mit seinem linken Arm, dem oberen Rücken und der linken Brust, alles im Profil. Ich machte mich daran, seinen Körper mit sämtlichen Beugungen, Kurven und Höhlungen mit dem Kohlestift zu skizzieren. Schweigend schattierte, betonte, konturierte und formte ich.
Es kann sein, daß dem Aktzeichnen, mit seiner Konzentration auf den nackten Körper und dessen intime Details, etwas Erotisches innewohnt. Aber für mich hatte das Zeichnen bisher nie den Charakter von sexuell geprägtem Abtasten gehabt. An diesem Abend war es allerdings anders; es kam mir vor, als streiche mein Stift über Erics Körper und nicht über das Papier. Ich konnte seine Wärme spüren, seine Haut riechen, ihn erbeben fühlen, wenn ich ihn zart berührte. Vielleicht war das, was ich spürte, auch mein eigener Körper, der auf Erics rücksichtslose Sinnlichkeit mit plötzlicher Lebendigkeit reagierte.
Nachdem ich zweieinhalb Stunden ohne Pause gezeichnet und Eric sich kaum gerührt hatte, fiel die Wohnungstür ins Schloß.
»Peter, hallo«, murmelte ich und sah auf.

»Entschuldige«, sagte Peter. »Ich dachte, du wärst schon fertig.«
Ich blickte zu Eric. Bei der Unterbrechung hatte er seinen Körper nicht bewegt, sondern nur sein Gesicht, und es schien ihm zu gefallen, unter diesen Umständen nackt zu sein.
»Äh … stimmt«, sagte ich. Grundlos beschämt stand ich auf. »Eric … Mr. Moro … Sie können sich anziehen.«
Eric rührte sich nicht. »Sind Sie sicher, daß Sie fertig sind?« fragte er. »Ich kann noch bleiben, wenn Sie mich brauchen.« Ohne jede Verlegenheit sah er mir ins Gesicht.
»Danke«, sagte ich. »Nein, das genügt. Ich bin fertig.«
»Ich kann gehen …«, bot Peter an.
»Nein«, sagte ich.
»Darf ich Ihre Skizzen sehen?« erkundigte sich Eric und streckte ungeachtet seiner Nacktheit genüßlich seinen Körper, ehe er auf mich zuging. Peter blieb auf der Schwelle stehen, ohne die Tür zu schließen.
»Nein!« sagte ich und zog den Block hastig von der Staffelei. »Ich meine, ich möchte es lieber nicht.« Zwischen den beiden Männern kam ich mir angesichts ihrer stummen, abwartenden Blicke wie in einer Falle vor.
»Bitte ziehen Sie sich an«, sagte ich zu Eric und entspannte mich etwas, als er die Achseln zuckte und nach seinen Jeans griff. Er war offenbar sehr arm: keine Socken und auch keine Unterwäsche.
Peter und ich warteten, während Eric sich anzog. Er ging nicht hinter den Wandschirm, und ich wußte nicht genau, wo ich hinsehen sollte, daher schaltete ich die Scheinwerfer aus. Der Augenblick war lang, sehr lang.
»Danke, Miss Dublin«, sagte Eric, als ich ihn zur Tür brachte.
»Ich danke Ihnen, Mr. Moro«, sagte ich. »Sie waren großartig.«
Er grinste und zwinkerte. »Wir sehen uns noch.«
Ich schloß die Tür und blieb stehen, ohne den Blick zu wenden.

»Miss Dublin?« fragte Peter.
»Ein Name für die Arbeit«, gab ich zurück. Ich drehte mich nicht um; meine Hand lag noch auf der Türklinke. In mir war das unpassende Bedürfnis, Eric zu folgen, mit ihm dorthin zu gehen, wo immer Medizinstudenten in Cowboystiefeln und ohne Socken nach Einbruch der Dunkelheit hingehen.
»Scheint ein netter Kerl zu sein«, sagte Peter.
Eingehend betrachtete ich die billige braune Kunstholzbeschichtung der Tür. »Er ist nur ein Aktmodell«, sagte ich.
»Tut mir leid, daß ich euch unterbrochen habe. Ich dachte ...«
Ich drehte mich um. Peter stand neben dem roten Klappsofa, das ausgebleicht und abgewetzt war. Er sah irgendwie klein aus, geschrumpft und verletzlich. Ich spürte einen Stich in meiner Brust. Ich ging zu ihm und umarmte ihn. »Wie kannst du nur denken, du hättest uns unterbrochen?« fragte ich. »Du wohnst doch hier.« Ich küßte ihn.
Er lächelte. »Ich liebe dich«, sagte er.
»Ich liebe dich auch.«
Er hielt mich einen Moment lang fest, und dann sah ich ihm nach, während er ins Badezimmer ging und die Tür hinter sich schloß. Ich setzte mich auf die Armlehne des Sofas, wartete auf ihn und dachte nach. Peter und ich lebten seit zwei Jahren zusammen, zwei solide, ruhige Jahre. Er war treu und zuverlässig, ein guter Kamerad. Ich betrachtete ihn als meinen Anker, der mich im Gleichgewicht hielt. Dennoch spürte ich oft, wie sich die Ankerkette spannte, wie der Anker auszubrechen drohte, um mich davontreiben zu lassen. Selbst bezüglich unserer Arbeit herrschte eine gewisse Distanz zwischen uns. Peter studierte Architektur und verbrachte seine Tage damit, unbelebte Objekte zu zeichnen, Decken und Wände zu gestalten und feste Strukturen zu errichten. Ich hingegen war mit allem möglichen beschäftigt: Kerle wie Eric zu skizzieren, Espresso mit sehr viel Süßstoff zu trinken und

mit fremden Menschen an Bushaltestellen zu lachen. Meine Objekte bewegten sich und atmeten. Disziplin, Kontrolle und Organisation waren Peters starke Seiten; meine Interessen hingegen waren von kurzlebiger Natur. Ich brauchte ihn.
Als Peter aus dem Badezimmer kam, ging ich zu ihm, umarmte ihn und sagte: »Komm, wir schlafen miteinander.«
»Ich habe Hunger.«
»Dann machen wir eben oralen Sex.« Ich lachte, und er stimmte ein.
Sein Gesicht war dunkel, mager und attraktiv, genau wie sein Körper. Vor dem Badezimmer war es düster, aber seine scharfen Zähne glänzten in dem Licht, das von der Küche her auf uns fiel; sein Mund war warm. Ich küßte ihn, und wir schliefen miteinander, gegen den rauhen, scheuernden Teppichboden gepreßt, mit weichen, flachen, eingespielten Bewegungen.
Als ich kam, umklammerte ich seinen Rücken. Meine Finger faßten nach zwei knochigen Schulterblättern, und vor meinem inneren Auge zwinkerte mir ein gelber und purpurroter Hexenmeister zu.

3

Hallo?« sagte ich und kämpfte mit dem Telefon, das, wie mir schien, schon seit Stunden in meine Träume hineinläutete.
»Miss Dublin?« fragte ein Mann.
»Wie spät ist es?« Ich blinzelte in die Sonnenstrahlen, die hell ins Zimmer fielen, am unteren Rand der Jalousie vor dem einzigen Fenster des Apartments.
»Moment, warten Sie«, sagte er. »Tut mir leid, ich habe keine Uhr.«
Ich warf einen Blick auf meinen Wecker: halb zehn.
»Miss Dublin?« fragte er nochmals.
»Was verkaufen Sie?« fragte ich.
Ich hörte den Mann lachen, einladend, sinnlich. Schon wollte ich auflegen, als mir einfiel, daß Miss Dublin mein Arbeitsname vom Vortag gewesen war. War es das Aktmodell? Ich setzte mich im Bett auf. »Ist dort Mr. Moro?« fragte ich.
»Bitte sagen Sie Eric zu mir.«
»Haben Sie etwas vergessen?«
»Nichts, was ich nicht ohnehin noch nicht gewußt hätte. Wie etwa Ihren richtigen Namen.« Ich zögerte, und er fuhr fort: »Oder soll ich Sie weiterhin Miss Dublin nennen?« Ich schwieg, und er wiederholte: »Miss Dublin?«
»Hören Sie«, sagte ich, »ich habe noch nicht einmal Kaffee getrunken –«
»Ich lade Sie ein. Treffen wir uns?«
Ich seufzte und überlegte. Zu sehr interessiert, schlechtes Zeichen. Medizinstudent mit Tätowierung, fragwürdiges Zeichen. Hat Interesse an meiner Arbeit gezeigt, gutes Zei-

chen. Außerordentlich sexy – gutes, schlechtes und fragwürdiges Zeichen.
»Miss Dublin?« sagte er noch einmal. »Sagen Sie mir, wann und wo wir uns treffen können.«
»Alex. Mein Name ist Alex.«
»In Ordnung, Alex.«

Es dauerte drei Minuten, bis ich fertig war. Ich hatte ihm gesagt, er solle mich im Buchladen-Café treffen, auf meiner Seite der Stadt; er hatte nichts gegen diesen Ort einzuwenden. Er war vor mir da und sah in Jeans und einem weißen T-Shirt ein wenig zerknittert aus. Der Mantel des Hexenmeisters lugte hervor unter dem kurzen Ärmel, der seine linke Schulter bedeckte.
Ich blieb an der Tür des Cafés stehen und betrachtete ihn eingehend, ehe er mich sah. Er saß an einem zerkratzten Holztisch am Fenster, trank schlückchenweise aus einer weißen Tasse und las die Morgenzeitung. Die Herbstsonne bestrahlte seine rechte Körperhälfte und tauchte ihn in milchweißes Licht. Ihm gegenüber befanden sich ein leerer Stuhl und eine Tasse Espresso, die zum Warmhalten mit einer Untertasse bedeckt war.
Beim Lesen hatte er eine Intensität an sich, eine Entschiedenheit, die echte Intelligenz verriet. Plötzlich lächelte er, und alles wurde anders, denn das Lächeln ließ ihn unschuldig, jung und erschreckend hübsch aussehen. Nur mit Mühe konnte ich aufhören, ihn zu betrachten, aber er hatte mich schon bemerkt. Offenbar war ich der Anlaß für sein Lächeln.
»Tut mir leid, wenn ich zu spät komme«, sagte ich, während ich mich auf den Stuhl ihm gegenüber gleiten ließ.
»Sie sind nicht zu spät«, sagte er. »Ich bin hier, um mich mit Ihnen zu treffen, und hier sind Sie.«
»Ist der für mich?« fragte ich und deutete auf die Tasse, die vor mir stand.

»Ich habe ihn für Sie bestellt. Aber wenn Sie möchten –«

»Espresso ist genau das, was ich brauche.« Ich deckte die Tasse auf und griff nach dem Süßstoff. »Danke. Woher wußten Sie das?« Zum ersten Mal, seit ich eingetreten war, blickte ich ihm ins Gesicht; trotz des Sonnenlichts, das auf sie fiel, waren seine Augen noch immer tiefschwarz. Ich wandte den Blick ab, riß das vierte Päckchen Süßstoff auf und leerte es in meinen Kaffee.

»Das war geraten«, sagte er. »Espresso paßt zu Ihnen. Auf die Menge Süßstoff wäre ich allerdings nie gekommen.«

»Ich muß mir eine Menge blödes Gerede deswegen anhören, aber ich mag ihn so.«

»Das nächste Mal weiß ich Bescheid.«

Ich lächelte, während ich einen Schluck nahm. Etwas verursachte mir Herzklopfen, aber ich wußte nicht, ob es seine Anwesenheit oder das Koffein war.

Wir sahen einander an, ich hinter meiner Tasse hervor, er freimütig im hellen Sonnenlicht, ehe er fragte: »Was machen Sie heute?«

»Ich trinke mit Ihnen Kaffee.«

»Und später?«

Ich zuckte die Achseln. »Was später ist, werden wir sehen.«

»Ich wünschte, ich hätte soviel Freizeit«, sagte er.

»Freizeit ist nur ein nettes Wort für Arbeitslosigkeit.«

Wir lachten. Eine kurze Stille folgte. Dann sagte er: »Ich mag Ihr Lachen.«

»Ich … na ja …«, stammelte ich.

»Ich wollte Sie nicht in Verlegenheit bringen.«

»Überhaupt nicht … ich … nur … sollten Sie nicht in der Uni sein?«

»Ich wollte mit Ihnen Kaffee trinken.«

»Und *Ihre* Freizeit ausnutzen?«

»Ein nettes Wort für Kurse schwänzen.«
Wir lachten wieder.
»Weshalb wollen Sie Arzt werden?« fragte ich.
»Wollen Sie die Antwort aus dem Aufnahmegespräch für das Medizinstudium oder die wahre Antwort?«
»Wie Sie wollen.«
»Na gut. Blut und Innereien.«
Ich lachte. »Sehr hübsch. Das muß die Antwort aus dem Aufnahmegespräch sein.«
»Dann wäre die andere Antwort: ›Ich will Menschen helfen.‹«
»Wollen Sie das?«
Er hielt inne und sah mich an, und ich fragte mich, ob es wahr sein konnte, daß er so war, wie ich es erhoffte.
»Das können Sie selbst herausfinden«, sagte er.
»Oder Sie sagen es mir.«
»Aber es macht mehr Spaß, wenn ich es Sie herausfinden lasse.«
Ich hatte meinen Espresso ausgetrunken und überlegte, ob ich noch einen trinken sollte. »Das braucht mehr Zeit.«
Er zog die Augenbrauen hoch; sie waren dunkel und beweglich.
»Einen Augenblick«, sagte er, stand auf und ging zur Theke. Er kam mit einem weiteren Espresso für mich zurück.
»Danke.«
»Gern geschehen.«
»Ist sie echt?«
»Was?«
»Die Tätowierung. Der Hexenmeister. Oder muß ich das auch selbst herausfinden?«
»Hier«, sagte er und rutschte mit seinem Stuhl über den rissigen Holzboden an meine Seite des Tisches. »Fühlen Sie.« Er zog seinen T-Shirt-Ärmel hoch und schob ihn auf der Schulter zusammen. Die Farben der Tätowierung leuchteten und strahlten

im Licht, die Einzelheiten waren hervorragend gestaltet; sie war ganz bestimmt echt. Diesmal berührte ich sie nicht.

»Welche Bedeutung hat sie?« fragte ich.

»Bedeutung? Das ist Kunst.«

Ich wurde rot und verfluchte mich selbst dafür. Das Licht am Fenster war hell, und er war mir so nah. Irgendwie fühlte ich mich, als sei er in mich eingedrungen. »Na ja«, sagte ich, »dauerhafte Kunst, wissen Sie, ich dachte –«

»Dauerhaft!« Er lachte. »So dauerhaft wie ich, mehr nicht.«

Unsere Blicke trafen sich, viel zu lang, wie mir schien.

»Ihre Augen sind golden«, sagte er schließlich. »Ihr Haar paßt dazu.« Er streckte die Hand aus, ergriff vorsichtig eine Handvoll von meinen Haaren und fuhr mit den Fingern daran entlang. Sie waren lang, seidig und glatt und reichten mir bis zur Mitte des Rückens. Seine Berührung verursachte einen kurzen, qualvollen Schauder von meiner Kopfhaut über den Nacken bis in die Wirbelsäule.

»Ich sollte jetzt gehen«, sagte ich.

»Dieses Programm mit den Kindern, wie haben Sie das angefangen?« fragte er.

»Die Anti-Graffiti-Kunst? Wollen Sie das wirklich wissen? Oder fragen Sie das nur, damit ich noch bleibe?«

Er lächelte; es hatte funktioniert.

»Nun«, begann ich, »am Anfang bin ich herumgelaufen und habe die Jugendlichen, die ich beim Besprühen öffentlichen Eigentums sah, gefragt, ob sie Interesse hätten, Wandgemälde zu machen.«

»Fremde?«

»Vermutlich könnte man sie so bezeichnen.«

»Ganz schön mutig, Alex.«

»Nicht mal halb soviel Mut, wie Sie als Arzt brauchen.«

Er lachte. »Und dann?«

»Ein paar von ihnen hatten Lust, und so machte ich der Stadt den Vorschlag. Ich erklärte den Leuten dort, wie gut so etwas aussehen würde, als Fassadenschmuck und auch politisch, und sie bissen an.«

»Warum machen Sie das?«

»Warum? Weil ich Menschen helfen will.« Zu spät merkte ich, daß dies eine Wiederholung seiner Worte war.

»Und haben Sie das? Ihnen geholfen, meine ich.«

»Ich weiß nicht.«

Er trank seinen Kaffee und sah mich prüfend an. Ich blickte beiseite. »Zeichnen Sie heute?« fragte er.

Ich drehte mich wieder zu ihm um. »Warum fragen Sie? Es ist kein bloßes Vergnügen«, sagte ich und lächelte beim Gedanken an den gestrigen Abend. »Ich arbeite.«

»Ich weiß. Ich will nicht so tun, als wüßte ich, was Ihnen Vergnügen macht.«

»Oh ... nun sollte ich aber gehen ...« Ich stand auf.

»Bitte nicht. Ich erzähle Ihnen auch von dem Hexenmeister.«

Ich wollte mich gerade an seinem Stuhl vorbeiquetschen und gehen. »Was denn?« fragte ich.

»Was er bedeutet. Über das Mädchen in New Orleans.«

»Ein Mädchen?«

»Sie war noch ganz jung.«

»Danke für den Kaffee, aber ich muß weg.«

»Hier in diesem Land ist nicht immer alles so toll, wie es scheint. Es gibt Orte, an denen nicht nur Vergnügen, Spaß und Glück herrschen.«

»Was?«

»Es gab einmal Menschen, die taten ihren Kindern Dinge an, die man nicht mehr ungeschehen machen konnte. Damit wurden die Kinder anders, als sie von Natur aus eigentlich sein sollten. Der Hexenmeister wurde geschaffen, um –«

»Ach, das meinen Sie!«
Er nickte, und ich setzte mich. Jetzt starrte er aus dem Fenster, seine Augen blickten in die Ferne. »Die Aufgabe des Hexenmeisters ist es, diesen Schaden zu lindern, die Kinder aus diesem Land hinwegzutragen an einen Ort, wo Glück und Wahrheit erlaubt – nein, *geschätzt* – werden.« Er hielt inne und sah mich an. Da war sie wieder, ungeschützt und offen, seine Intensität, die mir aufgefallen war, als ich das Café betrat.
»Der Hexenmeister ist also eine Art gute Fee?« fragte ich.
Er schüttelte den Kopf. »Der Hexenmeister sorgt dafür, daß geschieht, was geschehen sollte. Er kümmert sich um das Leben.«
»Er ist ein Schutzengel?«
»Er ist einfach. Er ist, was er ist.«
»Er ist, was er ist?«
»Er ist die Hoffnung, Alex. Dort, wo sie gebraucht wird.«
»Und was für eine Hoffnung hegen Sie?«
»Eine auf uns beide.«
Mein Gesicht wurde plötzlich heiß, und ich stand auf. Er hielt mich nicht auf. »Ich muß gehen«, sagte ich.
»Ihr Weggang hindert mich nicht daran zu hoffen.«
»Hoffnung kann keinen Schaden anrichten.«
»Das hoffe ich.« Er lächelte.
»Auf Wiedersehen.«
»Das hoffe ich auch.«
Ich marschierte die Straße hinunter in irgendeine Richtung, nur *weg*. Ich sah mich nicht um, aber ich war mir sicher, daß er mir folgte, mit seinem Charme, seiner Intelligenz, seiner Schönheit. Ich mußte nachdenken. Ich verspürte den Wunsch, ihn zu küssen. Ich mußte laufen, sogar rennen. Ich verspürte den Wunsch, mich an einem warmen Ort eng an ihn zu kuscheln. Ich mußte mich von ihm befreien. Ich verspürte den Wunsch, zu ihm zu gehören.

Ich blieb stehen und drehte mich um. Er war nicht zu sehen, und ich stieß einen leisen Ton aus, fast ein Wimmern.
Ich machte mich auf den Heimweg.

An diesem Nachmittag probierte ich es mit Zeichnen, mit Lesen und mit Yoga. Ich konnte mich nicht konzentrieren, daher verließ ich das Haus. Im Buchladen-Café durchsuchte ich die Bücherregale und fuhr mit dem Finger über die Rücken gebrauchter Bücher, von denen ich mir nicht vorstellen konnte, daß sie überhaupt schon einmal jemand gelesen hatte: *1000 Tricks für Papageienfreunde*, *Blumenstecken für Anfänger*, *Die Gestaltung besserer Arbeitsplätze für Angestellte*, *Himmelsschreiben*. Ich zog das letztgenannte aus dem Regal und blätterte durch die ausgebleichten Seiten, aus denen mir ein muffiger, kreidiger Geruch in die Nase stieg und deren dünne Ränder sich wellten. Das Buch war älter als ich, aber es kostete nur einen Dollar fünfzig; daher kaufte ich es; es lenkte mich ein wenig ab.
Ich setzte mich auf eine Parkbank am Rand einer vielbefahrenen Straße, wo die Busse dunkle Abgaswolken in meine Richtung schickten. Ein Strahl der tiefstehenden Nachmittagssonne fiel, während ich las, über mein Gesicht und auf die aufgeschlagenen Seiten meines Buches.
Offenbar hatten sich meine Augen der Dämmerung angepaßt, denn als ich das Taschenbuch ausgelesen hatte, war es Abend. Ich hatte mich in einer unbequemen Sitzstellung verrenkt, um das Licht der Straßenlaterne am besten zu nutzen. Und nun wußte ich, was ich tun würde: Ich würde Flugstunden nehmen, um Himmelsschreiberin zu werden. Ich wollte Himmelskunst machen.
»Eine *was*?« fragte Peter, als ich nach Hause kam und ihm von meinen Plänen erzählte. »Ich dachte, du wolltest Rechtsanwältin werden.«

Ich putzte mir die Nase; auf der Bank hatte ich mich verkühlt.
»Ich weiß, aber das ist spannender«, sagte ich.
»Spannung ist doch nicht wichtig.«
»Was denn sonst?«
»Langfristige Stabilität, eine solide Zukunft.«
Ich putzte mir erneut die Nase.
Er trat näher und sah mich an. »Was ist los?« fragte er. »Weinst du?«
»Nein. Ich habe im Freien gelesen.«
»Es ist schon nach acht. Kochst du heute?« fragte Peter.
»Mehr hast du zum Himmelsschreiben nicht zu sagen?«
»Es wäre ein nettes Hobby. Teuer, aber mal was anderes.«
Ich warf das Buch aufs Bett, das seit heute morgen nicht gemacht worden war. Ich brauche kein Hobby, dachte ich, während ich mich umsah, aber ich muß anfangen, mein Leben zu leben.
»Was möchtest du zum Abendessen?« fragte er.
»Ich kümmere mich schon darum.«
Er kam zu mir, berührte mein Kinn und blickte mir in die Augen. »Ich liebe dich, Alex«, sagte er. »Ich will nur das Beste für dich.«
Beinahe hätte ich gelacht; beinahe hätte ich geweint.

Ich bereitete das Abendessen auf meine übliche Art zu: Ich griff zum Telefon und bestellte etwas Chinesisches, wobei ich noch immer an Eric dachte und mir vorstellte, wie er wohl in seiner Wohnung im Osten der Stadt lebte, wo es keine Probleme mit fehlenden Socken und schmutziger Unterwäsche gab.
Peter und ich aßen auf dem Ausziehsofa und sahen uns dabei in seinem kleinen Schwarzweißfernseher eine Dokumentation auf dem Kulturkanal an. Das Privatfernsehen mit seiner vergiftenden Werbung konnte er nicht leiden, daher schaltete ich es heimlich tagsüber ein und schaute Talk-Shows oder Seifenopern. Am Abend fügte ich mich dann und sah, was er wollte.

Wir hatten noch die scharfen Gewürze auf der Zunge, als wir anfingen, uns zu küssen. Das blaue Licht des Fernsehers, die romantische Beleuchtung unserer Generation, flackerte an der Zimmerdecke. Ich betrachtete es, während es sich rhythmisch mit uns bewegte, und stellte fest, daß unsere Verbindung zu einer Beziehung geworden war, in der Ordnung, Disziplin und Vernunft kurze sexuelle Episoden umrahmten.
Peter schlief, während ich in der Dunkelheit Himmelsschreiben übte. In einem nur für mich sichtbaren Flugzeug zog ich Kreise und flog auf und ab.
Nach dieser Nacht konnte ich mein Himmelskunst-Buch nicht mehr finden. Offenbar war es unter meine solide, stabile Zukunft gefallen.

4

Eine Weile lang versuchte ich, Eric aus meinen Gedanken zu verdrängen und mich auf das Leben mit Peter zu konzentrieren. Wir waren zusammengezogen, als ich gerade mit dem College fertig und er von einem vierjährigen Aufenthalt in Europa heimgekehrt war. Wir interessierten uns beide für Kunst und hatten uns in einem Seminar kennengelernt, das von einem Maler veranstaltet wurde.

Wenn man uns so sah, waren wir völlig gegensätzlich – er dunkel und groß, ich klein und hellhäutig –, aber unser Zusammensein funktionierte. Er war erwachsen, freundlich und klug; ich war unberechenbar. Seine bemerkenswerte Ausgeglichenheit und seine Treue zogen mich an, das Versprechen auf Sicherheit wirkte verlockend, und es schmeichelte mir, daß er nur mich zu begehren schien. Nachdem wir ein Jahr, eine Zeitspanne, die Peter für schicklich hielt, zusammengewesen waren, gründeten wir einen gemeinsamen Hausstand und begannen mit den Vorbereitungen für unsere »Zukunft«.

Trotz meiner Versuche, Eric zu vergessen, mußte ich in den Wochen nach unserem Kennenlernen oft an ihn denken. Er war zu einem besitzergreifenden Phantasiebild geworden, das jedesmal, wenn das Telefon klingelte, wenn ich mit dem Kohlestift einen Umriß zeichnete oder Süßstoff in einen Espresso schüttete, eine pulsierende Sehnsucht in meiner Brust wachrief. Aber ich versuchte nicht, mit ihm Kontakt aufzunehmen, und er rief nicht an.

Als ich ihn das nächste Mal sah, saß ich in einem Bus. Es war um die Mittagszeit, und da war er plötzlich, stand vor einem kleinen

Café wie eine Erscheinung. Ein Fuß im Stiefel befand sich auf der Sitzfläche eines schmiedeeisernen weißen Stuhls, und sein langes, glattes schwarzes Haar hing über das Gesicht einer Schönheit mit olivfarbener Haut, die ihn von unten her anlächelte. Ich blickte weg.

Eines Abends, einige Tage später, saß ich in unserer Wohnung an dem runden Klapptisch und wartete auf Peter. Meine Ellbogen waren auf das weiße Laken gestützt, das als Tischtuch diente, und ich blickte wie hypnotisiert in das Licht von zwei dünnen roten Wachskerzen. Die erste Hälfte des Nachmittags hatte ich damit verbracht, Delikatessen einzukaufen, und die zweite, sie anzurichten; ich hatte sogar Wein besorgt.

Peter kam um sieben Uhr nach Hause, wie immer, wenn er den Tag über an der Universität und am frühen Abend in der Bibliothek und im Sportclub gewesen war.

»Hallo«, sagte er. »He, was ist denn hier los?«

Durch mein Haar, das mir verführerisch lang über die Wimpern hing, spähte ich zu ihm auf. Ich sah, wie er die schwungvolle Nackenlinie meines Lycra-Minikleids und meine Schuhe mit den spitzen Absätzen bemerkte. »Hallo, Liebling«, schnurrte ich.

Er beugte sich vor und küßte mich. »Du siehst toll aus, was gibt es denn für einen Anlaß?«

»Ich wollte dich überraschen. Ich habe uns ein Abendessen gemacht.«

»Du bist unglaublich.«

»Setz dich doch, dann serviere ich es«, sagte ich und schwankte beim Aufstehen auf meinen hohen Schuhen. Er grinste, stellte seine Sporttasche ab und umfaßte meine Taille mit dem Arm. Wir küßten uns; er schmeckte hungrig.

»Ich bin ausgehungert«, sagte er. »Wie wär's mit oralem Sex?«

Ich lächelte und umarmte ihn. »Ja, aber erst essen wir. Ich habe ein besonderes Essen für dich vorbereitet.«

»Was immer dich glücklich macht«, sagte er, zog sein Jackett aus, legte es auf die Couch und kam zurück, um sich an den Tisch zu setzen.
Geschäftig hantierte ich in der Küche und kam mit dem ersten Gang zurück: einer kalten Tomaten-Gurken-Suppe.
»Ta-ta-ta-ta!« sagte ich.
»O Mann. Meine Lieblingssuppe.«
»Ich weiß.«
Er begann zu essen, während ich in die Küche zurückging, um den Wein zu holen.
»Es schmeckt gut«, sagte er.
Ich kam zurück, goß den Wein in zwei Saftgläser und hob meines hoch, um ihm zuzuprosten. »Auf unsere Zukunft als Architekt und Rechtsanwältin!« erklärte ich.
Er lächelte und sagte: »Kein Himmelsschreiben?«
»Kein Himmelsschreiben.«
Wir stießen auf unsere Zukunft an, einen Plan, den ich nicht vollkommen verstand. Dieses ferne Leben lag für mich wie im Nebel; es entglitt mir, ich konnte es nicht wirklich fassen. Ich verließ mich darauf, daß Peter Bescheid wußte.
Wir aßen den Hauptgang und den Nachtisch. Peter war zufrieden und satt und ich voller Hoffnung, daß etwas von seinem Glück und seiner Zuversicht auf mich abfärben würde.
»Ich liebe dich«, sagte er, stand auf und beugte sich vor, um mich zu küssen. »Danke für das Abendessen.«
Ich stand auf und umarmte ihn; wir gingen zur Couch. Peter war ein sanfter und zärtlicher Liebhaber.
Um ein Uhr nachts saß ich im Bett und stopfte Nußkuchen in mich hinein, während Peter neben mir schlief. Unsere Verständigung war gut – das war immer so gewesen –, und er war ein guter Mann. Aber war »gut« der Gipfel, das Ende? Wann würde die Zukunft kommen, und warum galoppierte ein anderer, dun-

kelhaariger Mann mit glänzenden schwarzen Augen, der nackt war unter seinen Jeans, in intimen Augenblicken mit Peter durch meine Gedanken?

Warum dachte ich so oft an den Hexenmeister, der mir manchmal wirklicher erschien als das, was eigentlich Wirklichkeit sein sollte?

Als ich den Kuchen aufgegessen hatte, fegte ich die Krümel aus dem Bett, legte mich auf den Fußboden und machte so viele Liegestütze, wie ich konnte. Ich beschloß, mit einem Trainingsprogramm zu beginnen.

5

Ein weiterer Monat verging, und ich war in großartiger Form. Ich lief jetzt täglich fünf Meilen und traf mich praktisch jeden Abend mit Peter im Sportclub, wo ich Gewichte hob, mit dem computergesteuerten Treppensteiggerät und den Rudermaschinen kämpfte und in einem hautengen, glänzenden schwarzen Trainingsanzug mit anderen Frauen beim Aerobic herumhüpfte. Ich fühlte mich besser, ich sah besser aus. Aber es ging mir nicht besser.

Peter und ich blieben, wie wir waren, und obwohl ich mein Leben angenehm fand, konnte ich nicht behaupten, daß ich glücklich war. Aber je eifriger ich mich beschäftigte, desto leichter war es, meine Zweifel zu vergessen. Tagsüber besuchte ich einige politikwissenschaftliche Kurse an einem städtischen College, und am Abend gab ich Zeichenunterricht und erledigte außerdem weiterhin meine freien Aufträge. Es war gut, etwas zu tun zu haben; Espresso trank ich überhaupt nicht mehr.

»Ich verschwinde jetzt zu meinem Zeichenkurs«, sagte ich eines Abends zu Peter und beugte mich über ihn, um ihm einen Abschiedskuß zu geben. Er saß an seinem Zeichentisch und war in ein Projekt vertieft, das er am nächsten Tag abgeben mußte.

»In Ordnung. Tschüs, Liebling«, antwortete er, blickte auf und küßte mich. Sein Mund war trocken.

»Um halb zehn bin ich wieder zu Hause«, sagte ich von der Tür aus.

»Paß auf dich auf.«

Ich schloß die Tür hinter mir und machte mich auf den Weg zur Bushaltestelle. Ich hatte gerade erst angefangen, Zeichenunterricht zu geben, und war erstaunt, wie gut es mir gefiel, all diese aufmerksamen Menschen zu beobachten, wie sie den Stift aufs Papier setzten und von mir als Expertin Anweisungen erwarteten.

»Hallo, Jackie«, sagte ich, als ich den Zeichensaal betrat. Sie war eine meiner Schülerinnen und kam stets als erste.

»Hi, Alex«, antwortete sie. »Was ist heute an der Reihe?«

Ich zuckte die Achseln und gab zurück: »Ich schau gleich mal nach.« Dann zog ich den Schal und die Jacke aus und ging in den Bereich im hinteren Teil des Saals, der den Lehrern vorbehalten war. Dort an der Pinnwand hing die Liste mit unseren Aufgaben; ich hatte mein eigenes Exemplar bereits nach wenigen Tagen verloren. Mit dem Finger fuhr ich über die Daten: Dienstag, 5. Oktober – »Menschliche Gestalt, lebender Akt«.

Ich saß in meinem Kämmerchen und erhitzte Teewasser im elektrischen Wasserkessel, während ich darauf wartete, daß meine Schüler eintrafen. Ich konnte hören, wie sie hereinkamen und sich unterhielten. Plötzlich hörte ich über den Lärm hinweg: »Alex Taylor?«

»Ja?« Ich blickte auf, und mein Herz machte einen Satz.

»Oh, hallo, Alex. Alex Taylor.« Er streckte die Hand aus; es war Eric.

Verblüfft stand ich auf und nahm roboterhaft seine Hand. Es sollte nur ein Händeschütteln sein, war aber so erregend, als zuckten zwischen uns kleine elektrische Impulse. Ich betete nur, daß er nicht merkte, wie nervös er mich machte.

»Ich bin Ihr Modell«, sagte er, als ich meine Hand aus der seinen zog.

»Modell?«

»Für den Kurs heute abend.«

»Oh, stimmt. Natürlich.« In meinem Innern stritten sich Kampf- und Fluchtgedanken.

»Sie sehen gut aus«, sagte er.

»Sie auch«, murmelte ich. »Was haben Sie ... wie sind Sie ... ich meine, warum sind Sie mein Modell?« fragte ich.

»Dachten Sie, ich arbeite exklusiv für Kolpinski?«

»Na ja ... ich ...«

»Ich habe auf eine Anzeige geantwortet, und hier bin ich.« Er zuckte die Achseln. »He, vielleicht hat der Hexenmeister –«

»Der Hexenmeister ...«

»Soll ich mich hier oder da draußen ausziehen?« fragte er und warf mir das verstohlene Lächeln zu, das ich so verzweifelt zu vergessen versucht hatte. Bei seinem Anblick überfluteten mich alle Bilder, die ich mir in der Wirklichkeit und in meinen Träumen von ihm gemacht hatte. »Ich weiß nicht, was vor so vielen Leuten üblich ist«, fügte er hinzu.

»Gut. Nun ...«

Er packte meine Hand. »Ich habe dich vermißt«, flüsterte er.

»Jetzt nicht, Eric«, sagte ich und wand meine Hand aus seinem Griff. Ich war verwirrt, durcheinander. Sechs Wochen lang hatte er nur in meiner Vorstellung existiert; jetzt stand er plötzlich vor mir.

»Und später?« fragte er. Als ich nicht antwortete, sagte er: »Alex, ich will dich wiedersehen.«

Ich blickte ihn an, und sein flehentlicher Gesichtsausdruck entlockte mir ein Lächeln. Das half. Ich sagte: »Ich muß unterrichten.«

»Ich bleibe nach dem Kurs noch da und –«

»Ziehen Sie sich hier drin aus«, sagte ich, deutete auf die Kammer und ging.

Seltsam wäre keine genaue Antwort auf die Frage, wie es sich anfühlte, Eric an diesem Abend als Modell zu haben. Ich hatte ihn keineswegs vergessen, aber er gehörte nicht zu meinem Leben. Ich hatte unser kurzes Zusammentreffen und meine verrückte Sehnsucht nach ihm an einem privaten Ort versteckt, hübsch eingewickelt, es war etwas, das mir ganz allein gehörte. Jetzt war er, das Objekt meiner geheimsten Phantasien, plötzlich bei mir, für künstlerische Zwecke und als Anschauungsobjekt offengelegt und prüfend betrachtet.

Nach zwei unendlichen Stunden waren wir schließlich fertig, und als die Studenten gegangen waren, blieben Eric und ich allein zurück. Ich verschwand in meinem Kämmerchen.

»Ich habe ihn für dich abgeschaltet«, sagte Eric, der mir gefolgt war.

»Ihn abgeschaltet?«

»Den elektrischen Wasserkessel. Er hätte Feuer fangen können.«

»Oh, der. Danke. Ich vergesse –«

»Soll ich mich anziehen?« fragte er.

Meine Augen versenkten sich in seine; ich war mir seiner Nacktheit schmerzlich bewußt. »Ich glaube, das wäre angebracht«, sagte ich.

»Wie du willst.« Er zog schwarze Jeans über seine glatten, muskulösen Beine. Die Jeans hatten ein Loch am rechten Knie; sein Fuß verfing sich darin, was ihn herumhüpfen ließ.

»Möchtest du dich nicht setzen?« fragte ich lachend.

»Nein, danke. Das ist meine Art von Training.« Er hüpfte weiter herum.

»Ich muß jetzt gehen«, sagte ich, griff schnell nach meiner Jacke und sammelte meine Habseligkeiten ein.

Im nächsten Augenblick hatte er die Jeans angezogen und schloß sorgfältig den Reißverschluß. »Nicht schon wieder«, sagte er und kam auf mich zu.

»Was willst du, Eric?« fragte ich.

»Eine Stunde. Gib mir eine Stunde, mehr will ich nicht.«

»Eine Stunde?«

»Um mit dir zusammenzusein.«

»Ich habe einen Freund. Ich lebe mit ihm zusammen und –«

»Ich weiß, aber heißt das, daß wir nicht einmal etwas trinken gehen können?«
Ich zögerte einen Augenblick. Vielleicht hätte es das bedeuten sollen, aber so war es nicht. Wir gingen in eine Kneipe in der Nähe, eines dieser Lokale, die oft von Studenten besucht werden: düster und mit durchweichtem Teppichboden, der nach fauligem Bier riecht. Ich bestellte an der Bar ein Samuel Adams.
»Ein gutes Bier«, bemerkte Eric und bestellte ebenfalls eines. Er bestand darauf, zu bezahlen, griff nach unseren Flaschen und strebte auf einen Tisch zu. Wir setzten uns einander gegenüber.
»Du bist ein ausgezeichnetes Modell«, sagte ich.
»Danke.«
»Wird dir dabei nicht langweilig?«
»Ich habe ja meine Gedanken, um mich zu unterhalten.«
»Worüber denkst du nach?«
Er machte eine Pause, lachte dann und warf den Kopf zurück, um das Haar aus seinen Augen zu entfernen. »Na ja«, meinte er, »auf dem Stuhl in deiner Wohnung war ich damit beschäftigt, keinen Steifen zu bekommen.«
»Du machst Witze!«
»Ist es mir gelungen?«
»Um diesen Bereich ging es nicht«, sagte ich.
»Du meinst, manchmal geht es darum?«
»Wir sollten das Thema wechseln.« Ich nippte an meinem Bier. Im letzten Monat hatte ich nichts getrunken, und der Alkohol begann zu wirken, mich innerlich zu lösen; ich kämpfte dagegen an.
»Mein Gerede ist dir unangenehm«, sagte er. »Tut mir leid.«
»Unangenehm?« Ich schüttelte den Kopf. »Der menschliche Körper ist kein Problem für mich.« Das war nicht gelogen; ich konnte mit dem menschlichen Körper gut umgehen. Erics Körper war allerdings eine andere Sache.

»Unsere Arbeit ist ähnlich«, bemerkte er und trank einen Schluck Bier. »Wir betrachten beide Körper.«
Ich lachte. »Aber ich mache mir dabei nicht die Hände schmutzig. Ich arbeite nur mit den Augen und dem Zeichenstift.«
Sein Gesichtsausdruck zeigte dieses unberechenbare, spöttische Lächeln. Es ließ mich eine Sekunde lang die Haltung verlieren.
»Ich ... ich habe mich gefragt ...«, sagte ich und klopfte mit dem dunklen Rand der Flasche leicht gegen meine Vorderzähne.
»Ja?« Er zog die Augenbrauen hoch.
»Na ja ... deine Geschichte über den Hexenmeister ...«
»Ja?«
»Hast du sie dir nur für mich ausgedacht?«
»Alle meine Hexenmeister-Geschichten sind nur für dich.«
Ich trank mein Bier aus, während ich nach einer passenden Antwort suchte. »Warum sagst du das?« brachte ich schließlich heraus.
»Weil du nach seiner Bedeutung gefragt hast.«
»Ich denke, das war eine dumme Frage.«
»Nicht dumm, erfrischend«, sagte er. Ich betrachtete ihn, während er sprach, sah seine weiche Zunge und bemerkte, daß wir uns beide über den Tisch zueinander gebeugt hatten. Etwas schien an mir zu zerren, und mein Atem ging flach und schnell. Ich konnte mich nicht dagegen wehren, jede Einzelheit seiner Lippen wahrzunehmen, wie sie sich öffneten und schlossen, wie ihre rosafarbenen Ränder in helle Haut übergingen.
»Ich hole uns noch ein Bier«, sagte er. Schon war er aufgestanden und an die Bar gegangen, und ein Stich durchfuhr mich, ein Vakuum, das seine plötzliche Abwesenheit hinterließ.
»Hier«, sagte er, als er zurückkehrte. Er stellte eine weitere Flasche vor mich hin, ehe er sich setzte. »Du wolltest doch noch eins, oder?«
»Ja, danke.«

»Du faszinierst mich, Alex.«
»Ich glaube nicht, daß du genug über mich weißt, um fasziniert zu sein.«
Er beugte sich über den Tisch zu mir. Ich konzentrierte mich auf seine Augen, weil ich Angst hatte vor seinem Mund. »Ich möchte dich auf die Probe stellen«, sagte er. »Bist du bereit?«
»Klar.«
»Ich wette, ich weiß mehr über dich als du über mich.«
»Das ist unfair«, sagte ich.
»Dann übernimmst du diese Seite, und ich wette, ich weiß weniger über dich.«
»Aber dann verlierst du. Du warst in meiner Wohnung und hast meine Bilder gesehen ...«
»Ist das eine Wette?« fragte Eric.
»Nein, aber wir sollten gleiche Bedingungen schaffen«, sagte ich. »Ich wette, du weißt nicht doppelt soviel über mich wie ich über dich.«
»Gut. Wenn du gewinnst, weil du mindestens halb soviel über mich weißt wie ich über dich, dann darfst du mir zehn beliebige Fragen stellen, und ich verspreche, sie ehrlich zu beantworten. Und umgekehrt, wenn ich gewinne.«
»Ich bin dabei«, sagte ich.
»Für unrichtige Informationen gibt es Abzüge, damit nicht nur wild geraten wird.«
»In Ordnung.«
»Du fängst an, schöne Alex.«
»Lenk mich nicht ab«, sagte ich und begann. »Du heißt Eric Moro, du bist Medizinstudent im ersten Jahr. Zählst du mit?«
»Ja.«
»Schreib es auf.«
»Ich kann es im Kopf behalten. Oder traust du mir nicht?«
»Ich vertraue dir. Wie viele Punkte habe ich schon?«

»Zwei.«
»Du bist vertrauenswürdig. Du hast ein gutes Gedächtnis.«
»Vier.«
»Du bist Italiener.«
»Das war geraten.«
»Aber es zählt.«
»Fünf.«
»Du hast eine Tätowierung, die du in New Orleans von einer Blondine hast machen lassen. Du bist Exhibitionist.«
»Acht.«
»Mmmh, warte mal, du bist klug.«
»Das ist kein Wissen, sondern Schmeichelei, meine Liebe.«
»Es ist wahr.«
»Danke. Neun.« Er lächelte und seufzte. »Willst du mich weiterhin in Verlegenheit bringen, oder bist du fertig?«
»Da ist noch eins. Du wirst nie verlegen.«
»Jetzt irrst du dich.«
»Nein, das stimmt.«
»Kein Streit. Der Zuhörende hat das letzte Wort.«
»Ist neun ein gutes Ergebnis?«
»Das hängt davon ab, was ich habe. Bist du fertig?«
»Ich glaube schon.«
»Dann fange ich jetzt an. Du heißt Alex Taylor, aber dein voller Name ist Alexandra Taylor.«
»Das war geraten.«
»Du verwendest falsche Namen, weil du Abstand zu Fremden halten möchtest, besonders, wenn es um berufliche Angelegenheiten geht.«
»Du rätst noch immer.«
»Du lebst mit einem Mann zusammen, aber du bist dir nicht sicher, ob du mit ihm zusammenbleiben willst.«
»Das ist zu persönlich!« Meine Ohren wurden heiß.

»Und er heißt Peter.«
»Aber –«
»Wir können aufhören, wenn du willst.«
»Nein, ich kann es schon aushalten. Mach weiter.«
»Das soll ein Spiel sein, Alex. Wenn du dich ärgerst, dann lassen wir es.«
»Nein, du hast recht. Du hattest bisher mit allem recht.«
»Ich glaube, wir sollten das beenden.«
»Ich glaube, wir sollten weitermachen.«
»Bist du sicher?«
»Ich bin sicher.«
»Gut, ich habe sieben Punkte. Ich brauche mehr als achtzehn, um zu gewinnen. Du bist eine gute Lehrerin, und das Unterrichten gefällt dir fast so gut, wie dir dunkelhaarige Männer gefallen.«
»Das war wieder geraten!«
»Das war eine Schlußfolgerung. Du stehst spät auf, trinkst Espresso mit vier Päckchen Süßstoff, und du überlegst noch, was du beruflich machen sollst.«
»Das konntest du nicht wissen.«
»Aha, dann stimmt es. Das macht weitere sechs Punkte, insgesamt dreizehn. Du widmest dich Projekten, an die du glaubst, ganz egal, wie hart du dafür kämpfen mußt. Du arbeitest gern mit Kindern. Du baust Flugzeugmodelle, aber du fliegst nicht.«
»Das habe ich dir nicht erzählt.«
»Aber ich habe dich beobachtet, als ich dich fragte, ob du mich zum Fliegen mitnimmst. Du hast verträumt ausgesehen.«
»Dafür könnte es eine Million Gründe geben.«
»Gibt es aber nicht.«
»Du hast recht, aber wie –«
»Ich kann nicht Gedanken lesen, wenn du das glaubst. Ich beobachte Leute, die mich interessieren, das ist alles. Ich gehe auch das Risiko eines Irrtums ein.«

»Aber bisher hast du dich nicht geirrt.«
»Heute abend habe ich Glück.« Seine blitzenden Augen erinnerten mich daran, wie wenig ich über ihn wußte; sie ließen ihn gefährlich und aufregend wirken. »Ich brauche noch zwei Punkte, meine Liebe«, sagte er.
»Ich habe keine Zweifel, daß du sie bekommst.«
Er lächelte. »Du hast nicht viel Geld, und das ist dir egal.«
Ich lachte. »Du hast gewonnen.«
»Oh«, sagte er lächelnd, »einen noch, zusätzlich. Du bist die sinnlichste Frau, die ich je kennengelernt habe.«
Er starrte mich so offen an, daß ich rot wurde. Ich schüttelte den Kopf in dem Versuch, ihn abzukühlen, aber es half nichts.
»Das ist Ansichtssache«, sagte ich. »Dafür bekommst du keinen Punkt.«
»Ich weiß, aber ich kann nichts dagegen tun. Du bist es.«
»Jetzt bringst du *mich* in Verlegenheit«, sagte ich.
»Was ist mit der Wette?«
»Frag, was du willst.«
»Erst noch ein Bier«, sagte Eric und stand auf.
Ich sah ihm nach, wie er auf die Bar zuging. Das Lokal war voller Leute und sehr laut, was mir bisher noch gar nicht aufgefallen war.
Er kam zurück. »Die Fragen«, sagte er und stellte die Flaschen auf den Tisch.
»Ich bin bereit.«
»Vergiß nicht, du mußt ehrlich antworten – das gehört zur Wette.«
»Schon verstanden.«
»Willst du mich küssen?«
Mir stockte der Atem. »Du meinst, solche Fragen kannst du stellen?«
»Zehn Fragen jeder Art, so lautet die Wette.«

»Und ich muß antworten?«
»Du mußt gar nichts.«
»Ich weiß … ja, ich will dich küssen.«
»Warum hast du es dann noch nicht getan?«
»Das ist Frage Nummer zwei.«
»Du hast recht. Warum hast du mich nicht geküßt?«
»Weil ich dich nicht kenne.«
»Willst du mich kennenlernen?«
Ich seufzte. »Wirst du lauter solche Fragen stellen?«
»Ich habe nur noch sieben.«
»Ja, ich will dich kennenlernen.«
»Hast du an mich gedacht, seit du mich zum letzten Mal gesehen hast?«
Ich zögerte. Er sah mich an, ohne mit der Wimper zu zucken. »Ja, das habe ich«, sagte ich, »aber –«
»Was hast du gedacht?«
»Du bist gut in diesem Spiel, nicht wahr?«
»Das ist eine Frage, keine Antwort. Was für Gedanken hattest du über mich?«
Ich sah ihn an. Auf seinen Wangenknochen standen zwei dunkelrosa Flecken, gemalt von Aufregung und Erwartung. Sein Blick war unentwegt auf mich gerichtet. Ich senkte die Augen und antwortete: »Ich habe gedacht, daß ich mir wünsche, du wärst so, wie ich hoffte, daß du bist.«
»Ich habe auch an dich gedacht.«
Ich blickte auf und suchte seine Augen. »Das hast du?«
»Ja. Mach weiter.«
Ich fühlte, wie mein Körper errötete, wie meine Haut prickelte. »Ich habe daran gedacht, wie sich deine Hände auf meinem Körper anfühlen würden.«
»Daran habe ich auch gedacht.«
Unsere Hände auf dem Tisch umfaßten einander. Bei jedem

Atemzug konnte ich die Bewegungen meiner Brust spüren, wie sich meine Brüste hoben und sich meine Brustwarzen fest gegen den Büstenhalter preßten.

»Eric –«

»Wenn du eine Stelle deines Körpers aussuchen dürftest, nur eine, die ich berühren soll, welche wäre das?«

Meine Hand in der seinen war heiß, und es kostete mich alle Kraft, nicht über seinen nackten Arm nach oben zu streichen. »Nur eine?« fragte ich.

»Nur eine.«

»Dann müßte es die Innenseite meiner Oberschenkel sein. Kann ich beide Seiten haben, oder muß ich wählen?«

»*Ich* wähle.« Er lächelte. »Was für erotische Phantasien hast du?«

Ich seufzte, zog meine Hand aus seiner und fuhr mir damit durchs Haar. Kitzelnder Schweiß brach mir auf dem Rücken und zwischen den Brüsten aus. Ich stand auf. »Das kann ich nicht«, sagte ich.

»Dann erzähle ich dir meine Phantasien.«

»Das ist aber gegen die Wette.«

»Vergiß die Wette. Bitte bleib.«

Ich setzte mich.

Er sagte: »Ich habe die Phantasie, daß ich dich zeichne.«

»Du zeichnest mich?«

»Daß ich mit meinem Zeichenstift über deinen herrlichen Körper fahre, um deine begehrlichste Stelle herum, dein Profil nachziehe –«

»Ich muß jetzt gehen«, sagte ich, stand wieder auf und blickte dabei auf meine Armbanduhr. »Verdammt, es ist schon elf!«

»Macht Peter Ärger?«

Ich zog meine Jacke an und strebte zur Tür. Er ging mir nach; ich spürte seine warme, starke Hand auf meiner Schulter, als ich hinaustrat und mich ein kalter Luftstrom traf. Die Berührung war angenehm.

»Alex, es tut mir leid ...«

Ich drehte mich zu ihm um. »Wieso? Ich bin doch selbst dafür verantwortlich, daß ich rechtzeitig nach Hause komme.«

»Darf ich dich zeichnen?« Sein Gesichtsausdruck war aufrichtig und voller Hoffnung, seine Atemluft ein weißer Nebelhauch in der dunklen Nacht.

Impulsiv übertrat ich eine Grenze und küßte ihn, atmete seine Luft ein. Seine Lippen fuhren leicht über meine, als berührte mich warmer Satin. Seine Hand strich federleicht durch mein Haar, umfaßte meinen Kopf, während er mich mit dem anderen Arm an sich zog, die Handfläche fest zwischen meinen Schulterblättern. Dieser Kuß war vollkommen klar und gleichzeitig unendlich dunkel; auch wenn er gar nicht wirklich schien, unterstrich er doch, was zwischen uns war.

Er löste sich von mir. »Heißt das ja?« fragte er, ohne mich loszulassen. Sein süßer Mund enthüllte dabei weiße Zähne, an denen ich nur zu gern mit der Zunge entlanggefahren wäre.

»Ich muß gehen«, flüsterte ich, richtete mich auf und entzog mich seiner Umarmung. »Das hätte ich nicht machen sollen.«

»Warum tust du so, als hättest du Zweifel?«

»Ich gehe jetzt.«

»Willst du, daß ich dich anrufe?«

»Nein ... ja ... tagsüber.«

»Ich verstehe.«

Aus etwa einem halben Meter Entfernung starrten wir einander an, und ich wußte, wenn ich ihn noch einmal anfaßte, würde ich nicht mehr zu Peter nach Hause gehen. Dafür war ich noch nicht bereit. Ich drehte mich schnell um und rannte davon.

In meinem Kopf drehte sich noch immer alles, vom Bier und von Eric, aber die kalte Nachtluft und das Laufen halfen dabei, ihn frei zu machen. Ich dachte an die Spiele, die ich mit Eric gespielt hatte, wie risikoreich, ehrlich und außerordentlich erotisch sie gewesen waren und wie es ihm gelungen war, mich die Schwerkraft meines Körpers vergessen zu lassen.

Was würde ich Peter erzählen?

»Hallo, Schatz«, sagte ich, als ich die Wohnung betrat. Peter saß noch immer an seinem Zeichenbrett.

»Wo bist du gewesen?« fragte er und warf dann einen Blick auf seine Armbanduhr. »Ich habe mir schon Sorgen um dich gemacht.«

»Ich war noch mit ein paar Freunden weg«, sagte ich beiläufig, zog meine Jacke und den Schal aus und stopfte sie in den Schrank. Eine Lüge. Die erste.

»Konntest du nicht anrufen?«

»Tut mir leid, ich habe die Zeit ganz vergessen.« Ich ging zu ihm und gab ihm einen Kuß auf die Stirn.

»Ist schon in Ordnung«, sagte er. »He, du riechst ja wie eine ganze Brauerei.«

Ich lachte, zu laut. »Wir haben ein paar Bier getrunken.« Ich ging weg, griff nach der Morgenzeitung und setzte mich auf die Couch.

»Ich habe dich vermißt«, sagte er.

»Ich habe dich auch vermißt, aber ich wußte ja, daß du beschäftigt bist. Ich dachte, ich sollte dir besser nicht auf die Nerven gehen.«

Er stand auf und streckte sich. »Du gehst mir nie auf die Nerven. Außerdem bin ich fast fertig.«

»Gut.« Ich stand auf und ging hinüber ins Badezimmer, wo ich die Tür hinter mir schloß. Ich starrte mich im Spiegel an; meine Augen waren grün statt goldfarben, und meine Wangen rot, teilweise wegen Eric, teilweise, weil ich gerannt war, und teilweise, weil ich Peter angelogen hatte.

»Eric Moro«, sagte ich unhörbar zu meinem Spiegelbild, »wer bist du?«

Als ich aus dem Badezimmer kam und begann, das Sofabett auszuziehen, fragte Peter: »Möchtest du, daß ich dir den Rücken massiere?«
»Nein, danke«, sagte ich, strich das Bettuch glatt und hob mein Kopfkissen vom Boden auf. »Mach nur mit deinem Projekt weiter.«
»Es ist gar kein Problem, Alex. Ich mache es gern.«
»Ehrlich, nein. Ich will nur einfach schlafen.« Ich stieg ins Bett.
»So früh?« fragte er. Jetzt saß er wieder an seinem Zeichentisch.
»Ich bin müde.«
»Offensichtlich. Sonst gehst du doch nie vor zwei Uhr ins Bett.«
»Ich bin sehr, sehr müde.«
»Na gut. Gute Nacht, Schatz.«
»Gute Nacht.«
Ich lag da, nicht im geringsten müde, während Peter hinter mir zeichnete und Eric durch meine Gedanken und meinen Körper flammte. Tausendmal wiederholte ich innerlich den Kuß zwischen Eric und mir, und zum Rhythmus seiner heißen Atemzüge schlief ich ein.

6

Vier Tage später, am Vormittag, rief Eric an.
»Hallo«, meldete ich mich.
»Es ist toll, deine Stimme zu hören, Alex. Hier ist Eric.«
Ich wartete einen Augenblick und versuchte meinen Herzschlag zu beruhigen. Das plötzliche, außerordentlich starke Klopfen schien meinen ganzen Körper zu erschüttern. »Du bist's«, war alles, was ich herausbrachte.
»Ich habe eine Einladung für dich«, sagte er.
»Eine Einladung?«
»Du magst doch Körper, oder?«
Ich lachte und entspannte mich ein wenig. »Das kommt darauf an, wessen Körper es ist.«
»Es ist niemand, den du kennst.«
»Ich höre.«
»Ich dachte, es würde dich interessieren, mit mir heute nachmittag in den Präpariersaal zu gehen.«
»In den Präpariersaal? Was ist das?«
»Anatomie, Leichen.«
»Ach so.« Ich schluckte. »In Ordnung, wann und wo?«

Ich wußte, daß es nicht richtig war, aber an diesem Nachmittag sagte ich einem Modell ab, damit ich Eric begleiten konnte. Wir trafen uns vor einem grauen Betongebäude am Rand des Universitätsgeländes. Ich sah ihn schon winken, während ich zum Eingang hinaufstieg. Er war so lässig angezogen wie immer, aber über den Kleidern trug er einen unförmigen, langen weißen Mantel, und das Haar hatte er zu einem Pferdeschwanz zurückgebunden.

»Hallo«, sagte ich, als ich näher kam. Ich fühlte mich plötzlich sehr unsicher.
»Alex«, sagte er und legte mir schwungvoll einen Arm um die Schultern. »Ich freue mich, daß du kommen konntest.«
»Wo sind sie?« fragte ich.
»Die Leichen?« Er zog die Augenbrauen hoch. »Komm mit.« Er nahm meine Hand und führte mich einige Stufen hinauf in einen großen, gefliesten Korridor, der von braunen Garderobenschränken gesäumt war. Überall waren Medizinstudenten.
»Zieh das an«, sagte er und reichte mir auch einen weißen Mantel.
»Warum?«
»Damit du keine Flecken auf die Kleidung bekommst.«
Er sah mir zu, während ich die Aufschläge glattstrich und meine Haare unter dem Kragen des Mantels hervorzog.
»Ich habe dem Kursleiter gesagt, du seist im medizinischen Vorbereitungskurs«, fuhr er fort, »und du seist eine Kusine von auswärts. Also benimmst du dich am besten kusinenhaft.«
»Na gut, aber muß ich mich auch wie jemand aus dem Vorbereitungskurs benehmen?«
Er lachte und schüttelte den Kopf. »Das schaffe nicht einmal ich.«
»Ist es eine deiner Phantasien, daß ich Medizin studiere?« erkundigte ich mich. »Hast du mich deshalb eingeladen?«
Er lächelte. »Nein, aber eine meiner Phantasien ist, daß du ein Teil meines Lebens wirst.«
Ich spürte wieder eine plötzliche Woge der Leidenschaft für ihn, aber noch ehe ich etwas sagen konnte, bemerkte er: »Es wird Zeit« und schob mich langsam auf eine Doppeltür zu. Als wir eintraten, roch ich das Konservierungsmittel, es brannte mir in der Nase und juckte auf meiner Haut. Dann sah ich die Leichen, graubraun und sehnig. Die Studenten, die an ihnen herumzupften, hatten Teile von ihnen aus feuchten Tüchern und Plastikfolie ausgepackt.

»Das da ist unsere«, sagte Eric, als wir neben eine Leiche traten.
»Die Armmuskeln«, sagte ich. Die Präparierung des rechten Armes fesselte mich augenblicklich. »So sehen sie also aus.«
»Pssst«, flüsterte Eric, und ich blickte auf. Der Kursleiter stand vorn im Raum vor einer Tafel, wo er die heutigen Aufgaben erläuterte. Ich beobachtete Eric. Er konzentrierte sich vollkommen, seine Augen blickten unentwegt nach vorn, und ganz leicht bewegten sich seine Lippen über den Zähnen. Die anderen Studenten murmelten, traten von einem Fuß auf den anderen und unterhielten sich, aber Eric regte sich nicht, seine Aufmerksamkeit war ganz und gar gefangengenommen. Dann war der Kursleiter fertig, und Eric wandte sich, als habe ihn jemand aus der Hypnose geweckt, zu mir um und grinste.
»Na, dann mal los«, flüsterte er mir leise ins Ohr. Meine Arme waren mit Gänsehaut überzogen.
»In Ordnung«, flüsterte ich zurück.
»Du mußt nicht flüstern«, sagte er. »SCHREI, WENN DU WILLST! STIMMT'S, KOMMILITONEN?«
Eine Kommilitonin schrie zurück: »STIMMT, KOMMILITONE!!«
Mehrere Studenten, die in der Nähe arbeiteten, sahen zu uns herüber und warfen uns finstere Blicke zu.
»Das ist Alex«, sagte Eric. »Alex, darf ich dir Julie vorstellen?«
Ich schüttelte der Frau, die geschrien hatte, die Hand, die in einem Handschuh steckte. Die Frau war klein, zart und hatte blaue Augen. »Alex, herzlich willkommen«, sagte sie.
»Freut mich sehr«, antwortete ich.
»Und Alex, das ist Danny. Danny, Alex.«
»Hi«, sagte ich. Danny war außerordentlich hübsch, ziemlich groß und hatte olivfarbene Haut. Ich erkannte die Frau, die ich vom Bus aus mit Eric vor dem Café gesehen hatte.

»Hallo«, sagte sie, ohne mir die Hand zu geben; sie präparierte bereits. »Machen wir uns an die Arbeit«, fügte sie hinzu. »Wir haben eine Menge zu erledigen.«

»Danny nimmt alles sehr ernst«, sagte Eric und tätschelte ihren Arm. Sie wich ihm aus.

»Jemand muß es ja tun«, sagte sie und wandte sich wieder der Arbeit zu. »Wo ist dieser verdammte Muskelansatz?«

»Schon gut, Danny, wir werden arbeiten«, sagte Eric. »Nimm du doch diesen Arm, dann nehmen Alex und ich den hier.«

Danny blickte auf. »Wer ist sie, Eric? Ist sie eine Medizinstudentin oder so etwas?«

Ich wurde rot, als Eric sagte: »Gibt es nur diese zwei Möglichkeiten?«

»Vergiß es«, sagte Danny, »mach doch, was du willst. Komm, Julie.« Julie zwinkerte mir zu, lächelte und trat neben Danny. Ich atmete aus.

»Alex, Alex, Alex«, sang Eric. »Laß uns doch mal sehen, was wir hier haben.« Er hob die Abdeckung vom linken Arm der Leiche; er war noch völlig unberührt. Offensichtlich hatten sie bisher nur auf der anderen Körperseite gearbeitet. »Zieh diese Handschuhe an. Hier ist dein Skalpell«, sagte er. Dann setzten wir uns auf Stühle und sahen den Arm an. Seine Augen funkelten, während er mir einen Blick zuwarf und sich voller Vorfreude die Hände rieb. »Mit welchem Muskel möchtest du anfangen, meine Liebe?« fragte er.

Ich deutete auf den Deltamuskel, und er schlitzte die Haut auf, schälte sie ab und zeigte mir dabei die richtige Technik. Dann ließ er es mich versuchen. Er erklärte mir die verschiedenen Teile – Nerven, Blutgefäße, Sehnen – und benannte sie. Ich dachte an die vielen Modelle, die ich gezeichnet hatte, wie ich ihre Gestalt und ihre Bewegungen studiert hatte. Nun konnte ich aus erster Hand sehen, warum und wie sie funktionierten. Nach

dieser Erfahrung würden Körper für mich nicht mehr so sein wie zuvor.
Eric belehrte mich, aber weil er mich wie eine Gleichrangige behandelte, merkte ich es nicht. Erst später fiel mir auf, wie sehr wir in die Arbeit versunken gewesen waren. Wir hatten unsere gegenseitige Anziehung vergessen, hatten zu spielen aufgehört und arbeiteten einfach zusammen.
Ich merkte auch nicht, wie schnell er präparierte. Es dauerte nicht lange, bis Eric seine Kommilitoninnen eingeholt hatte. »Ich habe es geschafft«, schnaufte er, und Julie blickte auf und sah auf unseren Arm.
»Eric, du meine Güte!« rief sie. »Schau, Danny. Wie macht er das nur?«
»Julie, konzentriere dich«, gab Danny zur Antwort, ohne aufzublicken.
Ich beobachtete Eric; ein verletzter Ausdruck huschte über sein Gesicht, ehe er sich zu mir umdrehte und lächelte. »Willst du weitermachen?« fragte er.
»Wie lange dauert das gewöhnlich, was du gerade gemacht hast?« fragte ich.
»Was *wir* gerade gemacht haben«, korrigierte er mich und begann wieder zu präparieren.
»Er ist unglaublich, Alex«, sagte Julie. »Wir haben vier Tage gebraucht, um so weit zu kommen.«
»Geschwindigkeit ist nicht alles«, bemerkte Danny.
»Das ist wahr«, sagte Eric und zeigte mir, wo ich den nächsten Schnitt ansetzen mußte.
Später, als wir den Präpariersaal verließen, fragte ich Eric: »Du bist ein Genie, stimmt's?«
»Dafür würdest du keinen Punkt bekommen.«
»Vergiß das Spiel. Deine Präparation war brillant.«
»Ich kann gut präparieren, da hast du recht.«

»Warum?«
»Ich bin derjenige, der die Wette gewonnen hat. Die restlichen Fragen gehören mir.«
»Aber ich bin diejenige, die die Antworten braucht.«
»Worauf?« fragte er. Ich sah ihm ins Gesicht; sein Lächeln verschwand.
»Nichts«, sagte ich. »Vergiß es.«
Er faßte mich am Arm und zog mich zu sich heran. »Wenn ich antworte, gehst du dann heute abend mit mir essen?«
»Ich bin mir nicht sicher.«
Er trat einen Schritt zurück und ließ meinen Arm los. »Ich verstehe«, sagte er und lächelte. »Das hängt von den Antworten ab.«
»Das habe ich nicht gemeint.«
»Was hast du dann gemeint?«
»Nichts.«
»Es ist wegen Peter, stimmt's?«
»Ich lebe mit ihm zusammen.«
»Wird sich das ändern?«
»So leicht ist das nicht.«
»Was muß das eine mit dem anderen zu tun haben?« Seine Intensität war wieder da, eine geballte Kraft.
»Ich muß gehen«, sagte ich und machte mich daran, aus dem weißen Mantel zu schlüpfen.
»Heute tust du das nicht.«
»Was?« Ich reichte ihm den Mantel.
»Vor mir davonlaufen. Du bist tapferer, als du dich gibst.«
»Ich weiß nicht, was du meinst.« Ich sah ihm zu, während er seinen Mantel auszog und den Pferdeschwanz löste.
»Bist du wirklich so, oder willst du mich nur foltern?« fragte er.
»Dich foltern?« Ich lachte. »Ich glaube kaum, daß ich in der Lage bin –«

Er packte mich am Arm und zog mich zu sich heran. »Du bist dazu in der Lage, glaub mir«, sagte er.
»Du aber auch.«
»Tun wir das? Uns gegenseitig foltern? Denn wenn es so ist, dann bin ich bereit, als erster damit aufzuhören.«
Ich zog meinen Arm zurück und stand schweigend vor ihm.
»Du bist in mir, Alex«, sagte er, »und ich kann nichts dagegen tun.«
»Ist das die Folter?«
»Nein.« Er drehte sich um und begann auf und ab zu gehen. »Die Folter ist, dich nicht mitten in der Nacht anrufen oder mit dir im Bett Kekse essen zu können.«
»Ja, das ist Folter.«
Er sah mich an und blieb plötzlich stehen. »Aber du kannst mich haben«, sagte er, trat auf mich zu und nahm meine beiden Hände.
Einen Augenblick lang fehlten mir die Worte, dann sagte ich leise: »Also ist Peter der Grund, weshalb wir nicht zusammenkommen?«
Er nickte.
»Du triffst dich nicht mit anderen Frauen?«
»Nicht der Rede wert.«
»Also doch.«
»Ich bin keine Jungfrau, wenn du das meinst.«
»Du weißt, daß ich das nicht meine.«
»Vielleicht waren andere Frauen in meinem Bett, seit ich dich kennengelernt habe, Alex, aber nicht in meinem Herzen.«
»Und mein Herz ist voll von dir.«
Er zog mich an sich. »Komm mit mir. Bitte.«
»Wohin?«
»Irgendwohin. Überallhin.«
Ich sah in seine Augen, die unendlich tief und faszinierend waren, die von einer Welt kündeten, die ich noch nicht kennengelernt

hatte. Dann küßte ich ihn und drückte meinen Körper, mein Schicksal an ihn. Es gab kein Zurück mehr.
Als wir endlich wieder in der hiesigen Welt auftauchten, in diesem Korridor vor dem Präpariersaal mit seinen Reihen von Garderobenschränken für die Studenten, war es ein kaltes und beunruhigendes Gefühl, ihn loszulassen, denn dort draußen wartete Verantwortung auf mich. Ich spürte ihren festen Griff an meiner Kehle.
Ich holte tief Luft. »Ich weiß, daß ich Peter verlassen muß«, sagte ich, »aus vielen Gründen.«
»Zieh mich da nicht hinein. Ich werde auf dich warten.«
»Hilf mir, Eric.«
Er schüttelte den Kopf. »Dafür brauchst du mich nicht.«
»Aber –«
»Nein.«
Er hatte recht. Ich versuchte, einer schweren Entscheidung auszuweichen – das war eine Kunst, in der ich mich zur Expertin entwickelt hatte –, doch der Zeitpunkt war gekommen, sich ihr zu stellen.
Ich brachte Eric nie dazu, es zuzugeben, aber er war wirklich ein Genie.

7

Peter?« sagte ich eines Abends, einige Tage später. Diese vergangenen Tage waren sowohl voller Angst als auch voller Vorfreude gewesen.

»Ja?« sagte Peter, der an seinem Zeichentisch saß, und drehte sich zu mir um.

»Wir müssen uns unterhalten.«

»Ach?« Er blickte auf. »Worüber?«

»Über uns.«

Er lächelte. »Na gut.« Er stand auf, kam zu mir herüber und setzte sich neben mich auf die Couch. »Ich bin froh, daß du davon angefangen hast«, sagte er.

»Wirklich?«

»Ich wollte schon länger mit dir reden. Na ja, nun, ich weiß nicht recht, wie ich das sagen soll ...«

Mein Herz fing an zu hämmern.

Er fuhr fort. »Aber ... na ja ... hier.« Er reichte mir eine graue Samtschachtel, die er aus seiner Jackettasche gezogen hatte. Dann sagte er: »Willst du mich heiraten?«

Ich gab mir Mühe, nicht nach Luft zu schnappen. Eigentlich hätte mich das nicht überraschen sollen.

»Willst du ihn dir nicht ansehen?« fragte er und deutete auf die noch ungeöffnete Schachtel.

»Ja, natürlich.« Ich spähte hinein.

»Gefällt er dir?«

Ich hatte ihn selten so eifrig, so aufgeregt gesehen, und das machte es mir noch schwerer, ehrlich zu sein. »Nun ... äh ... ja«, stotterte ich. »Er ist wunderschön.«

»Und?«
Ich starrte den Ring an. Ein großer, einzelner Diamant glitzerte mir entgegen. »Nun …«
»Ich liebe dich, Alex.«
»Ich … ich liebe dich auch. Ich … ich werde darüber nachdenken«, murmelte ich und ließ die Schachtel zuschnappen.
»Er gefällt dir nicht, stimmt's? Ich kann einen anderen besorgen oder diesen hier ändern lassen.«
»Nein, ich mag ihn sehr. Wirklich.«
»Ich will mein ganzes Leben mit dir verbringen.«
»Ich … ich weiß. Es kommt nur so … so plötzlich. Ich …«
»Plötzlich? Wir wohnen schon seit zwei Jahren zusammen.«
»Ja … aber heiraten. Das ist ein großer Schritt.«
»Natürlich. Aber wir sind bereit dazu. Wir passen zusammen, Alex.«
Ich sah ihn an und nickte langsam. Ein dumpfes Gefühl senkte sich auf mich, drückte mich nieder, während er hin und her zu gehen begann, um ein Plädoyer zu halten, warum wir heiraten sollten, warum gerade jetzt. Er besaß alle Antworten; er konnte den Plan unseres gemeinsamen Lebens so deutlich vor sich sehen, für ihn war die logische Grundlage unserer Verbindung so klar und so funkelnd wie der Diamant auf diesem Ring. Dennoch dachte ich, während Peter sprach, nur an Eric, an das Licht, das in seinen Augen leuchtete, wie angenehm sich seine kühlen, bleichen Hände auf meinem Körper anfühlten, wie sehr ich mir wünschte, die einzige Frau in seinem Bett, seinem Leben zu sein. Meine Überzeugung, daß ich ohne Eric nicht weiterleben konnte, war genauso stark wie der Wunsch, Peter nicht zu verletzen. Eine Träne der Unentschiedenheit und der Anspannung lief mir über die Wange; Peter sah sie.
»Warum weinst du?« fragte er, beugte sich vor und kniete sich

vor mir auf den Boden. »Bitte verzeih, wenn ich dich bedränge. Das wollte ich nicht. Wir können noch warten, wenn du möchtest.«
»Ich brauche einfach Zeit zum Nachdenken«, sagte ich.
»Du bekommst alles, was du brauchst«, sagte er und faßte nach meinen Händen. »Ich kann ewig warten, wenn du nur meine Frau wirst.«
Ich zog ihn an mich, damit er die Zeichen des Verrats auf meinem Gesicht nicht bemerkte.

In dieser Nacht schlief ich nicht. Lange Zeit horchte ich, wie Peter im Schlaf atmete, und etwa um drei Uhr morgens stand ich auf, zog mich an und ging hinaus. Ich setzte mich auf die Treppe vor dem Gebäude und betrachtete die Straße. Der Mond leuchtete hell; er war nicht voll, aber klar und strahlend. Ohne nachzudenken, stand ich auf, begann einfach zu gehen, dann zu laufen und schließlich zu rennen. Ich versuchte so zu tun, als wüßte ich nicht, wohin ich wollte, als würde ich nur rennen, um Spannung abzubauen. Aber das stimmte nicht; ich rannte zu Erics Wohnung in der Nähe der Universität, zu der ich ihn an jenem Tag vom Präpariersaal begleitet hatte.
Heftig schnaufend und mit rotem Gesicht läutete ich. Ich läutete noch einmal. »Eric, Eric«, flüsterte ich.
»Wer ist da?« hörte ich ihn endlich durch die Gegensprechanlage fragen.
»Ich bin es, Eric. Ich.« Er fragte nicht weiter, sondern drückte auf den Türöffner.
Er wohnte in einem dreistöckigen Haus ohne Lift. Der Korridor, der zu seiner Wohnung führte, war dunkel, der Teppich abgetreten. Erics Silhouette zeichnete sich auf der Schwelle ab; er trug eine marineblaue Trainingshose. Wir umarmten uns und hielten einander fest umschlungen; seine Brust war nackt, fest und glatt.

»Hallo«, sagte er und lächelte, ging vor mir in die Wohnung und schloß die Tür hinter uns.
Von oben sah er mir in die Augen. »Tränen?« fragte er. »Weinst du?«
Ich tastete mein Gesicht ab; ich hatte es nicht bemerkt. »Ich vermisse dich«, sagte ich und umarmte ihn erneut fest.
»Ich vermisse dich auch. Was ist passiert?«
»Peter hat mir einen Heiratsantrag gemacht.«
»Herzlichen Glückwunsch.« Er grinste; ich löste mich von ihm.
»Vielleicht hätte ich nicht –«
»Doch, Alex, es war richtig.« Er nahm meine Hand und führte mich zu einer durchgesessenen grünen Couch, die an einer Wand stand. Wir setzten uns. »Ich freue mich, daß du hier bist.«
»Es ist so spät und –«
»Sprich nur, Liebes, sprich.«
Und ich sprach. Es war das erste von Tausenden von Malen, daß ich Eric meine Probleme vorlegte, um seine Kraft, seine Klugheit zu nutzen. Als ich geendet hatte, fragte er: »Liebst du dich selbst?«
»Ob ich mich selbst liebe?«
Er nickte.
»Natürlich.«
»Wen liebst du mehr, Peter oder dich selbst?«
Diese Frage bohrte sich in mich, scharf und glatt wie eine Nadel. Schließlich antwortete ich: »Mich.«
»Dann tu das, was für dich am besten ist.«
»Ich will ihn nicht heiraten, Eric.«
»Sag das nicht mir«, erklärte er lachend und stand auf. »Sag das ihm.« Er stand im Zimmer und sah mich an, und ich spürte, daß es Zeit war zu gehen. Dennoch wünschte ich mir, bei ihm zu bleiben und auf die Konsequenzen zu pfeifen.

»Gute Nacht«, sagte ich und hoffte, er würde mich bitten zu bleiben.
»Gute Nacht«, sagte er. »Ich rufe dir ein Taxi.« Er küßte mich, und ich ging.

Peter hatte meine Abwesenheit nicht bemerkt; er kuschelte sich an mich, als ich um fünf Uhr früh zu ihm ins Bett kroch. Ich fühlte mich nicht schuldig, ich fühlte mich erlöst und, zum ersten Mal seit vielen Monaten, mit mir selbst im reinen. Ich beobachtete, wie der Himmel hinter der Jalousie am Fenster heller wurde, und dann spürte ich Peters Bewegungen neben mir.
»Guten Morgen«, sagte ich, als er die Augen öffnete.
»Du bist schon wach?« fragte er.
»Ich habe nicht geschlafen.«
»Hast du darüber nachgedacht?«
»Ja.«
»Gut. Nimm dir soviel Zeit, wie du brauchst.« Er machte sich daran, aus dem Bett zu steigen. Tränen brannten in meinen Augen, während ich seinen schlanken Rücken ansah, der dunkel, geschmeidig und so vertraut war. Er wollte ins Badezimmer gehen.
»Peter?«
Er drehte sich um. »Ja, Schatz?«
»Ich liebe dich.«
»Ich liebe dich auch«, sagte er mit einem Lächeln. Ich glaubte schon, er würde wieder ins Bett kommen, aber er fuhr sich mit den Fingern durchs Haar und ging aufs Badezimmer zu.
Pochend schoß das Blut durch meinen schmerzenden Kopf und ließ die Worte, die ich dachte, verschwimmen. Dennoch brachte ich irgendwie heraus: »Ich kann dich nicht heiraten.«
Er blieb stehen und zögerte einen Augenblick, ehe er sich umdrehte. »Was?«

Ich holte tief Luft; still begannen Tränen aus meinen gesenkten Augen zu fallen. »Es tut mir leid«, sagte ich.
Er kam durch den Raum zu mir, setzte sich neben mich aufs Bett und wischte mir mit dem Daumen die Tränen ab. »Nein, Alex«, sagte er, »*mir* tut es leid. Ich weiß, daß ich dich gestern abend zu sehr bedrängt habe. Hör zu, wir vergessen das Ganze für eine Weile. Laß dir Zeit.«
»Peter«, seufzte ich und begann zu schluchzen. »Ich will dich nicht verletzen. Ich liebe dich wirklich. Du bist ein guter Mensch, du wirst ein großartiger Ehemann werden ... aber nicht für mich.«
»Du weißt nicht, was du redest, Alex. Wenn du so aufgeregt bist, solltest du keine Entscheidungen treffen. Warte ein paar Wochen, beruhige dich.«
Ich blickte auf, schluckte meine Tränen hinunter und wartete, bis das Zittern in meiner Brust nachließ, wobei ich versuchte, es durch Mut zu ersetzen. Er lächelte und nahm mich in die Arme, und dort sagte ich es schließlich, flüsterte es ihm praktisch ins Ohr: »Ich liebe einen anderen Mann.«
Er ließ mich abrupt los, und der Schock stand ihm deutlich und klar ins Gesicht geschrieben. »Was tust du?«
»Es tut mir leid. Ich kann nichts dagegen tun.«
»Du liebst einen anderen?«
Ich nickte.
»Seit wann?«
»Noch nicht lange. Ich wollte es dir erzählen ...«
Er stand auf und wirkte plötzlich steif und voller Abwehr. »Das hoffe ich doch.«
»Peter, das bedeutet, daß ich zu einer Heirat mit dir nicht ja sagen kann.«
Er wartete einen Augenblick und setzte sich dann nachdenklich, bedächtig.

»Alex, ich weiß doch, wie du manchmal bist«, sagte er. »Das klingt wie eine Schwärmerei.« Er sah mich an, und die Hoffnung vertrieb seinen verletzten Gesichtsausdruck.
»Ich ... ich ... du könntest recht haben.«
»Ich spreche von einem gemeinsamen Leben, nicht von irgendeiner Affäre.«
»Ich weiß.«
»Ich kann dir Stabilität, eine Zukunft bieten.«
»Ich weiß.«
»Was bietet *er* dir?«
Ich zuckte die Achseln. »Etwas anderes vermutlich.«
Er betrachtete mich prüfend, sah Zweifel und Unentschiedenheit, und das stärkte ihn.
»Wer ist es?« fragte er.
»Das ist unwichtig.«
»Für mich ist es wichtig.«
»Warum?«
»Weil ich dich liebe!«
»Das ist kein Wettkampf. Es ist passiert; er ist jemand, der in mein Leben getreten ist. Und ganz egal, ob sich zwischen ihm und mir etwas entwickelt, das hat mir klargemacht, daß es einfach nicht richtig für mich ist, dich zu heiraten.«
Er richtete sich auf und stand gerade und aufrecht da. »Wie kannst du dir so sicher sein?«
»Das bin ich mir nicht ... aber ich bin mir sicher, daß ich nicht ja sagen kann.«
»Das wirst du noch bedauern«, sagte er. »Und ich kann nicht garantieren, daß ich noch da bin, wenn du deine Meinung änderst.«
»Ich weiß.«
Er griff nach der grauen Samtschachtel, die neben der Ausziehcouch stand, und umklammerte sie. Dann marschierte er

ins Badezimmer, machte die Tür hinter sich zu und verschloß sie.
Ich streckte mich im Bett aus, zog mir die Decke über den Kopf und weinte leise. Ich fühlte mich nicht frei, nicht froh und nicht erleichtert. Statt dessen fühlte ich mich müde und unsicher, vor allem aber verabscheuungswürdig.

7

Es dauerte drei Wochen, bis ich auszog, drei Wochen voller Zweifel, Sehnsucht, Bedauern, Tränen und Erwartung. Diese Zeit war schwer und einsam. Peter verbrachte die meisten Abende in der Bibliothek, und beim Schlafen wendeten wir einander den Rücken zu.

Es scheint unglaublich, aber ich wohnte schon zwei Wochen in meiner neuen Wohnung, ehe Eric und ich uns sahen. Er war mitten in den Prüfungen, und es gelang mir nie, ihn zu Hause zu erwischen. Und auch ich war ständig beschäftigt, weil ich alles tat, um nicht nachdenken zu müssen. Diese ersten Monate, von dem Moment an, als ich ihn kennenlernte, bis wir endlich zusammenkamen, waren wie ein sehr langes Vorspiel, das sich ausdehnt, während man freudig und zugleich angstvoll das Unausweichliche erwartet.

»Eric? Bist du das wirklich?« sagte ich in den Hörer.

»Ja, Liebes.«

»Was hast du denn die ganze Zeit getrieben?«

»Du kannst dir nicht vorstellen, was ich durchgemacht habe. Aber dich nicht sehen zu können war eine viel schlimmere Folter als die Prüfungswoche.«

»Ich habe auch einiges durchgemacht.«

»Das kann ich mir gut vorstellen.«

»Willst du mich sehen?«

Er lachte, daß es über die Telefonleitung in meinem Ohr und durch meinen ganzen Körper vibrierte. »Ich will dich ganz und gar sehen«, sagte er. »Laß dich von mir zeichnen.«

»Gut.«

»Ich komme sofort.«
Hektisch bereitete ich meine Wohnung für Erics Eintreffen vor. Allerdings gab es da nicht viel zu tun; ich besaß praktisch nichts außer meinen Mal- und Zeichensachen, einigen Büchern, einem Klapptisch mit Stühlen, dem Stuhl für meine Modelle und einem Stück Schaumstoff, auf dem ein Bettuch lag und das ich als Bett verwendete. Zum Glück besaß ich genug Bilder – meine eigenen selbstverständlich –, damit wirkte das Zimmer tapeziert.
Die Türglocke läutete. Ihr Klang ließ mich erstarren. Sie läutete noch einmal, und ich öffnete die Tür. Da stand Eric, der noch besser aussah, noch begehrenswerter war als in meinen eigenen, lächerlich übertriebenen Phantasien. Er schenkte mir ein verstohlenes Lächeln, das, wie ich wußte, nur für mich allein bestimmt war.
Noch auf der Schwelle umklammerten wir einander und lösten uns aus der Gegenwart. Wir küßten uns wie zwei gierige junge Hunde, leckten uns ab, kicherten, keuchten und fummelten. Eric schob uns schließlich hinein und schloß die Tür.
»O Gott, es ist so schön, dich zu sehen«, murmelte er und rieb mir durchs Haar, küßte mich auf die Ohren, die Stirn, die Augen und die Nase. »Am liebsten würde ich dich auffressen.«
»Tu's doch«, flüsterte ich.
»Nein«, sagte er und trat zurück. »Ich bin ein Künstler. Ich bin gekommen, um dich zu zeichnen.«
Bei der Vorstellung, nackt und unbeweglich für ihn zu sitzen, durchfuhr mich ein Schauder der Erregung. Ich packte ihn und öffnete seine süßen Lippen mit meiner Zunge. Er stöhnte, entzog sich mir aber dann.
»Sei ein braves kleines Modell«, sagte er. »Zieh dich für mich aus.« Mein Atem beschleunigte sich, aber ich rührte mich nicht. Er sah mich an und wartete, daß ich seiner Anweisung Folge leistete.

»Miss Taylor«, fuhr er fort und nahm mich bei der Hand. »Ich weiß, es ist das erste Mal für Sie, aber Sie müssen Ihre Kleider ausziehen.« Einen Moment lang umfaßte er mein Gesicht und starrte mir in die Augen. »Nur keine Scheu«, sagte er.

Ich spürte eine drängende Hitze zwischen den Beinen, während ich tat, was er verlangte. Sein Blick ruhte auf mir. Ich zog erst meinen Pullover und das T-Shirt aus und dann meinen BH. Meine Brustwarzen waren hart, meine Brüste flehten danach, gestreichelt zu werden, aber er sah mich nur schweigend an und bedeutete mir wortlos weiterzumachen. Ich schlüpfte aus meinen Jeans und zögerte, als ich nur noch in der Unterhose dastand. Ich war unglaublich erregt, aber ich wartete. Unsere Blicke trafen sich.

»Wenn du keine tragen würdest, wäre es auch kein Problem«, sagte er.

Unwillkürlich mußte ich lächeln; innerhalb von Sekunden hatte ich die Unterhose ausgezogen. Nackt stand ich vor ihm; ich war bereit.

»Legen Sie sich hin«, wies er mich an. »Dorthin.« Er deutete auf das Schaumstoffpolster, das ich als Bett verwendete. Ich legte mich auf den Rücken, starrte an die Decke, atmete schwer und wartete.

»Also, nachdem Sie noch nie zuvor Modell gestanden haben«, begann er, »hören Sie mir einfach zu, sagen Sie nichts. Bewegen Sie sich nur, wenn ich es sage.« Mein Atem stockte; so hatte ich ihn damals behandelt, an dem Abend, als er für mich Modell gestanden hatte. »Strecken Sie die Arme über dem Kopf aus«, sagte er. »Schließen Sie die Augen.« Ich tat es. Plötzlich spürte ich Hitze auf meinen Lidern.

»Machen Sie die Augen wieder auf, Miss Taylor«, sagte er, und ich tat es. Er hatte die Scheinwerfer über mir angeordnet – strahlend, kraftvoll und heiß. Sie erleuchteten mich vollständig.

Er saß etwa eineinhalb Meter entfernt auf einem Stuhl und war noch immer vollständig angezogen. Vor sich hatte er meine Staffelei mit dem Zeichenblock aufgestellt, und er legte den Kopf schief, um mich prüfend zu betrachten. Seine Augen wanderten langsam über meinen Körper, während ich sie beobachtete, sie auf mir fühlte, wie sie meine Brust streichelten, meinen Bauch, die Hüften, die Oberschenkel, bis hinunter zu den Zehen. Er lächelte.

»Legen Sie sich dieses Kissen unter die obere Hälfte Ihres Rückens«, sagte er. Ich griff danach und legte es zwischen meine Schulterblätter; es schob meine Brüste nach oben und brachte mich dazu, den Kopf nach hinten fallen zu lassen, das Kinn nach oben gereckt. Er murmelte beifällig. »Jetzt die Arme wieder über den Kopf«, sagte er. »So. Perfekt.«

Er begann zu zeichnen.

Mein Wunsch, von ihm berührt zu werden, hatte sich in eine schmerzliche Qual verwandelt, die durch meinen Körper wanderte, von meiner Kopfhaut zu meinen Brustwarzen bis tief zwischen meine Beine. Sie war so stark, daß ich mich krümmte. Vielleicht würde ich vor Begehren sterben.

»Miss Taylor?«

»Ja?« fragte ich leise. Ich war feucht von Schweiß, und mein Atem ging schnell.

»Sie müssen sich ruhig halten. Bewegen Sie sich nur, wenn ich es Ihnen sage.«

»Ich kann nicht. Ich kann nicht«, sagte ich und wand mich hin und her.

»Konzentrieren Sie sich«, sagte er.

Ich gab mir Mühe. Meine Empfindungen ähnelten auf bemerkenswerte Weise den Gefühlen, die ich an dem Abend gehabt hatte, als ich ihn zeichnete, aber sie waren noch tausendmal stärker.

Was er zeichnete, sah ich nicht, aber sein Arm bewegte sich in einer skizzierenden Bewegung. Seine Augen richteten sich auf jeden Teil meines Körpers, streiften darüber, erforschten jeden sichtbaren Winkel, und ich fühlte mich zugleich ausgesetzt und bewundert, verletzlich und doch voller Macht.
Schließlich stand er auf und kam zu mir herüber. Hoch aufgerichtet stand er neben mir. Dann schaltete er die heißen Scheinwerfer aus und kniete sich ganz nahe neben mich, so nahe, daß es weh tat. Er hielt einen meiner Kohlestifte in der Hand.
»Eric, faß mich an«, flehte ich keuchend.
»Mach die Augen zu, Prinzessin. Meine Augen und mein Stift tun die Arbeit«, sagte er. Ich tat es. Dann fühlte ich sie, die stumpfe Stiftspitze; neckend fuhr er mir damit über den Körper. Sie war kühl, leicht, und sie glitt zärtlich und langsam über meine Stirn, an der Kante meiner Nase entlang und über meine Lippen. Ich bog den Nacken durch, und da war sie wieder, fuhr über mein Kinn, das Brustbein hinab, und dann hinüber zu meiner linken Brustwarze, wo sie einen Kreis beschrieb. Mein Körper bog sich hoch, ihr entgegen, dann war sie verschwunden, war hinübergesprungen zu meiner rechten Warze, wo sie blieb, um meine Reaktion zu beobachten. Fast wie ein Magnet zog mich die Stiftspitze nach oben, bis mein Rücken nicht länger das Kissen berührte. Dann war sie ganz plötzlich weg, um an der Mitte meines Bauches wiederaufzutauchen und sich kitzelnd durch das Haar auf meinem Venushügel zu schieben, so daß sich mein Unterleib nach oben wölbte, um nach Erlösung zu suchen, die er nicht fand. Zentimeterweise strich die Stiftspitze über die Innenseite meines Oberschenkels, wanderte nach unten, über mein Knie, meine Wade zu meinen Zehen, wo sie die Umrisse jeder einzelnen beschrieb. Dann fuhr sie auf der anderen Seite fort und tastete meinen linken Fuß und das Bein ab, bis sie wieder bei meinem Unterleib angekommen war. Ich hatte währenddessen

leise gewimmert und heftig geatmet; jeder Nerv in meinem Körper war hellwach und erwartete die nächste Reizung. Ich stöhnte auf, als ich merkte, daß der Stift jetzt wieder an meiner Stirn war und noch einmal begann. Jede erneute Erforschung meines Körpers brachte mich dem Höhepunkt näher, und je länger es dauerte, desto mehr verschmolzen mein Hirn und mein Körper zu einem machtvollen Verlangen. Ich bestand ganz und gar aus konzentrierter Ekstase. Als ich kam, war es rein und so intensiv wie noch niemals zuvor, in den Raum hinein, ins Nichts. Er hatte mich noch immer nicht berührt.
Als ich die Augen öffnete, war Eric nackt. Sein Körper bewegte sich fließend, ohne Mühe und scheinbar auch ohne Überlegung; er bestand lediglich aus strahlender Energie. Er hob mich auf. Ich war schlaff, vollständig entspannt, aber dennoch leidenschaftlich erregt, als er mich jetzt zart küßte. Dann ließ er sich langsam auf der Matratze nieder und hielt mich dabei so fest an sich gedrückt, daß er unter mir zu liegen kam und ich die ganze Länge seines Körpers unter mir spürte. Ich konnte nicht aufhören, ihn zu küssen. Ich sehnte mich danach, ein heftiges Verlangen zu befriedigen, das sich in mir aufgebaut hatte, den Drang, mich mit ihm zu vereinigen. Ich fühlte seine seidigen Hände an meiner Wirbelsäule, und als ich mich aufsetzte, um mit meinem Haar über sein Gesicht zu streichen, ehe ich es über meinen Kopf wieder nach hinten warf, sah ich seine dunklen, durchdringenden Augen. Dann schob ich mich an ihn und preßte meinen Unterleib gegen den seinen. Ich konnte ihn hinter mir spüren, steif gegen meinen unteren Rücken, und ich griff hinter mich, um ihn mit den Fingern zu streicheln, vom Ansatz bis zur Spitze, wieder und wieder. Ich beobachtete, wie die Wirkung meiner Berührungen ihn durchfuhr, wie er sich wand, die muskulösen Arme über dem Kopf, ein Handgelenk mit der anderen Hand fest umklammert, und das Gesicht beinahe verzerrt vor heftigem Begehren.

Ich streichelte ihn weiter und sah zu, wie Eric sich hin und her warf, seinen Kopf von einer Seite zur anderen drehte, wie er jetzt stöhnte und beinahe wütend knurrte. Ich stellte mir vor, daß ich einem Kampf beiwohnte, aber nicht zwischen Eric und mir, sondern zwischen Erics Willenskraft und seinem Körper.

Ich hatte angenommen, er sei gar nicht anwesend, befinde sich tief in seinem Innern und sei sich weder mir noch unserer Umgebung bewußt, aber er überraschte mich, indem er nach einem Kondom griff, die Verpackung aufriß und es überstreifte. Dann stand er ganz unerwartet auf, hob mich hoch und setzte mich auf sich. Ich schlang meine Beine um ihn und warf den Kopf nach hinten. Während es geschah, war es mir nicht bewußt, aber in dieser Stellung liebten wir uns fast eine Stunde lang. Sein schlüpfriger Schweiß vermischte sich mit meinem, und er hielt seinen Höhepunkt zurück meinem Genuß zuliebe, einem Genuß, dem ich nicht widerstehen konnte und wollte. Ich glaubte, vor Orgasmen das Bewußtsein zu verlieren, aber Eric machte immer weiter, trug mein Körpergewicht und wartete. Als ich endlich am Rand der Erschöpfung war, legte er mich auf den Fußboden und explodierte, während ich unter ihm lag, in einem Orgasmus von solcher Gewalt, wie ich es noch nie gesehen hatte. Sein Körper zuckte und krampfte sich zusammen, während er stöhnte und mit einem Dämon zu kämpfen schien, der ihn schließlich doch überwältigt hatte. Ihm zuzusehen war unheimlich, großartig und erschreckend, aber zugleich unwiderstehlich.

Als er fertig war, schlug er die Augen auf und suchte meinen Blick. Er saugte Luft durch die geschlossenen Zähne, und als er ausatmete, wurde sein Körper von einem Schauder der Erlösung geschüttelt. Er lächelte. »So fühlt sich das also an«, sagte er seufzend.

»Du erwartest wohl nicht, daß ich glaube, du hättest das noch nie

vorher gemacht«, flüsterte ich ihm ins Ohr und küßte jeden seiner drei Ohrringe.
»Es lohnt sich nicht, sich daran zu erinnern.«
»Mir geht es genauso«, gestand ich.
Er rollte sich neben mir auf den Rücken, und ich kuschelte mich unter seinen Arm. Eine Weile lang schwiegen wir und genossen, während unser Atem langsamer wurde, die gegenseitige Wärme. Schließlich fragte er: »Hast du Angst?«
»Angst?«
»Ja.«
»Hast du denn Angst?«
Er stützte sich auf einen Ellbogen und sah mich an. »Alex, du bist der Mensch, den ich nie mehr zu finden geglaubt habe. Jetzt fürchte ich mich, weil ich zum ersten Mal weiß, was ich verlieren könnte.«
»Aber du wirst mich nicht verlieren.«
»Ich hoffe nicht.«
»Hoffnung ist etwas Gutes.« Ich küßte den Hexenmeister.
Eric lächelte.
»Aber die Hoffnung«, sagte ich, »wird uns nicht vor der Angst beschützen.«
»Was denn dann?«
»Die Zeit, vermutlich.«
»Die Zeit ...«
Wir schwiegen, und ich sah ihn an, diese leuchtenden schwarzen Augen, diesen strahlenden Körper, und in diesem Augenblick versöhnte ich mich mit der Angst.

Ich weiß nicht, wie oft wir uns in dieser ersten Nacht liebten; ich verlor den Überblick. Ich weiß nur, daß ich am nächsten Tag wund war, was allerdings auch an dem liegen konnte, was danach folgte. Etwa um drei Uhr morgens sprang Eric plötzlich auf.

»Komm, wir machen eine Fahrt«, sagte er und begann sich anzuziehen.
»Eine Fahrt?« fragte ich.
»Ja, auf meiner Kiste.« In Sekundenschnelle war er in seine Jeans und die Stiefel geschlüpft; er warf mir meine Hose und das T-Shirt zu.
»Auf einem Motorrad?« erkundigte ich mich.
»Hast du Lust?«
»Darf ich damit fahren?« fragte ich und kämpfte mich in meine Kleider.
»Kannst du das denn?«
Ich zuckte die Achseln.
Er lachte. »Nach dem, was ich gerade hinter mir habe, zweifle ich nicht daran, daß du mit einer Harley umgehen kannst.«
»Ich auch nicht.«
Wir gingen zur Tür. »Ist das alles?« fragte ich. »Du trägst nur diese Jeansjacke, ohne Hemd?«
Er lächelte.
»Eric, es ist November.«
Er packte mich und rieb seine nackte Brust gegen meinen Mantel. »Ich genieße es, das Leben zu spüren«, sagte er. »Ich will es ganz nah an meiner Haut haben.«
Ich lachte, löste mich von ihm, und wir rannten die Stufen hinunter und ins Freie, dorthin, wo sein Motorrad parkte. Es war sparsam ausgerüstet, lediglich ein robuster Rahmen in Schwarz und Chrom. Er reichte mir einen Helm.
»Wo ist deiner?« fragte ich.
»Du hast ihn auf.«
»Und was ist mit dir?«
»Der andere ist bei einem Unfall kaputtgegangen.«
»Besser er als dein Kopf.«
»Stimmt.«

»Hier, nimm du ihn«, sagte ich und gab ihn zurück.
Er schüttelte den Kopf. »Ich nehme dich nicht mit, wenn du keinen aufhast.«
Zögernd stülpte ich ihn über und sagte: »Ich finde, du solltest auch einen aufsetzen.«
»Ich besorge morgen einen neuen. Jetzt komm.«
Mit gespreizten Beinen setzte ich mich auf das Motorrad, während er mir zusah. Als ich jünger war, hatte ich Mofas gefahren, aber das hier war ein richtiges Motorrad, das sehr schwer zu halten war. Ich kämpfte damit, und er lächelte. Schließlich setzte er sich vor mich und startete.
»Es ist nicht leicht«, sagte er, den Kopf nach hinten gedreht, um das Dröhnen des Motors zu überschreien.
»Wahrscheinlich nicht.«
»Was hältst du davon, wenn du mich statt dessen zum Fliegen mitnimmst?«
Ich lachte. »Ich mache keine Versprechungen.«
Ich umklammerte seine Taille, und wir rasten davon über die glänzenden, menschenleeren Teerstraßen, wo die nächtlichen Ampeln rot oder gelb blinkten. Meine Hände suchten seine muskelbepackte Brust, die kalt und mit Gänsehaut überzogen war. Ich rieb sie und kratzte mit den Fingernägeln über seine Brustwarzen und den Bauch.
Nach einer Weile hielten wir an einer Ampel, und er drehte sich zu mir um. »Bist du bereit zu fahren?« fragte er. Ich schüttelte den Kopf. »Na komm schon«, sagte er. Er drängte mich abzusteigen und hielt das Motorrad, während ich vor ihm aufstieg. »Ich helfe dir«, fügte er hinzu.
Ich spürte seine Hände auf meinen, ganz leicht, nur zur Unterstützung, während ich die metallische, ohrenbetäubende Energie des Motors aufnahm und zu der meinen machte. Die Fahrt war eisig und voller Kurven, daß unsere Knochen knirschten und die

Beine taub wurden. Schließlich hielten wir vor meinem Wohnhaus.
»Siehst du, es gibt nichts, womit du nicht fertig wirst«, sagte er.
»Es könnte sein, daß du dafür das Versuchskaninchen wirst.«
»Dieses Versuchskaninchen bin ich nur allzugern.«
Wir stiegen vom Motorrad, und er nahm mir den Helm ab. Während er ihn noch in der Hand hielt, legte er den Kopf schräg und sah mich an. Seine Haut wirkte weiß und eiskalt; sie ließ sein ebenholzschwarzes Haar und die Augen schwärzer als schwarz wirken. Ich küßte ihn leidenschaftlich und spürte, wie der feste Boden unter mir einbrach.
Solange ich Eric kannte, fand ich diesen Boden nicht wieder.

8

Der nächste Tag war ein Sonntag. Vom Fenster meiner Wohnung aus sahen wir die Sonne aufgehen, und dann kuschelten wir uns zu einem sanften Schlaf aneinander.

Eric weckte mich um die Mittagszeit, indem er Croissants und Cappuccino ans Bett brachte. »Hallo, Liebes. Es ist ein schöner Nachmittag«, sagte er.

»Hallo.« Ich lächelte. »Hast du dieses Zeug auf dem ›Geölten Blitz‹ transportiert?«

Er lachte. »Ist das dein Name für mein Motorrad?«

»Gefällt er dir?«

»Er ist toll … du bist toll.« Er küßte mich.

»Wie hast du das Zeug hergebracht?« fragte ich.

Er lachte. »Ich habe keine Ahnung.«

Ich verschlang drei Croissants, ehe ich einen Schluck von dem Cappuccino nahm, der herrlich stark war. Nachdem wir gegessen hatten, begannen wir uns zu küssen; Eric schmeckte nach aufgeschäumter Milch. Seine Hände begannen meine Brüste, meinen Körper zu streicheln, was winzige Schweißperlen auf meiner Stirn und zwischen den Schulterblättern hervorrief. Plötzlich legte er sich zurück und sah zu mir auf. »Tut mir leid, Alex«, sagte er. »Ich würde rasend gern, aber ich bin entsetzlich wund.«

Ich brach noch vor ihm in Gelächter aus. Als wir wieder zu uns kamen, sagte ich: »Vermutlich war das mehr, als du gewöhnt bist.«

»Du bist mehr, als ich gewöhnt bin.«

Er war unendlich viel mehr, als ich gewöhnt war, und ich war noch nie in meinem Leben so wund gewesen, aber das gab ich nicht zu.

Er stand auf und begann sich anzuziehen. »Ich sollte heute besser lernen«, sagte er. »In Anatomie bin ich nicht auf dem laufenden.« Er sah von oben auf meinen nackten Körper und schenkte mir ein Lächeln. »Du bist so schön«, sagte er.
»Und du bist mehr als schön.«
Er kniete sich neben mich, nahm einen seiner Ohrringe heraus und bohrte ihn durch das zweite Loch, das ich vor einigen Jahren in mein linkes Ohrläppchen hatte stechen lassen. Er umfaßte mein Gesicht und küßte mich. »Was machst du heute?« fragte er.
»Am späten Nachmittag kommt ein Modell zu mir. Ich mache das Projekt fertig, das ich mit dir begonnen habe, das für Kolpinski.«
»Kommen deine Zeichnungen in sein Buch?«
»Das sagt er zumindest. Aber einige davon benutzt er für seine Forschungen.«
»Vielleicht wirst du entdeckt.«
»Das bezweifle ich. Es ist eines von diesen wissenschaftlichen Büchern.«
»Ich werde es kaufen.«
»Du bist drin.«
»Nicht ich, nur mein Rumpf, ohne den Hexenmeister.«
Wir standen auf, und ich rieb meinen nackten Körper gegen Erics rauhe Kleidung und umarmte ihn. »Woher weißt du, daß ich den Hexenmeister weggelassen habe?« fragte ich.
»Ich weiß es nicht. Du hast mir die Zeichnungen ja nie gezeigt.«
»Vermutlich mußt du auf das fertige Buch warten. Übrigens, wo ist die Zeichnung, die du von mir gemacht hast?«
»Erinnerst du dich nicht mehr?«
»Ich meine die davor.«
»Auf deiner Staffelei. Rufst du mich später an?«
»Natürlich.«
Wir küßten uns, trödelten herum, wollten die Zeit so lange wie

möglich ausdehnen, und dann war er weg. Ich ging zum Fenster, beugte mich vor, bis meine Brustwarzen die kalte Scheibe berührten, und sah ihm zu, wie er auf sein Motorrad stieg, es anließ und sich allmählich entfernte. Er blickte nicht herauf, hob aber, während er davonfuhr, seine Hand zum Gruß. Ich winkte zurück.
Ich merkte, daß ich lächelte und noch immer erregt war. Ich ging hinüber zu meiner Staffelei.
Das Blatt war leer.

Mein Modell kam pünktlich um vier Uhr. »Hallo«, sagte sie, als ich die Tür öffnete. »Ich bin Daniella Carvacchi. Aber wir kennen uns ja schon.«
Sie hatte recht. Es war Danny aus Erics Präpariergruppe. »Alex Taylor«, sagte ich. »Komm doch rein.«
Sie kam, schlüpfte aus ihrer braunen Wildlederjacke und sah sich kurz um. »Hübsche Wohnung«, sagte sie. »Wo soll ich das hinlegen?« Sie deutete auf ihre Jacke, die elegant und teuer war.
»Ich nehme sie.«
Sie reichte mir die Jacke. »Arbeiten wir dort?« fragte sie und spazierte hinüber zu dem Bereich mit dem Stuhl, den Scheinwerfern und der Staffelei.
»Ja«, rief ich aus der Garderobe, wo ich mit ihrer Jacke und den fehlenden Kleiderbügeln kämpfte. »Möchtest du Tee, Kaffee oder Mineralwasser?« fragte ich.
»Nichts, danke.«
Ich trat zu ihr; sie saß auf dem Stuhl und wartete.
»Hast du schon einmal Modell gestanden?« fragte ich.
»Ja. Hauptsächlich für Mode.«
»Fotos?«
»Ja.«

»Vermutlich hat dir Professor Kolpinski erzählt, daß er eine Zeichnung des weiblichen Rumpfes will, von vorne, einschließlich der Brüste und des Unterleibs. Hast du damit Probleme?«
»Überhaupt nicht.«
»Du kannst dich hinter dem Wandschirm ausziehen.« Ich deutete darauf, und sie stand auf.
Ich wartete und hantierte sinnlos in der Küche herum.
»Fertig«, verkündete sie.
Ich drehte mich um und ging zu meiner Staffelei, setzte mich dahinter und sah sie an. Sie hatte mir das Gesicht zugewandt und beobachtete mich, während ich sie beurteilte. Ihre Figur war außergewöhnlich, einer dieser schlanken, aber auf provokative Weise sinnlichen Körper, die man sonst nur in Zeitschriften sieht.
»Die Hände an die Seiten legen, bitte«, sagte ich. »Dreh den Oberkörper ein bißchen nach links. So. Sehr schön. Danke.« Ich begann zu zeichnen.
»Ich muß mal aufs Klo«, sagte sie nach etwa dreißig Minuten.
»Es ist gleich neben der Eingangstür.«
Sie stand auf und schlenderte durchs Zimmer. Sie bewegte sich sehr anmutig; ihre Haut war glatt, das Haar und die Augen waren schwarz.
Nach etwa fünf Minuten erschien sie wieder. »Wie lange wird das noch dauern?« fragte sie.
»Vielleicht noch eine halbe Stunde.«
Sie saß wieder auf dem Stuhl und brachte ihren Körper in die entsprechende Pose. Sie lächelte. »Makroskopische Anatomie. Ich muß noch lernen.«
Ich nickte und machte mich schnell wieder ans Zeichnen. Mein Telefon klingelte. »Entschuldige«, sagte ich und hob den Hörer ab. »Hallo? ... Oh, du bist's ... Ja, natürlich, das wäre prima ... Ja, sie ist noch da ... Ungefähr dreißig, nein, lieber erst in vierzig

Minuten. Ja, in vierzig Minuten bin ich fertig ... Bis dann ... ich dich auch.«

Sie starrte mich an; ich warf einen Blick auf meine Armbanduhr und begann wie wild zu zeichnen. Nach zwanzig Minuten verschwand sie erneut im Badezimmer; ich begann hin und her zu marschieren und sah alle dreißig Sekunden auf die Uhr. Endlich kam sie heraus und setzte sich wieder auf dem Stuhl zurecht. Nach weiteren zehn Minuten war ich zwar noch nicht fertig, aber ich sagte: »Das reicht, glaube ich. Mach dich lieber auf den Weg in die Bibliothek.«

»Ach, das macht nichts«, sagte sie und winkte mit ihrer zarten Hand. »Es ist schon in Ordnung. Ich hasse Bibliotheken ohnehin.« Sie lachte in einem zarten, hohen Tonfall.

»Wirklich«, sagte ich. »Ich bin fertig.«

»Wenn du meinst.« Sie stand auf, als ich Erics Motorrad draußen vorfahren hörte. Ich schob sie hinter den Wandschirm. Überraschend schnell war sie fertig, und ich reichte ihr die Jacke.

»Danke«, sagte ich.

»Keine Ursache«, antwortete sie und drehte sich um, um die Treppe hinabzusteigen. »Hübscher Ohrring«, murmelte sie.

Fünf Minuten vergingen, ehe Eric klopfte.

»Alex?« rief er durch die Tür.

Ich öffnete. »Hallo«, sagte ich.

Er küßte mich und machte dann die Tür hinter sich zu. »Also Danny war dein Modell«, sagte er.

»Ja.«

»Das ist wirklich seltsam.«

»Was?«

»Sie ist reich. Sie hat das nicht nötig.«

»Sie hat gesagt, sie hätte früher schon als Modell gearbeitet.«

»Für dickes Geld, Mode und so. Offenbar wollte sie dich überprüfen.«

»Mich?«
»An dem Tag, als ich dich in den Präpariersaal mitbrachte, war sie sauer.«
»Weil sie wußte, daß ich keine Medizinstudentin bin?«
»Nein.« Er hielt inne und wandte den Blick ab.
»Oh. Du hast mit ihr geschlafen.«
Er nickte. »Ungefähr um die Zeit, als du in den Präpariersaal kamst, habe ich Schluß gemacht. Sie war nicht glücklich darüber. Als sie fragte, woher ich dich kenne, habe ich ihr erzählt, ich hätte durch Kolpinski für dich Modell gestanden.«
»Warum ist sie hergekommen? Wollte sie mich eifersüchtig machen?«
»Vielleicht wollte sie die Konkurrenz einschätzen.«
»Bin ich das?«
»Für mich nicht.«
Ich sah ihn eindringlich an. Er wirkte aufrichtig und sogar ein bißchen nervös. »Das ist kein Spiel für mich, Eric«, sagte ich.
»Für mich auch nicht.«
»Aber sie hält es für eins.«
»Ich werde sie aufklären.«
»Weißt du«, sagte ich, »sie ist wirklich schön.«
»Sie ist nicht wie du.«
Ich trat zurück und sah ihn nachdenklich an.
»Alex«, sagte er, »nichts ist schöner als du.«
Erleichtert lächelte ich und glaubte ihm. Eric Moro war noch immer neu für mich, aber schon jetzt überaus wichtig und überaus gefährlich.

10

Knapp zwei Wochen später war Thanksgiving. Eric hatte die romantische Idee, wir sollten aufs Land fahren, uns in einer Pension einquartieren, Papierhüte aufsetzen und im Bett Truthahnschenkel essen. Aber daheim erwartete mich meine Familie, daher lehnte ich sein Angebot zögernd ab und lud ihn ins Haus meiner Eltern ein, das nicht weit außerhalb im Norden der Stadt lag. Er nahm begeistert an.

Es war früher Nachmittag, als wir auf dem »Geölten Blitz« in meine alte Wohngegend fuhren. Der späte Herbst hatte Feuchtigkeit und Farben aus den Blättern gesaugt und nur eingerolltes braunes Laub hinterlassen, das vom frischen Wind aufgewirbelt wurde, einem Wind, dessen Kühle ein leuchtendes Dunkelrosa auf unsere Wangen malte, über unsere lächelnden Münder.

Kurz nach zwei Uhr kamen wir an. Angestrengt versuchte ich, den einfachen, ungepflegten Garten und das kleine Haus, dessen Holzverkleidung einen neuen Anstrich nötig hatte, mit Erics Augen zu sehen. Hier waren ich und meine drei Geschwister aufgewachsen, hier lebten meine Eltern scheinbar schon ewig, hier war alles geschehen, was bis jetzt in meinem Leben wichtig gewesen war. Dieses Haus war für mich angefüllt mit Geschichte, aber was ich mit kritischem Blick plötzlich sah, war seine Schäbigkeit und eine Umgebung ohne Charme und ohne Stil. Was Eric sah, war ein Heim.

»Mom, Daddy, wir sind da!« rief ich gleich, nachdem wir über die Schwelle getreten waren.

»Sie ist da! Sie sind da!« rief meine Mutter aus der Küche und hallte es durch das einstöckige Haus.

»Komm«, sagte ich und ging vor Eric her in die Küche. Ich bemerkte, daß Eric sich umsah, und das verursachte in mir ein unangenehmes Gefühl. Es erinnerte mich an die Zeit in der High-School, wenn Freundinnen aus der wohlhabenden Gegend Main Line zu Besuch kamen und schockiert feststellten, daß ich keinen eigenen Fernseher harte, geschweige denn ein eigenes Zimmer, daß meine Mutter mit dem Bus zur Arbeit fuhr und daß es bei uns zum Abendessen Thunfischauflauf gab. Ihre Reaktionen machten mir klar, daß für manche Menschen das Leben kein solcher Kampf war, wie es das höchstwahrscheinlich für mich sein würde. Wie damals paßte nichts im Haus zusammen; es war noch immer ein zusammengewürfeltes Sammelsurium; der orangefarbene Teppich, das goldfarbene Sofa, der grüne Sessel, Lampen, die weiß der Himmel woher stammten …

»Grüß dich, Mom«, sagte ich, als wir die Küche betraten. Es duftete köstlich und vertraut, und auf einmal war mir alles andere egal. Das Gefühl der Geborgenheit und der Zuneigung, als ich meine Mutter am Herd stehen sah, genau wie in den tausend Erinnerungen, die ich an sie hatte, mit ihrem blonden Haar, das sich aus dem Knoten löste, und der Bluse, die wie immer voller Flecken von der Küchenarbeit war, ließ mir die Tränen in die Augen schießen. Ich umarmte sie, noch ehe sie den Löffel aus der Hand legen konnte.

»Meine Süße, meine Süße«, sagte sie wiederholt. »Wir haben dich vermißt. Es ist ja schon Wochen her.«

»Ich weiß. Entschuldige.« Ich ließ sie los und nahm Eric bei der Hand. »Das ist Eric, Mom. Eric, meine Mom. Wilma.«

»Guten Tag, Eric«, sagte meine Mutter.

»Es ist mir ein Vergnügen, Wilma«, antwortete Eric und reichte ihr die Hand.

Sie nahm sie mit beiden Händen, sah ihm in die Augen und zog ihn in eine Umarmung. Als sie ihn wieder losließ, standen beide noch einen Augenblick da und betrachteten einander. Dann drehte sie sich wieder zum Herd um, nahm den Löffel und begann eifrig zu rühren.

»Mom ist die Trainerin des weiblichen Basketballteams an der High-School«, sagte ich, umgriff Erics Taille und zog ihn an mich.

»Haben Sie auch Alex trainiert?« fragte Eric.

»Trainiert?« fragte meine Mutter mit einem Lachen. »Das Mädchen hört doch auf keinen Trainer.«

»Mom!«

»Tatsächlich?« sagte Eric und küßte mich auf die Wange.

»Das Gute bei ihr ist, daß sie nicht viel Anleitung braucht«, fügte Mom hinzu. »Sie ist ein großes Naturtalent.«

»Danke, Mom.«

»Alle meine Kinder –«

»Hallo«, sagte Harry, mein jüngerer Bruder. Er trat zu uns und umarmte mich heftig, um seine Kraft zu demonstrieren. »Wer ist der Bursche, Alex?«

»Der Bursche ist Eric, Harry. Eric, das ist mein jüngster Bruder Harry.«

»Hallo, Eric.« Sie schüttelten einander die Hand, etwas, das ich bei Harry noch nie zuvor gesehen hatte.

»Schön, dich kennenzulernen, Harry«, sagte Eric. »Du bist an der High-School im zweiten Jahr?«

»Ja, an der Westchester High. Hast du Lust, ein bißchen Football zu spielen?«

»Wir essen in einer Dreiviertelstunde, Harry«, sagte Mom.

»Okay. Komm, Eric.«

»Und was ist mit mir?« fragte ich entrüstet.

»Als ob du eine Extraeinladung bräuchtest«, lachte Harry.

Eric zwinkerte mir zu, und wir folgten Harry nach draußen. Wir hatten noch immer unsere Jacken und Schals an.

Wir spielten einige Minuten lang mit einem Football, und dann kam Cynthia, meine jüngere Schwester, die in der letzten Klasse der High-School war, aus dem Haus gerannt, mit wehenden Haaren, wütendem Blick und voller Entrüstung, weil sie ein paar Minuten Spaß verpaßt hatte und weil Harry Eric zuerst kennengelernt hatte.

»Wartet auf mich, Leute!« rief sie, während sie ein Sweatshirt und Handschuhe anzog.

»Hallo, Cindy«, sagte ich. »Das ist Eric.« Ich schleuderte ihm den Ball zu. Er fing ihn auf und behielt ihn.

»Hallo«, sagte sie, ging auf ihn zu und streckte ihm die Hand entgegen. »Ich bin Cynthia.«

»Guten Tag, Cynthia. Es freut mich, deine Bekanntschaft zu machen«, sagte Eric, nahm ihre Hand und küßte sie auf den Handschuh. Cindy wurde rot.

»Eric«, sagte ich, »wirf mir den Ball zu.« Er tat es. Bald rannten wir durch den ganzen Garten, stürmten durch die dichten Laubhaufen, die an der steinernen Einfassung aufgehäuft waren, krachten durch die Hecken der Nachbarn und warfen uns schließlich auf den Boden, alle miteinander in einem einzigen großen Haufen, ganz schwach vor Lachen.

»Verdammte Scheiße«, keuchte ich, »ihr zerdrückt mich ja. Steht auf, steht auf!«

»Nicht, ehe du diesen Football rausrückst!« sagte Harry.

»Steht auf!«

»Mittagessen!« Das war Mom. Plötzlich hob sich das Gewicht von mir, und ich war frei. Gerettet von einem gefüllten Truthahn. Ich lag auf dem Rücken und blickte hinauf in die Baumkronen. Was ich sah, war Eric, der über mir stand, den dunklen Kopf umrahmt von einem strahlend blauen Himmel. Was ich fühlte, war Liebe.

»Komm«, sagte er und reichte mir die Hand, um mir aufzuhelfen.

Ich ergriff sie und stand auf, lachend und den Ball noch immer im Arm. Während wir zum Haus gingen, zupfte er mir die Blätter aus dem Haar.

»Geht euch waschen, Kinder«, sagte Mom, als sie uns sah. Ich konnte Harry und Cindy im Badezimmer im Obergeschoß streiten hören, während Eric und ich die Treppe hinaufstiegen. Das Treppenhaus war dunkel und vertraut. Wir blieben stehen, lehnten uns gegen die Wand und küßten uns.

Als wir wieder hinunterkamen, saß die Familie bereits am Tisch. Mein Vater war an seinem Platz; er stand neben seinem Stuhl und wartete auf uns. Sein Gesicht und die Kopfhaut unter den wenigen braunen Haaren, die er eitel über seine kahle Stelle kämmte, glänzten rosa nach einer gründlichen Wäsche, seine Kleidung war gestärkt und wies nicht eine einzige Knitterfalte auf.

»Daddy«, sagte ich, als er mich in seine Arme zog. Er duftete nach Old Spice, dem einzigen After-shave, das er jemals verwendete.

»Du bist dünn«, sagte er, ließ mich los und sah mich von oben bis unten an.

»Mir geht's gut«, antwortete ich. »Das ist Eric, Daddy. Eric, das ist mein Daddy, Milton.«

»Hallo, Milton«, sagte Eric. Mein Vater umarmte ihn ebenfalls, was Eric zu überraschen schien.

»Willkommen, Eric«, sagte Daddy. »Setzen Sie sich doch bitte.«

»Danke«, gab Eric zurück, und wir setzten uns.

Cindy und Harry sprachen das Tischgebet, aber ich senkte den Kopf nicht. Statt dessen beobachtete ich alle. Ich sah, wie Daddy Eric aus dem Augenwinkel abschätzend inspizierte, und mußte lächeln.

»Amen.«

»Würden Sie den Truthahn tranchieren, Eric?« fragte Daddy.

»Daddy, ich –« setzte ich an.

»Es ist mir eine Ehre, Milton«, sagte Eric und stand auf.

Ich konnte mir nicht vorstellen, daß in einer anderen Familie ein Gast zum Tranchieren aufgefordert würde, und es irritierte mich ein wenig, aber Eric schien es nichts auszumachen. Fachmännisch zerteilte er den Vogel, während er jede Menge Fragen beantwortete.

»Sie sind also Medizinstudent?« erkundigte Daddy sich.

»Ja, ich habe gerade drei Monate hinter mir«, antwortete Eric.

»Gute Noten?«

»Daddy!«

Eric lächelte. »Bis jetzt schon.«

»Er ist an der Spitze seines Jahrgangs«, sagte ich.

»Dunkles oder helles Fleisch, Wilma?«

»Dunkles, bitte. Danke. Sie machen das großartig, Eric. Macht das die Übung aus dem Anatomielehrsaal?«

»Igitt!« sagte Harry.

»Ich finde das cool«, meinte Cindy. »Da darf man Leichen tranchieren.«

»In der Anatomie sind wir ein bißchen vorsichtiger als hier«, sagte Eric. »Helles oder dunkles, Harry?«

»Helles.«

»Eric ist sagenhaft beim Präparieren«, sagte ich. »So etwas habe ich noch nie gesehen.«

»Das hätte ich auch nicht erwartet«, bemerkte Daddy.

»Du hast die Leichen gesehen?« fragte Harry.

»Ich habe Eric einmal begleitet.«

»Dann haben Sie also vor, Chirurg zu werden?« fragte Daddy.

»Darauf hoffe ich.«

»Ich habe gehört, daß das eine ziemlich umfangreiche Ausbildung ist«, sagte Daddy. »Viele Jahre Studium. Und nicht viel Zeit für andere Dinge.«

Eric nickte. »Hell oder dunkel, Alex?«

»Dunkel, bitte.«

»Sie haben richtig gehört, Milton«, sagte Eric.
»Wie kommen Sie denn mit der Nachtarbeit zurecht?« wollte Mom wissen.
»Während der Ausbildung ist es ziemlich anstrengend, aber danach wird es leichter. Ich habe vor, später im Krankenhaus zu arbeiten, wo ich nicht die ganze Arbeit allein machen muß.«
»Werden Sie Zeit für eine Familie haben?« fragte Daddy.
»Daddy, fang doch nicht –«
»Laß nur, Alex«, sagte Eric, »das ist eine verständliche Frage. Das ist einer der Gründe, weshalb ich keine Privatpraxis eröffnen möchte, wo ich die ganze Zeit Rufbereitschaft habe, Milton, damit die Familie für mich immer an erster Stelle stehen kann.«
»Das hört sich an, als hätte Eric einen klaren und guten Lebensplan, Milton«, stellte Mom fest.
»Das hört sich an, als würde dieser Plan erst irgendwann im nächsten Jahrhundert anfangen, Wilma«, sagte Daddy.
»Er hat recht«, sagte Eric. »Milton hat recht. Jede Frau, die bereit ist, mich zu heiraten, muß Geduld haben. Und wenn ich so eine Verpflichtung eingehe, muß ich Kompromisse machen.«
»Das klingt fair«, sagte Daddy.
»Ich möchte Tierärztin werden«, erklärte Cindy. »Habe ich da noch Zeit für etwas anderes?«
»Du bist noch zu jung, um ans Heiraten zu denken«, meinte Mom.
»Tiermedizin ist toll«, sagte Eric. »Hell oder dunkel, Cynthia?«
»Hell, bitte. Ich kann es gar nicht abwarten, mit einigen von den Sachen anzufangen, die du machst, Eric.«
»Truthähne tranchieren?« erkundigte sich Eric.
»Genau.« Cindy lachte.
»Ich habe tatsächlich damit angefangen, als ich so alt war wie du, Cynthia«, sagte Eric. »Mein Dad hat mich erst zu örtlichen

Metzgern geschickt, dann an die Human Society, und als ich im College war, zu einer medizinischen Fakultät in Chicago.«

»Ihm muß wirklich viel daran liegen, daß Sie Chirurg werden«, sagte Daddy.

»Ja, das stimmt«, bestätigte Eric. »Helles oder dunkles, Milton?«

»Dunkles, bitte. Ich nehme ein Bein.«

»Gut.«

Wir schwiegen einen Augenblick. Während des Gesprächs hatten wir die anderen Speisen herumgereicht: Süßkartoffeln, grüne Bohnen mit einer Schicht eingelegter Bratzwiebeln, Truthahnfüllung, Kartoffelbrei, Soße und Brötchen. Nur Erics Teller war noch leer.

»Fangt bitte an«, sagte Eric. »Ich nehme mir schon selbst.«

Eric setzte sich, und wir begannen zu essen, während er sich bediente.

»Ihr Vater ist Chirurg?« fragte Daddy.

»Geschäftsmann. Autoersatzteile. Aber ich glaube, wenn er die Möglichkeit gehabt hätte, wäre er Arzt geworden.«

»Warum hatte er die Möglichkeit nicht?« wollte Mom wissen.

»Als er zehn war, sind seine Eltern mit der ganzen Familie aus Italien nach Chicago gezogen. Sie mußten kämpfen, um sich eine Existenz aufzubauen.«

Wir aßen weiter und unterbrachen nur, um zu sagen, wie gut alles schmeckte.

Schließlich meinte mein Vater: »Wir sind mit gesunden und glücklichen Kindern gesegnet. Jetzt werden sie alle erwachsen.«

»Alex ist unsere Älteste«, sagte Mom, »und so eine ausgezeichnete Künstlerin. Wir wußten immer schon, daß sie Talent hat –«

»Mom, übertreib nicht«, sagte ich.

»Ich weiß schon, du bist bescheiden, mein Schatz«, sagte sie, »aber es ist wahr. Du hast die Fähigkeit, alles zu tun, wofür du

dich entscheidest und worum du dich bemühst. Und es erst noch gut zu machen.«
»Das kann ich bestätigen«, sagte Eric.
»Wenn das stimmt, dann verdanke ich es Mom und Daddy«, sagte ich.
Beide lächelten stolz.
»Harry hat ebenfalls etwas von diesem Talent abbekommen«, sagte Daddy.
Harry strahlte. »Ich werde Maler«, sagte er. »Oder Football-Spieler.«
»Maler«, sagte Daddy.
»Dann haben wir noch unsere beiden Wissenschaftler«, erklärte Mom. »Cindy und Linda.«
»Linda?« fragte Eric.
»Meine andere Schwester«, sagte ich. »Sie studiert Psychologie an der Columbia University.«
»Sie ist über Thanksgiving in New York geblieben«, berichtete Daddy.
»Warum? Ein neuer Freund?« fragte ich.
»Ich weiß nichts von einem Freund.«
»Ein Freund? Das muß etwas Ernstes sein.«
»Wenn sie an Thanksgiving nicht nach Hause kommt.«
»Ich kenne ihn gar nicht. Wie heißt er? Warum habe ich ihn noch nicht kennengelernt?«
»Ist etwas mit ihm nicht in Ordnung?«
»Ein Problem?«
»Das kann nicht sein, Linda würde nie –«
»Aber an Thanksgiving nicht nach Hause zu kommen …«
Und so ging es immer weiter, ein Kreislauf abgebrochener Gedanken, eine Familie, die zusammensaß. Einer beendete die Sätze des anderen; wir ahnten schon im voraus, was jemand sagen wollte. Ich sah Eric an. Er war verwirrt; seine Blicke sprangen von

einem Sprecher zum nächsten, als folgten sie einem hüpfenden Ball. Wir redeten alle, aber es war, als seien wir ein einziges Wesen, und dabei wurde mir klar, daß nicht alle Familien so waren wie meine.
Ich hörte auf, an der Konversation teilzunehmen, was niemandem auffiel, und beobachtete mit Eric, wie die anderen aßen und redeten. Mir war diese Art des Familiengesprächs vertraut, aber als ich es jetzt sah, wurde mir geradezu schwindlig. Ich war stolz auf meine Familie und aufgeregt angesichts der Aussicht, daß Eric vielleicht eines Tages ein Teil davon werden könnte.
Nach und nach verebbte die Unterhaltung, und wir lehnten uns in unseren Stühlen zurück.
»Nachtisch?« fragte Mom.
Wir waren satt, nickten aber, und alle standen auf, um den Tisch abzudecken.
»Alex und Eric, setzt euch hin«, sagte Mom. »Wir machen das schon.«
»Na gut«, stimmten wir zu.
Wir waren allein im Zimmer, als Eric sagte: »Das, was deine Familie da tut, das ist wie eine Sinfonie aus Sätzen, aber ohne einen Dirigenten.«
Ich lachte. »So habe ich das noch nie gesehen.«
»Es funktioniert aber.«
Ich nickte. »So ist das in dieser Familie.«
Cindy und Mom kamen wieder zurück, sammelten weitere Teller ein und trugen sie in die Küche.
»Du hast eine gute Familie, Alex«, sagte Eric und beugte sich vor, um mich zu küssen.
»Ich weiß. Vermißt deine Familie dich nicht, wenn –«
»Ich sollte beim Abräumen helfen.«
»Du bist ein Gast. Genieß es.«

»Das tue ich.«

»Bitte sehr!« rief Mom, als sie mit einem Kürbiskuchen in den Händen aus der Küche kam. Daddy folgte mit einem Nußkuchen und Harry mit einem Apfelkuchen. Das ergab praktisch einen halben Kuchen pro Person. Übermaß – der Schlüssel zu einem gelungenen Thanksgiving-Essen.

Als alles vorbei war, konnte ich mich nicht mehr rühren. Ich schwor, nie wieder etwas zu essen. Ich weiß nicht, wie Eric es schaffte, aber er stand auf, folgte Mom und Daddy in die Küche und begann, mit den beiden den Abwasch zu machen. Schon der Gedanke daran, jetzt aufzustehen, ließ mich stöhnen. Harry, Cindy und ich krochen ins Wohnzimmer und legten uns auf den Fußboden.

Es war wie so oft nach großen Festessen, als wir noch klein waren. Wir legten uns wie die Speichen eines Rads, mit den Köpfen zur Nabe, redeten, lachten und sahen zur Decke hinauf. Es war eines unserer Spiele, uns abschnittsweise Geschichten auszudenken und dann den Stab an den nächsten in der Reihe weiterzugeben, wobei jeder von uns die Handlung weiter ausschmückte, noch steigerte und sein Markenzeichen hinzufügte.

Wir erzählten gerade eine solche Geschichte, als Eric, Mom und Daddy ins Zimmer kamen. Ich wollte aufstehen, während sich meine Eltern auf ihren Plätzen auf dem Sofa niederließen, aber ehe ich dazu kam, legte sich Eric neben mich. Als er an der Reihe war, die Geschichte weiterzuspinnen, begann er ein faszinierendes Märchen zu erfinden, voller Geheimnis und Romantik, das für unser einfaches Spiel viel zu verwickelt war. Mehrmals versuchte er, die Geschichte an uns weiterzureichen, aber wir baten ihn weiterzumachen, und schließlich saßen wir in einem Kreis auf dem Teppich und starrten ihn gebannt an. Selbst Mom und Daddy lauschten.

Es war dunkel und begann zu schneien, als wir heimfuhren. Meine

Eltern wollten, daß wir über Nacht blieben, aber wir lehnten ab. In dieser Nacht wollte ich Eric für mich allein haben.
Eric fuhr den »Geölten Blitz« vorsichtig, denn die Straßen waren gefährlich glatt. Wir fuhren zu meiner Wohnung. Als wir unsere Helme abgenommen hatten, faßte er mich am Arm und zog mich an sich.
»Du bist eine glückliche Frau«, sagte er.
»Ich bin glücklich, dich zu haben.«
»Ich habe deine Familie gemeint. Soviel Liebe und Wärme … und Ehrlichkeit. Das ist selten.«
Ich sah ihn an und konnte sehen, daß es ihm ernst war, aber ich wußte nicht, wie er es meinte, daher lachte ich. »Thanksgiving macht einen sentimental«, sagte ich. »Kann es sein, daß irgend etwas im Truthahn ist, das diese Wirkung hat?«
»Vielleicht«, sagte er und küßte mich.
»Was immer es auch ist«, sagte ich, »es weckt in mir den Wunsch, dich ins Bett zu zerren.«
»Da gibt es nichts zu zerren, Liebling.«

11

Wenn ich ein einziges Wort finden sollte, um den ersten Monat meiner Beziehung mit Eric zu beschreiben, so wäre es »atemlos«. Wir wohnten nicht zusammen, aber wir verbrachten jede Nacht miteinander, entweder in seiner Wohnung oder in meiner. Spätnachts noch schlangen wir Chop-suey hinunter, tanzten um Mitternacht Tango zur Melodie unseres wilden Gelächters und liebten uns im blauweißen Schein der Straßenlampen, die vor unseren Fenstern baumelten. Und Eric studierte.

»Alex?« rief er eines Nachts Mitte Dezember aus seinem Schlafzimmer nach mir.

»Ja?«

»Ich frage dich wirklich nicht gern, aber könntest du mir helfen, einige lateinische Namen für meine Prüfung morgen auswendig zu lernen?«

Ich ging zur Schlafzimmertür und sah zu ihm hinüber. Er trug nur eine Trainingshose und lag quer über das Bett ausgestreckt, dessen Oberfläche mit Papieren und Büchern vollständig bedeckt war. Es war die Woche der Abschlußprüfungen.

»Und was soll ich tun?«

»Ich muß sie laut aufsagen, während du auf dem Blatt mitliest und mich kontrollierst. Das ist leider sagenhaft langweilig.«

»Aber du mußt es machen.«

»Es macht dir nichts aus?«

»Kein Problem.«

Er reichte mir die Blätter, und ich setzte mich zu ihm aufs Bett. »Ich hoffe, ich kann das Zeug aussprechen«, sagte ich. »Also los. Der Lebenszyklus von *Toxo … Toxo … plasma*?«

»*Toxoplasma gondii.*«

»Sagt man das so? *Gondii*?«

»Genau.« Er warf mir einen Blick zu.

»Bin ich wirklich so schlecht?« fragte ich.

Er nahm mir die Blätter aus der Hand. »Das ist es nicht. Du hast gerade gezeichnet, und ich habe dich unterbrochen.«

»Ich will dir helfen«, sagte ich und entriß ihm die Blätter wieder. »Ich mag den *Toxogondii.*«

Wir starrten einander an. »Dann laß dich von mir massieren, während wir das machen«, schlug er vor.

Ich lächelte. »Du weißt mehr Möglichkeiten, meine Kleider herunterzubekommen, als irgend jemand sonst, den ich je kannte.«

»Und du weißt mehr Möglichkeiten, mich während der Prüfungswoche zum Lächeln zu bringen, als irgend jemand sonst, den *ich* je kannte.«

Er bestand seine Prüfungen glanzvoll.

12

Ich war gerade dabei, Linolschnitte herzustellen, weil ich solche Sachen gewöhnlich zu Weihnachten verschenke, als Eric in meine Wohnung stürmte und mich bat, Weihnachten mit ihm zu verbringen. »Das wäre toll«, sagte er. »Wir könnten einen kleinen Baum besorgen, mit Schmuck, und wir backen Plätzchen –«

»Ganz allein?« fragte ich.

»Warum nicht?«

»Was ist mit unseren Familien?«

»Sind wir denn keine Familie, Alex?«

Sein Gesicht, das noch vom kalten Wind gerötet war, war so schön, daß es mir die Brust zusammenzog. Ich sagte: »Erwarten denn deine Eltern nicht, daß du nach Chicago kommst?«

Er ging zum Fenster und sah hinaus, wobei er mir den Rücken zuwandte. Seine Handflächen lagen auf dem Fensterbrett, seine Stirn lehnte an der Scheibe, und er seufzte. Der Augenblick war zerstört, zerrissen von etwas, das sich plötzlich mit uns in dem kleinen Apartment befand.

»Was ist los?« fragte ich.

»Nichts. Du hast recht. Wir sollten Weihnachten bei unseren Familien verbringen.«

»Eric.« Ich ging zu ihm und umarmte ihn von hinten, obwohl rote, grüne und weiße Farbe naß an meinen Händen klebte. Seine schwarze Motorrad-Lederjacke fühlte sich durch meinen Kittel kühl an. »Ich will Weihnachten mit dir verbringen«, flüsterte ich ihm ins Ohr, »das ist das einzige, was zählt.«

Mit einem plötzlichen Lächeln drehte er sich zu mir um, nahm mein Gesicht in die Hände und küßte es überall.
»Ich habe Weihnachten noch nie getrennt von meiner Familie gefeiert«, sagte ich.
»Dann werden wir das Fest mit ihr verbringen. Ich mag sie.«
»Aber was ist mit *deinen* Eltern?«
»Ich bin lieber mit dir zusammen.«
»Warum fahre ich nicht mit dir nach Chicago?«
Erneut drehte er sich um, löste sich aus der Umarmung und ging hinüber in meine Arbeitsecke. Er griff nach einem Druck und tat so, als betrachte er ihn eingehend.
»Was hast du für ein Problem, Eric?« fragte ich. »Du redest kaum über deine Eltern, du rufst sie nie an, wenn ich bei dir bin, und jetzt willst du mich nicht nach Hause mitnehmen. Schämst du dich meiner?«
Sein Kopf fuhr herum, und in seinem Blick stand etwas, das wie Ärger aussah. »Natürlich nicht!«
»Warum ... warum willst du mich dann nicht nach Hause mitnehmen?«
»Warum können wir nicht hierbleiben?«
»Das können wir, aber damit ist die Frage nicht beantwortet.«
Diesmal wich er nicht aus. Er legte den Druck vorsichtig zurück und zog die Lederjacke aus. Dann bedeutete er mir, mich aufs Sofa zu setzen. Ich tat es.
»Meine Familie ist kompliziert«, sagte er.
»Das sind alle Familien.«
»Nicht so wie meine.«
»Du hast meine gesehen. Sie ist ziemlich seltsam.«
Er zögerte einen Augenblick. »Nicht so wie meine.«
»Aber du hast gesagt, dein Vater hätte –«
»Er hat mir geholfen, das ist wahr, und in gewisser Weise

ist er wie du, er kämpft wie ein Irrer für etwas, woran er glaubt. Sein Geschäft hat er aus dem Nichts aufgebaut. Verdammt, er hat, bis er elf war, noch nicht einmal Englisch gesprochen.« Er stand auf und begann im Zimmer hin und her zu gehen. Es war nicht viel Platz, und er mußte oft umkehren; er sah nicht mich an, sondern auf den Teppich, auf seine Stiefel.
Er fuhr fort. »Oft genug hat mein Vater nicht bekommen, was er wollte und was er verdient hat. Er sprach mit Akzent, sein Haar und seine Augen waren zu dunkel, er war ein Fremder.«
»Ein Fremder?«
»Ja, aber unter den Italienern wurde er akzeptiert, als die Leute seine Intelligenz und seine Entschlossenheit erkannten. Von dort aus begann er mit dem Aufbau.«
»Seines Geschäfts.«
»Genau. Aber es außerhalb zu schaffen, das war schwerer. Darüber redet er nicht gern. Seine Mutter, meine Großmutter, hat mir das meiste davon erzählt.«
»Was ist passiert?«
»Er wollte nicht aufgeben. Er ging von Tür zu Tür, redete mit den Leuten, wollte ein Freund werden, dem man vertraute. Das war seine Art von Werbung.«
»Das ist eine gute Geschichte.«
»Aber das ist nicht die eigentliche Geschichte. Er wurde von einigen Rivalen aus einer benachbarten Gemeinde fast zu Tode geprügelt.«
»Wie entsetzlich!«
»Aber es hat nicht funktioniert. In weniger als einem Monat war er aus dem Krankenhaus draußen und machte weiter.«
»Er ging zurück in diese Gegend?«
»Er hat Mut … und Stolz.«

»Oder Dummheit.«
Eric blieb stehen und sah mich an. Dann grinste er. »Vermutlich hast du recht«, sagte er. »Er wurde noch zweimal zusammengeschlagen.«
»Mein Gott!«
»Und dreimal ging er wieder zurück.«
»Ist er noch immer am Leben?«
»Ja. Sein Geschäft auch.«
»Danach haben sie einfach aufgegeben?«
»Sie hatten keine andere Wahl.«
»Sie hätten ihn umbringen können!«
»Aber das haben sie nicht getan.«
»Woher wußte er, daß sie das nicht tun würden?«
»Das wußte er nicht.«
»Ganz schön mutig. Erzähl mir mehr.«
»Er hat es getan, um zu beweisen, daß es möglich war, und um sich eine Zukunft aufzubauen, für seine Familie.«
»Das hört sich eher tapfer als kompliziert an, Eric.«
»Er ist ein bewundernswerter Mensch. Er ist auch mitfühlend. Er weiß, wie es ist, wenn man ganz unten ist. Er hat seine Angestellten dabei unterstützt, sich gewerkschaftlich zu organisieren, obwohl ihn das Geld gekostet hat.«
»So etwas habe ich ja noch nie gehört.«
Eric nickte. »So jemand wie er ist selten.«
»Das sehe ich. Aber ich verstehe noch immer nicht, was das mit Weihnachten zu tun hat. Gibt es ein Problem mit deiner Mutter?«
»Nein.« Er begann wieder im Zimmer hin und her zu marschieren. »Mama ist toll, da gibt's keine Probleme.«
»Ich will die beiden kennenlernen, Eric.«
»Mein Vater ist ein brillanter, einflußreicher Mann ...«
»Und?«

»Er stellt hohe Ansprüche, wie das jeder Mann von seinem Kaliber tun würde.«
»Das heißt, er würde mich nicht mögen.«
»Nein!« Er blieb stehen und starrte mich an. »Nein, überhaupt nicht. Er stellt hohe Ansprüche an seine Kinder.«
»Offensichtlich erfüllst du sie.«
Ich war überrascht, als ich plötzlich Tränen in seinen Augen sah; er zwinkerte heftig und begann wieder hin und her zu gehen. »Er ist nicht leicht zu beeindrucken«, sagte er.
»Aber du studierst Medizin an einer der besten Universitäten in ganz –«
»Glaubst du, das ist genug?« fragte er, drehte sich um und sah mir beinahe vorwurfsvoll ins Gesicht.
»Ja«, sagte ich, »das ist genug. Außerdem ist es nicht das, was dich beeindruckend macht.«
»Was dann, Alex?«
Ich sah ihm in die Augen. Er stand ein Stück von mir entfernt, aber ich befand mich nahe genug, um zu sehen, daß er es ernst meinte. Ich stand auf, ging zu ihm und zog ihn an mich. »Du, Eric«, sagte ich. »Du allein.«
So blieben wir mehrere Minuten stehen. Wir klammerten uns beide an etwas, das weiter reichte als Feiertage, Familien, Erinnerungen und Traditionen. Als ich aufblickte, rechnete ich damit, ihn weinen zu sehen, aber statt dessen sah er so abwesend aus, als denke er an Probleme, über die er noch nicht sprechen konnte. Ich bedrängte ihn nicht.
Schließlich sagte er: »Fahr mit mir über Weihnachten nach Hause.«
»Es ist schon in Ordnung, wenn –«
»Ich will dir zeigen, daß ich mich deiner nicht schäme.«
»Eric –«
»Nein, wir fahren über Weihnachten nach Chicago, und du wirst

ihn kennenlernen. Er wird dich liebgewinnen, vielleicht mehr, als er mich liebt.« Er lächelte, als sei das ein Witz, auch wenn ich wußte, daß das nicht stimmte. Es war Angst, die von seinem lockeren Gehabe überdeckt werden sollte – und deshalb mußte ich fahren, um ihm zu zeigen, daß er unrecht hatte.

13

An Heiligabend saßen wir im Flugzeug, auf dem Weg nach Chicago. Es war überfüllt; man sah allerdings mehr Einkaufstaschen voller Geschenke, eingewickelt in silbern, golden, rot und grün glitzerndes Papier, als Passagiere. Ich hatte für Erics Eltern den Linolschnitt eines Weihnachtsbaumes und eine gerahmte Zeichnung von Erics Oberkörper eingepackt.

Ich war aufgeregt angesichts dieser Reise, aber Eric war ungewöhnlich schweigsam, was mich nervös machte und überlegen ließ, ob wir wohl das Richtige taten. Wir saßen in einer der seitlichen Reihen, die drei Sitze hatten; den Sitz am Gang besetzte ein außerordentlich dicker Mann, dessen Atemzüge pfiffen.

»Wird es kalt sein in Chicago?« fragte ich Eric.

»Das ist schon möglich.«

»Hoffentlich gefallen ihnen die Geschenke, die ich –«

»Bestimmt.« Eric sah aus dem Fenster.

»Wir müssen nicht unbedingt hinfahren, weißt du«, sagte ich. Ich spürte, daß mir der Mann am Gang einen Blick zuwarf, was mich daran erinnerte, daß wir nicht allein waren.

»Willst du denn nicht?« fragte Eric und sah mich an.

»Doch, ich glaube schon.«

»Es wird schön für dich werden, Alex.« Er gab mir einen Kuß auf die Stirn.

»Für dich auch?«

»Na klar.«

Das Flugzeug begann über den Asphalt zu rollen, und plötzlich war es zu spät, um noch umzukehren. »Und los geht's«, flüsterte ich. Eric lächelte und nahm meine Hand.

Etwa zwanzig Minuten lang schwiegen wir beide, während das Flugzeug startete und die endgültige Flughöhe erreichte. Dann fragte ich: »Was hält dein Vater von dem Hexenmeister?«
Eric sah mich überrascht an. »Das weiß ich nicht«, antwortete er.
»Du hast eine Tätowierung, und er äußert sich nicht dazu?«
»Wir haben nie darüber geredet.«
»Gibt es noch andere Dinge, über die ihr nicht sprecht?«
Sein Gesichtsausdruck wurde nachdenklich. »Ja«, sagte er schließlich.
»Du mußt es mir nicht erzählen«, sagte ich und drückte seine Hand.
Er drehte mir das Gesicht zu und sagte: »Aber ich will es, Alex.«
Ich wartete.
Er sagte: »Als ich klein war, brüstete sich mein Vater mit mir vor seinen Freunden. Er erzählte ihnen von meinen Erfolgen im Baseball, meinen guten Noten und daß ich eine Miniaturausgabe von ihm selbst sei.« Er warf mir einen Blick zu und zeigte ein kaum wahrnehmbares Lächeln, ehe er mit melancholischem Blick fortfuhr: »Ich war zwölf, als er das Interesse an mir verlor.«
»Das kann ich mir nicht vorstellen.«
»Es ist wahr. Er hörte auf, mich zu mögen.«
»Das gibt's doch nicht.«
»Doch, so ist es. Und als ich sechzehn wurde, ging ich von zu Hause fort, nach Stanford aufs College. Seitdem habe ich ihn kaum gesehen.«
»Hast du ihn jemals gefragt, was passiert ist?«
»Er weigerte sich, darüber zu sprechen, und schließlich hörte ich auf, ihm irgend etwas zu erzählen.«
»Zum Beispiel von der Tätowierung?«
»Ja, ebenso von Tiffany, der Blondine, die ich im Sommer nach meinem ersten Collegejahr in New Orleans kennenlernte. Sie war meine erste richtige Freundin.«

»Du hast sie nie mit nach Hause gebracht, stimmt's?«
»Nie.«
»Warum hast du dich von ihr getrennt?«
»Das habe ich gar nicht. Die Wahrheit ist ... na ja, sie ist schrecklich.«
»Was denn?«
»So schrecklich sie auch ist, wir hatten einen gemeinsamen Schmerz und ein gemeinsames Bedürfnis. Ich mußte sie retten; sie brauchte bedingungslose Liebe.«
»Und die hast du ihr gegeben?«
»Ich habe es versucht.«
»Was war das für eine schreckliche Wahrheit, Eric?«
»Ihr Papa hat sie gevögelt.«
»Gevögelt?« fragte ich und preßte meine Lippen fest mit den Zähnen zusammen.
»Gevögelt«, wiederholte Eric. »Sie ist inzwischen gestorben.«
»O mein Gott! Wie denn?«
»Sie hat sich den Lauf eines Gewehrs in den Mund gesteckt. Es war furchtbar.«
Mir stockte der Atem. »Es ...es war nicht deine Schuld«, sagte ich.
»Das weiß ich, aber deshalb fühle ich mich trotzdem schuldig.«
»Wie jeder Überlebende.«
»Vielleicht. Aber ich bin froh, daß ich überlebt habe, weil ich dich kennengelernt habe.«
»Ich auch.«
Einen Augenblick lang hielten wir uns an der Hand; meine war schweißnaß, seine trocken und kühl.
»Ich vermute, dein Vater weiß nichts von der ganzen Sache«, sagte ich.
»Ich wollte ihm nicht noch mehr Gründe liefern, mich nicht zu mögen.«

»Es hätte ihm sicher nicht gefallen. Dennoch ist er dein Vater. Er wird dich trotz allem lieben, Eric.«

»Wir reden nicht viel über Liebe.«

»Aber er liebt dich.«

»Das nehme ich an.«

Ich konnte spüren, daß der dicke Mann unserem Gespräch lauschte, und das löste in mir den Wunsch aus, auf Erics Schoß zu klettern und leise mit ihm zu flüstern. Dann kam der Wagen mit den Getränken.

Nach einigen Minuten sagte der Mann: »Fröhliche Weihnachten« und hob sein Plastikglas, während die Stewardeß zwei eisgefüllte Gläser und zwei Fläschchen Johnny Walker vor Eric und mich stellte.

»Was?« fragte ich, drehte mich um und sah den Mann an, wobei ich ihn zum ersten Mal wirklich wahrnahm, sein Gesicht, seine Augen, etwas anderes als seinen monumentalen Körper.

»Fröhliche Weihnachten«, antwortete Eric und hob ebenfalls sein Glas. »Danke für die Getränke.«

Ich sah zwischen den beiden hin und her, unsicher und zögernd, und der Mann sagte: »Es hörte sich so an, als könnten Sie etwas brauchen.«

Wir lachten. Er war ein Fremder, der uns belauscht hatte, aber er war freundlich. »Fröhliche Weihnachten«, murmelte ich, während ich den Deckel der kleinen Schnapsflasche abschraubte.

Der Alkohol half mir, die Gedanken an Tiffany, Inzest, Selbstmord und strenge Väter zu vertreiben, zumindest für eine Weile, und dafür war ich dankbar. Wir flogen, und ich schlief an Erics Schulter ein, gegen den Hexenmeister gelehnt.

Vom Flughafen aus nahmen wir eine Limousine, die uns Erics Vater freundlicherweise bezahlte. Wir bedankten uns bei ihm, indem wir auf dem roten Velours der geräumigen, düsteren

Rückbank miteinander schliefen. Der Fahrer schien es nicht zu bemerken, oder wenn er es sah, merkten wir nicht, daß er es bemerkte. Fröhliche Weihnachten.

Das Haus der Moros befand sich in einer Vorstadt im Norden. Es war ein großes Ziegelgebäude im Kolonialstil, das mit Kränzen, Schleifen und Weihnachtsschmuck verziert und von sorgfältig geschnittenen Büschen umgeben war. Alles war von einer dünnen Schneeschicht überzuckert. Gelbe Lichtstrahlen durchbrachen die Dunkelheit; sie fielen aus leuchtenden, einladend wirkenden Fenstern auf den Rasen.

Wir dankten dem Fahrer und stiegen aus. Es herrschte trockene Kälte, und die Luft war unbewegt und still.

»Wir sind da«, sagte Eric, nahm mein Gesicht in seine Hände und küßte mich mit jedem Wort, das er sagte, auf eine andere Stelle: »Ich liebe dich.« Ich war in Hochstimmung, weil er das ausgerechnet jetzt zu mir gesagt hatte. Begierig küßte ich ihn auf die Lippen und hätte am liebsten gleich noch einmal mit ihm geschlafen, mitten im frostigen Vorgarten seiner Eltern. Als ich mich von ihm löste, um ihm eine passende Antwort zu geben, hatte er sich von mir weggedreht.

»Hallo, Mama«, sagte er und winkte.

Vom Licht umrahmt stand Mrs. Moro an der Tür, eine gestärkte grüne Schürze mit roter Borte um die schmale Taille gebunden und das schwarze Haar erbarmungslos festgesprüht. Sie winkte zurück und rief: »Kommt herein! Es ist kalt.« Sie sprach ohne Akzent, da sie in Chicago geboren und aufgewachsen war, aber ihre Eltern waren aus Norditalien eingewandert, und die erste Sprache, die sie gelernt hatte, war Italienisch gewesen, das sie heute allerdings nur noch selten sprach.

»Mama, das ist Alexandra Taylor«, sagte Eric, als wir auf das Haus zugingen. »Alex, das ist meine Mama, Patricia Moro.«

Wir schüttelten einander die Hand. Ihre Fingernägel waren im gleichen Hellrot lackiert wie die Schürzenborte. »Freut mich, Sie kennenzulernen, Mrs. Moro«, sagte ich.

»Die Freude ist ganz meinerseits, meine Liebe«, antwortete sie. »Wie geht es dir, Eric?«

»Gut, danke, Mama.«

»Schön.« Sie küßten einander auf die Wange, und wir traten ein, während Mrs. Moro die Tür hinter uns schloß.

»Roberto?« rief sie aus der Diele, als wir aus unseren Mänteln schlüpften.

Eric flüsterte: »Das ist mein Vater.«

Wir warteten.

»Bruderherz!« rief Eric, als ein sehr gutaussehender, dunkelhaariger Teenager hereinsprang.

»Bruderherz!« antwortete der junge Mann. Sie umarmten sich.

»Jerry, darf ich dir Alex Taylor vorstellen?« sagte Eric. »Alex, das ist mein kleiner Bruder Jerry.«

»Guten Tag«, sagte ich.

»Hallo«, gab er zurück. Dann, an Eric gewandt: »Treffer, Bruderherz, wie immer.«

»Roberto!« rief Mrs. Moro. Als wieder keine Antwort kam, sagte sie: »Jerry, geh und such deinen Vater.« Er rannte davon.

»Nun«, sagte Mrs. Moro, »dann werden wir euch einmal unterbringen.« Sie stieg vor uns eine Treppe hinauf; der Teppich war beige und reichte von Wand zu Wand. Eric trug unsere Koffer.

»Eric, mein Lieber«, sagte sie, »du bist natürlich in deinem Zimmer.« Sie schaltete in einem Raum, an dem wir vorüberkamen, das Licht an und erleuchtete Erics Kindheit. Das Zimmer enthielt ein Einzelbett mit einer hellgrünen Tagesdecke, die mit blauen Schiffen bedruckt war, eine Pinnwand, auf der akribisch

genau Zettel angeordnet waren, und ein Sortiment von Spielsachen, Trophäen und Büchern.
»Und Alexandra«, sagte Mrs. Moro, während sie weiter den Korridor entlangging und wir ihr folgten, »Sie sind hier, nicht bei den Jungs.« Sie führte mich in das Zimmer eines Mädchens, rosafarben und weiß, rüschenverziert und mit einem Betthimmel aus Spitze.
»Das muß Pammys Zimmer sein«, sagte ich. Pammy war Erics zwanzigjährige Schwester, die jetzt in Frankreich lebte.
»Das ist ein Gästezimmer«, sagte Mrs. Moro. »Sie werden sich hier bestimmt wohl fühlen.«
»Es ist sehr schön«, antwortete ich und machte mich daran, auszupacken. Eric stellte meinen Koffer auf das Bett und ging. Seine Mutter folgte ihm zu seinem Zimmer und stieg dann die Treppe hinab.
Nach einigen Minuten kam Eric zu mir zurück. »Willkommen daheim«, sagte er, schloß die Tür und drückte mich mit seinem Körper aufs Bett. Ich kicherte.
»Ich würde diesen Betthimmel gern zum Wackeln bringen«, sagte er. »Was hältst du davon?«
»Deine Mutter hat uns getrennte Zimmer gegeben.«
Er rollte sich auf den Rücken und sah nach oben. »Katholisch«, sagte er. »Was hast du erwartet?«
»Ich wußte nicht, daß du katholisch bist.«
»Bin ich auch nicht.«
»Aber –«
»Ich bin katholisch aufgewachsen, das ist alles.«
Ein lautes, ungeduldiges Klopfen ertönte an der Tür. Eric sprang auf und räusperte sich. »Herein«, sagte er und öffnete die Tür.
»Alexandra?« fragte Mr. Moro. Er war großgewachsen, seine Haut und die Haare waren dunkler als die von Eric, und er war

auf sehr beeindruckende, geradezu atemberaubende Art gutaussehend. Seine Stimme war tief, und sein verblaßter, aber dennoch hörbarer italienischer Akzent wirkte überaus faszinierend. Einen Augenblick lang stockte mir der Atem.

»Ja?« antwortete ich.

»Dad, das ist –«

»Roberto Moro«, sagte Mr. Moro und schüttelte mir mit Entschiedenheit die Hand. Er trug einen blauen Nadelstreifenanzug und strahlte Autorität und Macht aus. »Willkommen in unserem Haus«, fügte er hinzu. Dann nickte er seinem Sohn zu, und wir folgten ihm, während er vor uns her zum Eßzimmer ging.

Das Haus der Moros wirkte nicht wirklich bewohnt; es war in hellen und neutralen Farben tadellos gestrichen und mit passendem ländlichen Zierat und geschmackvollen Ferienerinnerungen geschmückt. Man konnte sich nur schwer vorstellen, daß hier drei Kinder aufgewachsen waren.

Beim Abendessen saß Mr. Moro am Kopf der Tafel und verteilte das Essen auf den Tellern, die an uns weitergereicht wurden. Wir aßen Rinderbraten, gebackene Kartoffeln, Spargel und einen gemischten grünen Salat in den Portionen, die er für angemessen hielt.

»Alexandra. Sie zeichnen?« erkundigte sich Mr. Moro.

»Ja, das stimmt«, sagte ich.

»Und was zeichnen Sie, meine Liebe?« fragte Mrs. Moro.

Ich schluckte einen Mundvoll Wein hinunter. Warum hatte ich nie darüber nachgedacht, wie ich das beschreiben sollte? Nackte Körper? Aktmodelle? Anatomische Studien? »Äh … ich zeichne Menschen«, sagte ich.

»Menschen«, meinte Mr. Moro bedächtig und hielt beim Servieren inne, um mich nachdenklich anzusehen. »Nun, das ist ja wirklich interessant. Wirklich. Wir würden sehr gern Ihre Arbeiten sehen.« Mr. Moro wandte sich wieder dem Füllen und Weitergeben der Teller zu, und auf seinem Gesicht lag etwas zwischen einem Lächeln und einer Grimasse.

Ich sagte: »Hat Eric Ihnen erzählt, daß er der Beste seines Kurses ist in –«

»Stellen Sie Ihre Arbeiten auch aus?« unterbrach mich Mr. Moro.

»Nein. Ich arbeite an den Illustrationen für ein Buch, ein wissenschaftliches Buch.«

Mr. Moro nickte, reichte den letzten Teller weiter, und die Familie senkte die Köpfe zum Gebet. Jerry sprach das Tischgebet. Ich war überrascht, als ich Eric die Worte mitsprechen sah, nach dem, was er im Obergeschoß gerade gesagt hatte.

Nachdem das Tischgebet vorüber war, hoben wir die Köpfe und ich sagte: »Mr. Moro, ich habe gehört, Sie besitzen ein Geschäft für Autoersatzteile.«

»Ja, ich habe es selbst aufgebaut, habe mich aus dem Nichts hochgearbeitet. Jetzt besitze ich eine ganze Ladenkette.«

»Moros Autoersatzteile«, sagte Jerry.

Ich nickte. Eric schnitt seinen Braten in Stücke und begann zu essen.

»Ich habe hart gearbeitet«, sagte Mr. Moro. »Darum dreht sich alles. Arbeit, Arbeit und noch mehr Arbeit. Der Schlüssel zum Erfolg. Das und moralische Werte.« Er machte eine Pause, um zu kauen und genußvoll einen Schluck Wein zu trinken. Ich sah, wie er Eric einen Blick zuwarf, der fast verächtlich war, während Eric die Augen auf seinen Teller gerichtet hielt.

Wir aßen weiter. Das Gespräch wandte sich wieder meinem Zeichnen zu, meiner Familie, Philadelphia und dem Wetter an der Ostküste. Bald war das Abendessen vorbei, und Mrs. Moro begann mit dem Abdecken.

»Ich helfe dir«, erklärte sich Eric bereit.

»Setz dich«, sagte Mr. Moro.

»Lassen Sie mich das machen«, sagte ich.

»Wenn Sie möchten, Alexandra«, sagte Mrs. Moro.
Während wir in der Küche aufräumten, plauderte ich mit Mrs. Moro über das Muster ihres Porzellans, danach über Chicago, Jerry und Eric. Als ich Pammy erwähnte, wechselte sie das Thema. Nach etwa einer Dreiviertelstunde waren wir fertig, ich ging ins Wohnzimmer zurück, wo ich erwartete, Eric zu sehen, der sich mit seinem Vater und seinem Bruder am Kamin unterhielt. Aber er war nicht da. Mr. Moro war allein und las. Er blickte auf, als ich eintrat.
»Wo ist denn Eric?« fragte ich und warf einen Blick auf meine Armbanduhr.
»Oben, vermute ich. Kommen Sie doch her und erzählen Sie mir, warum Sie Künstlerin geworden sind.«
Ich setzte mich neben ihn und blickte ins Feuer. Er trank Brandy oder Scotch, ich wußte es nicht genau, und drehte sein Glas in Abständen im Kreis, so daß die Eiswürfel klirrten und im Feuerschein glitzerten. Wir begannen uns zu unterhalten, und als ich erneut auf meine Armbanduhr blickte, war eine Stunde vergangen. Von Eric war nichts zu sehen.
»Ich sollte wohl mal schauen, ob Eric –«
»Sind Sie Katholikin, Alexandra?«
»Nein.«
»Aber Sie kommen doch mit uns zur Mitternachtsmesse, nicht wahr?«
»Wann denn?«
Er lachte. Sein Lachen war wie ein Geschenk, großzügig und warm, und in seinem schönen, reifen Gesicht zeigten sich Lachfältchen. Ich stieß ein nervöses Lachen aus. »Heute abend«, sagte er. »Heute abend findet die Heiligabend-Messe statt.«
Ich nickte und stand auf.
»Sie werden es lernen«, sagte er.

»Danke«, murmelte ich, drehte mich um und stolperte hinaus auf die Treppe zu.
Im Obergeschoß klopfte ich an Erics Tür und trat ein. Er lag bäuchlings auf seinem Bett und las.
»Hallo«, sagte ich.
»Ach, Liebling. Komm doch rein.«
Ich setzte mich neben ihn, und er drehte sich auf den Rücken, zog mich an sich und küßte mich. »Hat mein Vater dich ausgefragt?« erkundigte er sich.
Ich nickte. »Wo warst du denn bloß?«
»Hier oben.«
»Dein Vater hat ziemlich viel mit mir geredet.«
»Ich wußte, er würde dich lieben. Warum sollte er nicht?« Er begann, mich am Hals zu küssen.
Ich entzog mich. »Er ist nur deinetwegen an mir interessiert«, sagte ich.
»Hat er die Mitternachtsmesse angesprochen?«
»Ja.«
»Hast du ihm gesagt, daß du mitgehst?«
»Nicht so direkt, aber wir gehen doch, oder?«
»Ich nicht.«
»Warum nicht?«
»Ich habe dir doch gesagt, Alex, daß ich kein Katholik bin.«
»Ich auch nicht.«
»Dann geh nicht.«
»Ich finde, wir sollten hingehen.«
»Ich gehe nicht.«
»Wir sind nur über die Feiertage da. Kannst du denn nicht ein paar Zugeständnisse machen?«
»Glaubst du, das würde helfen?«
»Ich weiß nicht, aber warum tust du ihm nicht den Gefallen?«
»Religionsfreiheit.«

»Mein Gott, Eric.«
»Genau, Alex.«

Um elf Uhr abends brachen wir zur Messe auf. Eric blieb im Haus zurück, und Jerry und ich begleiteten Mr. und Mrs. Moro. Ich bemühte mich um eine lockere Unterhaltung und zwang mich zu lächeln, während Mr. Moro den großen blauen Mercedes zur Kirche steuerte, aber ich war aus dem Gleichgewicht gebracht, verwirrt von Erics unerwarteter Dickköpfigkeit.
Die Kathedrale strahlte. Herrliche bunte Glasfenster, die von innen hell beleuchtet wurden, glänzten hoch über uns. Büschel von duftendem Immergrün, mit gestärkten roten Samtschleifen umwunden, schmückten die Sitzreihen. Kerzen in reinem Milchweiß flackerten vor dem Altar und in den Seitenkapellen, wo Heiligenstatuen und die Jungfrau Maria wohlwollend aus ihren verborgenen Nischen lächelten. In der Nähe des Altares stand eine Krippe. Wie ein rotes Meer umgaben Weihnachtssterne den Altar und die Seiten der Stuhlreihen.
Der riesige Raum war übervoll mit Gläubigen. Sie knieten nieder, ehe sie sich in die Bank schoben, senkten leicht den Kopf, bekreuzigten sich und murmelten dazu: »Im Namen des Vaters, des Sohnes und des Heiligen Geistes«, und trotz ihrer Ehrerbietigkeit und der feierlichen Kleidung lächelten sie und winkten sogar. Während dieses besonderen Augenblicks waren wir, die als Fremde in einer Stadt lebten, unter der Gewölbedecke vereint und wurden von der machtvollen Architektur, der dramatischen Geschichte und der beinahe bedrückenden Schönheit umfangen. Wir waren eins in unserem Glauben und unserer Hoffnung und erhoben eine kollektive Stimme, um Gott im Gesang zu preisen. Als die Hymne verklungen war, begann ein Priester zu sprechen, der einen glänzenden, kahlen Kopf hatte und eine mehrlagige weiße Brokatrobe trug, die mit Gold eingefaßt war. Er stieß

Worte aus, deren Schlichtheit und Tiefe erstaunte, rühmte die Geburt von Gottes Sohn, feierte sein Kommen, um die Menschen von ihren Sünden zu erlösen, und sein zeitloses Vermächtnis von Barmherzigkeit, Mildtätigkeit und Gnade. Aber vor allem sprach der Priester von Liebe, einer Liebe, die Jesus als Retter durch sein Leben, seinen Tod und die Auferstehung der Menschheit für alle Ewigkeit geschenkt hatte, einer Liebe, die weiter reicht als jedes menschliche Begreifen, einer Liebe, die jedes Opfer wert ist.

Die Heimfahrt verlief still. Mein Schweigen war die Folge von Müdigkeit, die von Ehrfurcht gefärbt war. Was bei den anderen der Grund war, konnte ich nur vermuten. Wir hielten vor dem Haus, tauschten unsere »Gute Nacht«- und »Fröhliche Weihnachten«-Wünsche und stiegen die Treppe hinauf, um ins Bett zu gehen. Als ich an Erics Zimmer vorbeiging, war die Tür geschlossen. Ich klopfte nicht an.

Eric kam am frühen Morgen des Weihnachtstages zu mir, noch bevor eines der übrigen Familienmitglieder aufgestanden war. Er kniete sich neben mein Bett und küßte meine Hand, die noch träge war vom Schlaf.

»Fröhliche Weihnachten«, sagte er, als ich die Augen aufschlug.

»Fröhliche Weihnachten, mein Liebster«, murmelte ich.

»Bist du schon katholisch?« fragte er.

Ich lächelte. »Schaffen sie das, ohne daß man es erfährt?«

»Du würdest dich wundern, was sie alles schaffen.«

Ich stützte mich auf meinen Ellbogen und sah ihn an. »Ich habe mir gestern abend gewünscht, du wärst bei mir gewesen«, sagte ich.

»Du hättest in mein Zimmer kommen sollen.«

»Ich spreche von der Messe.«

»Oh.«

»Es war so schön, Eric.«

»Der Gottesdienst?«
»Die Kathedrale, die Atmosphäre.«
»Daran kann ich mich erinnern.«
»Wirst du es mit deinen Eltern noch einmal versuchen?«
»Ich liebe sie, ob ich es nun zeige oder nicht. Das wissen sie.«
»Bist du sicher?«
»Natürlich.«
Ich setzte mich auf und ergriff seine Hände; sie waren warm und glatt. Ich drehte die Handflächen nach oben und betrachtete sie.
»Bitte«, flüsterte ich, »sag es ihnen.«
»Daß ich sie liebe?« Er entzog sich meinem Griff und erhob sich.
Ich stand auf und umarmte ihn.
»Eric, es ist Weihnachten.«
»Das stimmt.«
Wir küßten uns, die Münder noch schläfrig vom frühen Aufwachen. Dann stiegen wir die Treppe hinunter.
Eric bereitete uns heiße Milch mit Kakao zu, und wir setzten uns in die Frühstücksecke am Fenster, um den Sonnenaufgang anzusehen. Der morgendliche Himmel über dem kalten grüngrauen Wasser des Michigansees war fast farblos.
»Willst du dein Geschenk jetzt schon?« fragte Eric.
Ich nickte, und er reichte mir einen Umschlag, den ich öffnete.
»Flugtickets?« fragte ich.
»Wir fliegen morgen früh.«
»Eric!« Ich warf meine Arme um seinen Nacken und küßte ihn.
»Das ist großartig. Danke.«
Er lachte und kitzelte mich. »New Mexico, Liebling. Skifahren in Taos.«
»Aber ich habe gar keine Ausrüstung.«
»Die leihen wir uns.«
»Werden deine Eltern nicht enttäuscht sein, wenn wir so bald wieder fahren?«

»Sie haben von Anfang an gewußt, daß wir nur zwei Tage hierbleiben. Ich habe dir erzählt, wir würden länger bleiben, um dich mit der Reise nach New Mexico zu überraschen.«
»Eine ganze Woche?«
»Eine ganze Woche mit meiner Süßen. Ich habe das beste Leben auf der Welt.«
»Nein, das habe ich.«
»Guten Morgen, Kinder.« Wir blickten auf; es war Mrs. Moro. »Habt ihr gut geschlafen?« fragte sie. »Konnten Sie schlafen, Alexandra?«
»Ja, danke«, antwortete ich.
»Fröhliche Weihnachten, Mama«, sagte Eric.
»Fröhliche Weihnachten, mein Sohn. Hol deinen Bruder.«
Eric stand auf und ging zur Treppe.

Nach dem Frühstück versammelten wir uns mit Kaffeetassen auf dem Schoß um den Weihnachtsbaum und öffneten schweigend unsere Geschenke, ohne Freude, ohne Erwartung, wie Erwachsene das zu tun pflegen. Erics Eltern schenkten mir ein Paar goldene Ohrringe, ein Nachthemd und eine klingende Karte mit Katzen darauf. Ich vermutete, daß seine Mutter die Geschenke gekauft hatte. Eric bekam neue Ski und Stiefel und soviel Unterwäsche und Socken, daß es für ihn ein Leben lang reichen würde. Schließlich waren lediglich die Geschenke von mir an Mr. und Mrs. Moro noch nicht geöffnet. »Hier«, sagte ich und reichte seiner Mutter den Druck und seinem Vater die Zeichnung.
»Danke«, sagten sie fast wie aus einem Mund.
Mrs. Moro öffnete ihr Geschenk. »Ach, schau doch mal!« rief sie. »Es ist ein Weihnachtsbaum.«
»Wunderschön«, sagte Mr. Moro, nahm es ihr aus den Händen und betrachtete es. »Ganz großartig.«
»Danke.«

»Soll ich jetzt meines aufmachen?« fragte Mr. Moro.
Ich nickte. Er wickelte das Päckchen aus und sah die Zeichnung an, zunächst unsicher, prüfend und nachdenklich.
»Das bin ich«, sagte Eric.
Mr. Moros Kiefer spannte sich an, und er murmelte: »Mmmh, sehr schön.« Er legte die gerahmte Zeichnung auf den Boden neben seinen Stuhl und stand auf. Alle schwiegen. »Beinahe hätte ich mein Geschenk für Alexandra vergessen«, sagte er und ging um den Baum auf die andere Seite. Er langte darunter und tauchte mit einem rechteckigen Paket wieder auf, dessen Verpackung auf einen teuren Laden schließen ließ. Das reichte er mir.
»Danke«, sagte ich, nahm es und warf einen Blick zu Eric hinüber, der lächelte. Vorsichtig begann ich es auszupacken, ohne die elegante Silberschleife zu zerstören, als wir es hörten – ein scharfes Krachen, das nur eines bedeuten konnte: splitterndes Glas. Die Zeichnung von Erics Körper, mein Geschenk an seinen Vater, war zerbrochen, weil ein väterlicher Fuß im eleganten Schuh darauf getreten war. Wir sahen alle zu, wie Mr. Moro sich bückte, um sie aufzuheben.
»Herrje«, sagte er.
»Sie kann neu gerahmt werden«, sagte ich schnell. Mein Herz klopfte laut.
»Sie ist zerrissen«, sagte Mr. Moro. Er gab mir die Zeichnung.
Ich nahm sie vorsichtig. Der schwarze Holzrahmen war entzwei, das Glas in sternförmige Scherben zersplittert, von denen eine den Oberkörper auf der Zeichnung wie ein Dolch zerschlitzt hatte.
»Ich zeichne eine neue«, sagte ich.
»Machen Sie Ihr Geschenk auf«, drängte Mr. Moro.
Ich legte die zerstörte Zeichnung neben mich und öffnete Mr. Moros Geschenk. Darin befand sich ein Lederkasten in hervorragendem Design mit einem Sortiment der besten Zeichenstifte,

die man für Geld kaufen konnte. Ich war sprachlos; noch nie zuvor hatte ich Arbeitsutensilien von solcher Qualität, solcher Vollkommenheit besessen. Ich blickte zu Mr. Moro auf, und wir tauschten ein Lächeln. Dann faßte ich Erics Hand und drehte mich zu ihm um, während mich Entzücken und Vorfreude auf die Möglichkeiten, die vor mir lagen, durchströmten. Was ich sah, wischte das Lächeln aus meinem Gesicht und das Lachen aus meinem Herzen; ich hatte ihn noch nie so traurig gesehen.

Es war früher Nachmittag, als Eric und mir endlich die Flucht in sein Zimmer gelang. Wir saßen auf dem Bett, und er begann mich zu küssen, schob seine kühle Hand unter meine Bluse. Ich drückte ihn zärtlich von mir weg.
»Geht es dir gut?« fragte ich.
»Na klar. Warum?«
»Es war schwer für dich, nach Hause zu kommen, oder?«
»Ist schon okay.«
»Hör auf, den Tapferen zu spielen. Ich habe deinen Gesichtsausdruck gesehen, als wir unten die Geschenke auspackten.«
»Ich habe ganz nette Sachen bekommen.«
»Eric, hör auf.«
Er seufzte. »Was willst du, Alex?«
»Die Wahrheit.«
»Ich dachte, die hätten sie dir gestern abend in der Kirche erzählt.«
»Warum benimmst du dich so? Seit wir hier angekommen sind, vermeidest du ernsthafte Gespräche mit mir. Ich fühle mich dir so fern.«
»Tut mir leid.« Er legte seinen Arm um mich und zog mich an sich. »Das wollte ich nicht.«
»Warum warst du vorhin so traurig?«
»Das spielt keine Rolle.«

»Für mich schon.«
»Ich kann nicht mit ihm reden«, sagte er, stand auf und begann hin und her zu gehen.
»Ich kann dir helfen«, sagte ich.
Er blieb stehen und sah mich an, kam herüber zum Bett und kniete sich vor mich. Dann nahm er meine beiden Hände und küßte sie.
»Das hast du schon, Alex«, sagte er. »Du bedeutest mir sehr viel. Ich liebe dich.«
»Und ich liebe dich. Aber ich meine, ich kann dir wirklich helfen.«
»Er hört nicht zu, er wendet sich ab ... trotzdem liebe ich ihn. Ich kann nichts dagegen tun, daß ich ihn respektiere.«
»Du willst, daß er dich auch mag. Das ist nicht so schwer zu verstehen.«
»Aber er scheint den Menschen, der ich nun einmal bin, nicht zu mögen.«
»Vielleicht nur deshalb, weil du dich ihm noch nicht gezeigt hast.«
»Du meinst, ich soll ihm erzählen, was ich alles so gemacht habe?«
»Nein. Sei einfach Eric. Sei der Eric, den ich liebe.«
Er blickte skeptisch drein.
Ich sagte: »Ich habe eine Idee. Nach dem Weihnachtsessen werden wir im Wohnzimmer sitzen und reden. Wir werden alle anwesend sein, also liegt kein Druck auf euch beiden. Und wenn du dann gute Nacht sagst, kannst du es ihnen sagen.«
»Ihnen sagen?«
»Ungefähr so: ›Gute Nacht, Mom. Gute Nacht, Dad. Ich liebe euch.‹«
»Gut ... wenn du das unbedingt willst.«
»Ich will, daß du glücklich bist. Ich will, daß wir eine Familie werden.«
»Das will ich auch.«

»Gut.«
Er setzte sich neben mich, und viele Minuten lang blieben wir so sitzen, schweigend, Seite an Seite.

Das Weihnachtsessen war üppig und köstlich. Der Rotwein machte mich gesprächig und benommen, er ließ meine Umgebung und mein Zeitgefühl verschwimmen. Rückblickend wurde mir klar, daß Mr. Moro und ich den größten Teil des Gesprächs bestritten hatten.
Nach dem Abendessen schlug Jerry eine Partie Scrabble vor, das alle gut spielten. Offenbar hatten sie es schon oft gespielt. Sie lachten, sie stritten sich; bei einem Blick durchs Wohnzimmerfenster hätten sie wie eine normale, glückliche Familie gewirkt. Das Spiel dauerte zwei Stunden. Mr. Moro gewann.
»Das hat Spaß gemacht«, sagte Mrs. Moro, während sie und Jerry das Spiel wegräumten.
Ich warf Eric einen Blick zu. Er nickte und sagte: »Dad, warst du dieses Jahr schon eisfischen?«
Sein Vater blickte überrascht auf. »Ich war seit Jahren nicht mehr eisfischen.«
»Oh.«
»Warum nicht?« fragte ich.
»Zu viele Umstände für einen dummen Fisch, den man ebensogut im nächsten Laden kaufen kann«, meinte Mr. Moro.
Eine Pause trat ein, dann sagte Eric: »Ich glaube wirklich, daß Chirurgie für mich das Richtige ist.«
»Das hoffe ich doch, nachdem ich mir soviel Mühe gegeben habe«, antwortete Mr. Moro.
Jerry stand auf. »Gute Nacht, alle miteinander.«
»Gute Nacht«, sagten wir. Er ging zur Treppe und verschwand nach oben. Wir lauschten auf seine Tritte auf dem Teppich.
Mein Herz klopfte, und meine Handflächen wurden klebrig, als

Mr. und Mrs. Moro aufstanden, um sich für die Nacht zurückzuziehen.
Eric stand auf. »Gute Nacht, Mama«, sagte er.
»Gute Nacht, mein Lieber.«
»Gute Nacht, Dad.«
»Gute Nacht.«
Mr. und Mrs. Moro gingen auf die Treppe zu. Ich sah Eric an; er starrte ihnen nach.
»Ich liebe euch«, sagte er. Ich hörte es klar und deutlich, vier Silben, die einen Mut verrieten, der mir Tränen in die Augen trieb.
Seine Mutter drehte sich langsam um und sagte: »Natürlich, mein Lieber.« Dann stieg sie die Treppe hinauf. Sein Vater ging einfach weiter.
Ich flüsterte: »Er hat dich nicht gehört, Eric. Geh ihm nach.«
Eric ging auf die Treppe, auf den Rücken seines Vaters zu, und sein Gesichtsausdruck verriet Entschiedenheit und Schmerz. Er stand am Fuß der Treppe und sagte: »Ich liebe dich, Dad«, so laut, daß jeder es hören konnte. Mr. Moro konnte ich nicht sehen, aber ich sah Erics Gesicht, es verriet mir, was ich am meisten befürchtet hatte: Mr. Moro hatte sich nicht umgeblickt.
Ich sah zu, wie Eric den Schrank in der Diele öffnete, Jacke, Mütze und Handschuhe anzog und durch die Haustür hinaustrat. Ich sprang auf. »Eric!« rief ich, packte meinen eigenen Mantel und lief ihm nach. Langsam ging er die Auffahrt hinunter, wobei er in den Weihnachtshimmel starrte, auf die grauen Wolkenflecken vor dem samtblauen Mitternachtshimmel.
»He«, sagte ich, als ich ihn einholte.
»Das hat sich ganz schön mies angefühlt.«
»Ich weiß.« Ich biß mir auf die Lippen, um nicht zu weinen, aber die Tränen scherten sich nicht um meinen Willen und begannen zu fließen. »Ich liebe dich«, sagte ich und umarmte ihn.

»Komm, wir gehen ein bißchen«, antwortete er.
»Gut.«
»In meiner Kindheit bin ich oft nachts am See entlanggelaufen. Das ist ein ganz besonderes Gefühl.«
Wir kamen ans Ufer, und ich wußte, was er meinte. Der See wirkte dunkler als der Himmel. Der Wind blies uns scharf, beißend und eisig ins Gesicht.
»Tut mir leid«, sagte ich.
Er lächelte und nahm meine Hand, als wir am Ufer entlangspazierten. »Das muß dir nicht leid tun«, sagte er. »Ich habe gemeint, was ich gesagt habe. Ich liebe ihn wirklich.«
»Er liebt dich auch, Eric. Das weiß ich. Es fällt ihm nur schwer, es auszusprechen. Bei manchen Menschen ist das so.«
»Es fällt ihm auch schwer, es zu zeigen.«
»Vielleicht zeigt er es durch das Geld, das er dir gibt.«
»Aber er gibt mir keins.«
»Ich habe die Geschenke gesehen, die du von ihnen bekommen hast.«
»Ich lasse zu, daß sie mir etwas schenken, aber ich will kein Geld mehr, seit ich zwanzig bin. Ich brauche meine Unabhängigkeit.«
Ich nickte.
»Ich bezahle meine Reisen, das Studium und alles mit Geld, das ich durch eigene Arbeit verdiene oder mir leihe. Oder bekomme, indem ich irgendeinen Scheiß versetze.«
»Das wußte ich nicht.«
»Es ist auch nicht wichtig. Frierst du?«
»Nein. Du?«
»Nein.«
»Es war falsch von mir, dich zu drängen, über Weihnachten herzukommen«, sagte ich.
»Ich habe selbst entschieden, daß wir fahren.«
»Du wärst aber lieber in Philadelphia geblieben.«

»Sie sind meine Eltern, Alex. Aber es ist nicht immer leicht.«
»Das sehe ich.«
»Und ich war mir nicht sicher, was du von all dem hältst.«
»Ich finde, es ist verblüffend, daß du deinen Vater so sehr liebst.«
»Wirklich?«
»Er ist ja nicht gerade herzlich und liebevoll zu dir.«
Eric blieb stehen, und ich drehte mich zu ihm um. Im silberweißen Mondlicht starrten wir einander an.
»Du hast recht«, sagte er, »und das ist schon sehr lange so. Aber schau ihn dir an: Er ist so stark. Ich bewundere ihn wirklich. Und ich will, daß er mich bewundert, so wie er das früher getan hat.«
»Als du Baseball in der Kinderliga gespielt hast?«
»Damals war er viel netter. Ich habe dir erzählt, daß er hohe Erwartungen hatte – ich habe sie eben nicht erfüllt. Er ist in Wirklichkeit ein sehr mitfühlender Mensch. Ihm ist klar, was es heißt, zu leiden, sich von ganz unten hochzuarbeiten. Du weißt noch nicht, daß er der Kirche jedes Jahr an Weihnachten zehntausend Dollar spendet, um Unterkünfte für Obdachlose, Spielsachen für Kinder und so zu bezahlen. Ich bin mit dieser Großzügigkeit aufgewachsen.«
»Aber dir gegenüber hat er sie nicht gezeigt«, stellte ich leise fest.
Er nahm meine beiden Hände in seine und küßte sie zärtlich, ohne mir in die Augen zu sehen. Dennoch sah ich Tränen darin stehen, als wir umkehrten und zurückgingen. Ich kannte Eric noch nicht lange, und was mich anzog, waren sein herzerfrischendes Lachen und sein glatter Körper, was mich faszinierte, waren seine einfühlsame Intelligenz, seine Leidenschaft, sein unwiderstehlicher Charme und seine große Ausstrahlung. Aber auf diesem Spaziergang erhaschte ich einen Blick auf einen anderen Teil von ihm, einen Ort, wo ein trauriger, verwirrter kleiner Junge lebte, ein

kleiner Junge, der tiefe Liebe verspürte zu einem Vater, den er verehrte, aber nicht erreichen konnte.

Ich sollte erst viel später von dem unaussprechlichen Leid erfahren, das diese Traurigkeit und Entfremdung hervorgerufen hatte, und selbst dann nicht aus Erics Mund.

Ich schlief nicht viel in dieser Nacht. Eric und ich hatten uns in seinem Bett aneinandergekuschelt, bis ich am frühen Morgen lautlos aufstand und in mein Zimmer ging. Dort warf ich mich unruhig im Bett hin und her, während ich die Geheimnisse, die diese Familie gefangenhielten, zu enträtseln versuchte.

Ich wartete bis sechs Uhr, ehe ich in die Küche hinunterging, um mir Kaffee zu holen. Mr. Moro war bereits dort, mit der *Tribune* unter dem Arm goß er sich selbst eine Tasse ein. Zur Flucht war es zu spät; er hatte mich schon gesehen.

»Guten Morgen«, sagte ich fröhlich.

»Morgen«, gab er zurück.

»Ich will mir nur eine Tasse Kaffee holen.«

»Ich verstehe.« Er rührte sich nicht, sondern blieb unbeweglich zwischen mir und der Kaffeemaschine stehen. Dann stellte er seine Kaffeetasse auf die Theke, legte die Zeitung hin, kreuzte die Arme und sagte mit einer tiefen, gleichmütigen Stimme: »Sagen Sie mir, daß Sie heute nacht mit meinem Sohn keinen sündigen Akt vollzogen haben.«

»Wie bitte?«

»Ein sündiger Akt, junge Dame, das ist, zu einem Mann, mit dem man nicht verheiratet ist, sexuelle Beziehungen zu pflegen.«

»Oh.«

»Sagen Sie mir, daß das in meinem Haus nicht geschehen ist, daß Sie mein Vertrauen, Gottes Vertrauen, nicht mißbraucht haben.«

»Äh … äh …« Ich spürte, wie die Scham meine Wangen flammendrot färbte, während er mich mit seinen stechenden schwarzen Augen ansah. »Äh … nein«, stammelte ich.

»Es ist eine Sünde zu lügen«, sagte er.

»Ich weiß … das weiß ich, Mr. Moro. Ich sage die Wahrheit. Nein, wir haben Ihr Vertrauen nicht mißbraucht.«

»Gut. Gott sieht die Wahrheit.« Er nahm seine Tasse und seine Zeitung und ging ins Wohnzimmer.

Ich schnappte nach Luft und lehnte mich gegen die Theke. Unter meinen Armen war es plötzlich schweißnaß, und der Schrecken pulsierte an meinem Hals. »Scheiße«, sagte ich leise zu mir selbst und überlegte, was ich ihm wohl gesagt hätte, wenn »ja« die wahre Antwort gewesen wäre.

Ich wollte nicht an Mr. Moro vorbei ins Obergeschoß gehen, daher blieb ich in der Frühstücksnische, bis um sieben Uhr Mrs. Moro in die Küche kam. Dann entschuldigte ich mich und stürzte davon in Richtung Badezimmer, wo ich sehr lange und sehr heiß duschte.

Eric und ich fuhren nach dem Frühstück los. Es gab keinen feierlichen Abschied, lediglich ein paar »Auf Wiedersehen« und einige dazwischengestreute »Danke schön«.

Wir nahmen ein Taxi zum Flughafen und waren erleichtert, wieder allein zu sein. Den Vorfall mit seinem Vater am Morgen erzählte ich Eric nicht. Die beiden schienen eine Art Gleichgewicht hergestellt zu haben, auch wenn es sich um eine gefährdete Balance handelte. Ich wollte nichts ins Wanken bringen, indem ich Erics Loyalität auf die Probe stellte.

Nachdem wir etwa eine Viertelstunde geschwiegen hatten, fragte Eric: »Nun, was hältst du von meiner Familie?«

»Sie ist kompliziert«, sagte ich.

Er lächelte. »Das sind alle Familien.«

Ich lächelte ebenfalls und schüttelte den Kopf. »Nicht so wie deine, Eric. Nicht wie deine.«

»Nicht wie meine«, stimmte er zu. Er küßte mich. Zärtlich nahm er von meinen Lippen den Geschmack der Anspannung, Erschöpfung und Scham und weckte jenes unerschöpfliche Begehren, das nur er befriedigen konnte.

Nach Chicago und nach dem Anblick Erics im Kreis seiner Familie wirkte New Mexico wie schönes Wetter, und mit jeder Meile, die wir uns Taos näherten, verflüchtigte sich ein weiteres kleines Stück jener Unruhe, die diesen Heiligabend und den Weihnachtstag durchdrungen hatte.

Wir wohnten am Fuß des Berges in einem Hotel, das luxuriös und im Stil des amerikanischen Südwestens gehalten war. Es mußte ein Vermögen gekostet haben.

»Was hast du dafür versetzt?« fragte ich, nachdem der Hotelboy verschwunden war.

Eric winkte ab. »Gefällt es dir?«

»In so einem Hotel bin ich noch nie abgestiegen.«

»Dann wurde es höchste Zeit.«

»Aber das Geld –«

»Vergiß es.«

»In Ordnung.«

Er legte sich rücklings aufs Bett. »Sollen wir –«

»Ich habe ein Geschenk für dich, Eric. Ich wollte es dir nicht vor deinen Eltern geben. Hier.« Ich reichte ihm eine Schachtel, die ich in einige meiner begonnenen Zeichnungen gewickelt hatte.

Er setzte sich auf, nahm die Schachtel und öffnete sie. Als er sah, was es war, strahlte er. »Der ›Geölte Blitz‹!« rief er. Ich hatte sein Motorrad nachgebaut, es war ein Modell, das ich aus verschiedenen Modellbaukästen zusammenstellen mußte, weil sein Motorrad so einzigartig war. »Ich finde es sagenhaft«, sagte er. »Das ist bei weitem das tollste Geschenk, das ich jemals bekommen habe. Danke.« Ich lächelte. Er küßte mich.

»Ich habe noch ein anderes Geschenk für dich«, sagte ich, »aber das kann ich dir erst geben, wenn wir wieder zu Hause sind. Und auch dann nicht gleich.«
»Was ist es?«
»Diesen Flug, den ich dir nie versprochen habe.«
»Wirklich?«
»Ich werde Flugstunden nehmen, sobald das Wetter wieder besser wird.«
»Das ist phantastisch.« Er küßte mich erneut, ohne den kleinen »Geölten Blitz« loszulassen. »Das Leben ist schon verrückt, stimmt's?«
Ich küßte ihn ebenfalls und begann sein Hemd aufzuknöpfen. Ich antwortete nicht, aber das war auch nicht nötig. Wir wußten beide, daß es stimmte.

Eric war ein rasanter Skifahrer und mir meilenweit überlegen, aber er blieb an meiner Seite und grinste über meine nicht zusammenpassende Secondhand-Skikleidung, die vom jeweils letzten Sturz ständig mit Schnee bedeckt war. Ich war nicht gerade unbegabt, aber ich versuchte besser zu sein, als es meine Fähigkeiten erlaubten, und so landete ich immer wieder am Boden.
Am Ende unseres letzten Skitages standen wir unten am Berg.
»Noch eine letzte Abfahrt?« fragte er.
»Haben wir denn noch Zeit?«
»Eine Minute noch, beeil dich.«
Wir hasteten zum Lift, als sie dort gerade das Seil über die Spur spannten.
»Tut mir leid, mein Junge, für heute ist geschlossen«, sagte der Liftangestellte. Eric sah ihn an und nickte lächelnd, aber als wir uns gerade umdrehten, bedeutete uns der Mann zurückzukommen und ließ uns durch.

»Vielen Dank«, sagte Eric, während wir uns auf den fast leeren Sessellift begaben. Der Mann winkte mit seiner Hand, die in einem Handschuh steckte.
Auf halber Höhe des Berges drehte sich Eric zu mir um, sagte: »Und jetzt fliege ich« und sprang aus dem Lift.
Ich hätte beinahe geschrien, aber dann sah ich, daß wir nur etwa einen Meter über dem Boden waren und daß er gut gelandet war, und lachte. Wider all mein besseres Wissen schloß ich mich ihm an, »flog« kurz und landete nicht weit von ihm entfernt. Die Abfahrt machte sehr viel Spaß, und der kurze Flug war den verstauchten Knöchel beinahe wert.

14

Im Juni beendete Eric das erste Jahr seines Medizinstudiums, und ich begann mit Flugstunden. Sie belasteten mein Budget weit mehr, als dieses ertragen konnte, und zwangen mich, mehr Stunden zu unterrichten, zusätzliche Zeichenaufträge anzunehmen und einen Job als Kellnerin zu finden, der mehr einbrachte als beides zusammen. Währenddessen plagte Eric sich an der Universität in einem Labor seiner Fakultät. An den Wochenenden waren wir unterwegs, ich mit zehn malfreudigen Jugendlichen und Eric als Trainer einer Kinder-Baseballmannschaft.

Die Sommermonate dieses ersten Jahres mit Eric waren fast durchgehend heiß, und wir liebten uns selten in geschlossenen Räumen. Unter uns waren manchmal Gras, Sand oder Asphalt und manchmal auch eine Schaukel auf einem verlassenen Spielplatz, aber über uns befand sich stets der Himmel. Die Hitze war drückend und feuchter als unsere Lust, sie umhüllte uns, während uns das Begehren angespannt und nervös machte, bis wir ihm endlich nachgaben.

Im August flohen wir für eine Woche nach Cape May, dem letzten südlichen Zipfel von New Jersey, der die Delaware-Bucht vom Ozean abtrennt. Wir lagen in der Sonne, waren klebrig vom Meersalz und unserem Schweiß, und die Feuchtigkeit ließ unsere Haare lockig werden. Abends, wenn wir mit glänzenden, geröteten Gesichtern Hand in Hand über die Strandpromenade gingen, wehte eine Brise vom Atlantik her. Wenn ich an Eric denke, dann fällt mir meistens diese Zeit ein. Sie war wie die letzten Tage unserer Kindheit, ehe die Last der Verantwortung und das wirkliche Leben einzogen.

Eines Abends, nach einem billigen Abendessen, beschlossen wir, zu einem mitternächtlichen Bad an den Strand zu gehen. Das war verboten, daher zogen wir uns hinter einem Wasserbrecher aus grobem Zement und Steinen aus, wo man uns nicht sehen konnte. Weiß hoben sich unsere Körper gegen das Dunkel der Nacht ab. Es war kühl im Wasser, geheimnisvoll und sinnlich. Wie vorauszusehen war, endete das Ganze am Strand. Wie die Paare in Millionen romantischer Liebesfilme lagen wir dort, Knie und Ellbogen aufgescheuert vom Sand, und unsere Leidenschaft machte die rauhe Oberfläche erträglich.

Erst nachdem wir uns geliebt hatten, sah Eric ihn, den Mann im Wasser. Instinktiv griff ich nach meinem Oberteil, und genauso instinktiv rannte Eric nackt zu dem Mann, um ihn auf den Strand zu ziehen. Eric begann mit Wiederbelebungsmaßnahmen, und mir klopfte das Herz bis zum Hals.

»Hol Hilfe!« schrie Eric und drückte auf die Brust des Mannes. Ich hob meine kurze Hose aus dem Sand auf, rannte stolpernd davon und zog sie im Gehen an. Der Besitzer des Restaurants rief einen Krankenwagen, und ich stürmte wieder zurück zu Eric. Er war noch immer damit beschäftigt, dem Mann abwechselnd in den Mund zu atmen und auf seine Brust zu drücken.

»Sie kommen«, sagte ich. »Kann ich dir helfen?«

»Gib ihnen ein Zeichen«, sagte er zwischen zwei Atemzügen, »wenn sie kommen«, und begann wieder zu pumpen. Ich rannte erneut davon.

Als ich mit der Besatzung des Krankenwagens zurückkehrte, die mit ihrer Trage und dem Notfallkoffer über den Strand schlurften, suchte ich nach den Umrissen der beiden Männer.

»Eric!« brüllte ich.

Er winkte. »Hierher!«

Wir kamen näher, und Eric stand auf. Leise, aber hastig sprach er mit den Sanitätern, und ich betrachtete dabei den jungen

Mann, der seitlich im Sand lag; ich konnte seinen stockenden Atem hören. Dann brachen wir schnell auf, wir sammelten unsere Kleider ein und gingen einfach.
»Das war dramatisch«, bemerkte ich auf dem Rückweg zum Hotel.
»Er lebt«, sagte Eric.
»Du hast ihn gerettet. Dafür hast du Lob verdient.«
»Ich will kein Lob.«
Wir waren am Hotel angekommen, das für die Saison frisch in Türkis gestrichen worden war; seine Neonleuchtschrift blinkte in hellem Orange über uns. Ich seufzte, und wir gingen hinein, um auf den groben Hotellaken zu schlafen.

Der Morgen unseres nächsten Tages begann um die Mittagszeit in einem Restaurant, das dünnen Kaffee in großen Tassen, Eier mit harten Bratkartoffeln und vorgebutterten Toast servierte.
Ich hatte einen Sonnenbrand, daher blieb ich, als wir endlich am Strand waren, unter einem Sonnenschirm. Dort las ich in einem voluminösen Taschenbuch und sah Eric zu, der mit einigen braungebrannten, muskulösen Teenagern Volleyball spielte.
Als sie aufhörten, damit andere Jugendliche spielen konnten, legte sich Eric neben mich auf unser Handtuch. Seine Haut war schweißbedeckt und klebrig, und er kämmte sich mit den Fingern das nasse Haar aus dem Gesicht.
»Hallo, Liebling«, sagte er, ließ sich auf den Rücken fallen und blinzelte in den Himmel. »Schau mal!« Er deutete mit dem Finger nach oben.
Ich blickte hinauf. Auf dem blauen Himmel stand: »Ich liebe Dich« in wolkigen Buchstaben, die sich bereits aufzulösen drohten, noch ehe das letzte Wort, der Name »Tara«, geschrieben war.
»Ich wünschte, ich hätte daran gedacht«, sagte Eric.

»Ich habe daran gedacht«, sagte ich.
»Das soll teuer sein, habe ich gehört.«
»Ich meine, es zu machen. Zum Geldverdienen.«
»Na, das ist doch ein toller Beruf.«
Ich sah ihm genau ins Gesicht, um irgendwelche Anzeichen von Sarkasmus zu entdecken, aber da waren keine. Wir betrachteten den Himmel über uns, auf dem die ersten drei Buchstaben bereits in der Atmosphäre verschwunden waren. Es stimmte mich etwas traurig, daß »Ich liebe Dich« sich so schnell auflöste – wie so viele Dinge, die dauerhaft sein sollten: Ziele, Vorsätze und Zukunftspläne.
»Es ist in gewisser Weise das Gegenteil einer Tätowierung«, sagte ich.
»Ich finde, es ist genau wie eine Tätowierung«, sagte er, »weil derjenige, der gemeint ist, sich immer daran erinnern wird. Wenn jemand dich am Himmel ansprechen würde, glaubst du, daß du das jemals vergessen würdest?«
»Nein, nie.«
»Und wenn dein Name in einer Tätowierung vorkäme?«
Ich lachte. »Dann würde ich das auch nie vergessen.«
Obwohl wir nie darüber sprachen, wartete ich von nun an jeden Tag auf die Tätowierung mit meinem Namen, während Eric nach einer Botschaft am Himmel Ausschau hielt.

15

Eric hatte einige Monate seines zweiten Studienjahres hinter sich, als wir gemeinsam in eine neue Wohnung zogen und unsere wenigen Habseligkeiten zusammenwarfen.
Zwei Wochen später nahm ich ihn mit auf einen Flug. Ich hatte jetzt meinen Pilotenschein und genügend Selbstvertrauen, und auf seinem Motorrad rasten wir an einem blauen Herbstsonntag nach Alta, einem kleinen Flugplatz im Westen der Stadt.
Während ich das Mietflugzeug der Flugschule inspizierte und die vorgeschriebenen Überprüfungen vor dem Flug vornahm, hielt Eric sich stets in meiner Nähe. Dann waren wir im Innern des Cockpits, wo ich meine Liste noch mehrmals durchging und alle Einzelheiten immer wieder kontrollierte, während ich auf die verrauschten Satzfetzen lauschte, die aus dem Funkgerät kamen.
»Das ist deine Sprechgarnitur«, sagte ich und reichte ihm die Vorrichtung. »Auf diese Weise können wir uns unterhalten. Diesen Knopf darfst du allerdings nicht drücken, das ist die Verbindung zum Tower.«
»Jawohl, Captain«, sagte er, setzte das Gerät auf und probierte es aus.
»Hallo, Liebling«, flüsterte es metallisch in mein Ohr.
»Hallo«, antwortete ich.
Bald funkte ich die Bitte, zur Startbahn rollen zu dürfen, zum Tower, und Minuten später waren wir in der Luft. Unsere Mägen hoben sich, während ich die dröhnende Kraft des Flugzeugs zwischen meinen kleinen Händen hielt. Schon als ich das erste Mal geflogen war, mit dem Fluglehrer an meiner Seite, hatte ich das Bedürfnis verspürt, zu tauchen und mich zu drehen, die

Möglichkeiten auszuloten, die Kräfte herauszufordern, meinen Namen triumphierend an den Himmel zu schreiben.

»Darf ich jetzt mit dir reden?« fragte Eric.

»Na klar«, sagte ich.

»Schau dir die Bäume an, Alex, die Farben.«

»Ich weiß.« Ich blickte zu meiner Linken aus dem Fenster und nach unten: grüne, orangefarbene, rote, dunkelgelbe Farbschattierungen. Eric liebte den Sommer, die brennende Hitze, die alles an die Oberfläche trieb, aber ich bevorzugte den Herbst. Er war nicht nur schön, sondern verkörperte auch Hoffnung: Die Pflanzen bereiteten sich auf den Winter vor, ohne Furcht, voller Zuversicht auf den Frühling und die Wiedergeburt, wie junge Menschen. Wie wir.

»Wir könnten nach Cape May fliegen«, sagte ich. »Uns die Plätze anschauen, wo wir im Sommer gewesen sind.«

»So weit?«

»Wir sitzen in einem Flugzeug.«

»Stimmt. Sagenhaft.«

Wir überflogen den Strand, wo wir uns geliebt hatten, wo wir gerannt, geschwommen und herumgetollt waren. Die Luft war kalt, aber die strahlende Sonne und die Entfernung ließen uns das nicht spüren. Nur an den geschlossenen Hotels am Strand und der für den Winter mit Läden versehenen Strandpromenade erkannten wir, daß die Saison beinahe vorbei war. Wir dröhnten über das Wasser, ein unruhiges Dunkelblau, das mit Schaumkronen besetzt war.

»Wir sollten wieder hierherfahren«, sagte Eric.

»Das werden wir.«

»Bald, meine ich, zum Beispiel nächstes Wochenende.«

»Es ist geschlossen.«

»Ein paar Hotels sind das ganze Jahr über offen.«

»Aber es ist kalt.«

Er schwieg, und ich sah ihn an. Er winkte ab, und diese Geste erinnerte mich an unseren Spaziergang am See, als wir Weihnachten bei seinen Eltern waren, an die eisige Dunkelheit, die frostige Schönheit, die uns umgeben hatte.

»Na gut«, sagte ich und lächelte. »Nächstes Wochenende.«

Ich ließ das Flugzeug nach unten tauchen, zog es wieder hoch und wendete, um zurück zur Stadt zu fliegen. Dann erbrach er sich zweimal, in eine Spucktüte.

»Alles in Ordnung?« fragte ich.

Er nickte. Ich reichte ihm eine Plastikflasche voll Wasser, und er nahm einen tiefen Schluck. Dann sagte er: »Das hat nichts mit deinen Flugkünsten zu tun.«

»Bist du sicher?«

»Ja.«

»Tut mir leid.«

»Das muß es nicht«, sagte er. »Ich wollte das unbedingt. Mein Magen muß sich eben anpassen.«

Ich landete sehr langsam und so vorsichtig, wie ich konnte. Zum ersten Mal spürte ich, wie empfindlich Eric war.

16

Wir hatten eigentlich geplant, am nächsten Wochenende mit einem Mietflugzeug nach Cape May zu fliegen. Trotz der drohenden Übelkeit genoß Eric das Fliegen, besonders mit mir. Doch weil Gewitter angesagt waren, liehen wir uns ein Auto.

»Bist du sicher, daß es gut ist, an diesem Wochenende zu fahren?« fragte ich, als wir am Freitagnachmittag packten.

»Warum nicht?«

»Es wird regnen.«

»Ich weiß, aber wir haben es geplant.«

»Wir könnten nächstes –«

»Nein, wir müssen dieses Wochenende fahren.«

»Na gut«, stimmte ich zu und wunderte mich. Er war selten so unerbittlich.

Meine Armut hatte zur Folge, daß ich für schlechtes Wetter nicht gut ausgerüstet war, denn ich hatte kein Geld für teure Dinge wie wasserfeste Stiefel und einen Regenmantel. Billigeres, wie Regenschirme und Gummistiefel, kaufte ich zwar, verlor sie aber ständig. Daher packte ich Leinenturnschuhe und große schwarze Plastikmüllsäcke ein und war froh, daß wir nicht zum Camping fuhren.

Es herrschte viel Verkehr, und wir erreichten unser Hotel erst nach Einbruch der Dunkelheit. Es lag ein Stück vom Strand entfernt und sah verlassen und feucht aus. Wir waren die einzigen Gäste.

Der Regen hatte Erics guter Laune nichts anhaben können; unterwegs hatte er ständig geplaudert, und als wir ankamen, war

er hellwach. Ich ließ mich mit dem Gesicht nach unten aufs Bett fallen.
»Komm, wir gehen spazieren«, sagte er.
»Was?«
»Ein Spaziergang. Komm schon.« Er zog seinen Regenmantel an und wartete darauf, daß ich mich rührte.
»Eric, es ist dunkel.«
»Liebling, da draußen ist das Leben.«
Ich zögerte, aber auf seinem Gesicht stand dieses wundervolle Lächeln. Daher raffte ich mich auf, zog einen Müllsack über den Kopf und riß Löcher für meine Arme und meinen Kopf hinein.
»Ich liebe dich«, sagte er.
»Ich liebe dich«, antwortete ich.
Es war dieser typische Küstenregen, der so heftig fällt, daß man Kopfschmerzen davon bekommt. Außerdem dröhnte er, wir konnten einander kaum hören. Der Strand war fast nicht zu erkennen, die einzige Beleuchtung war das schwache Glühen der wenigen Straßenlaternen. Trotzdem wirkte Erics lebhaftes Lachen ansteckend; es riß mich aus meiner physischen Erschöpfung heraus und machte mich fröhlich. Stolpernd und kichernd rannten wir über den Sand bis zu der Stelle, wo wir uns im Sommer zuvor geliebt hatten.
Eric war stehengeblieben, befand sich aber noch immer neben mir, als ich gegen etwas Festes stieß. Es war ein Mann. Er war völlig durchnäßt, stand zitternd da in einem tropfenden Smoking. Unbeschreiblich seltsam war, was er wie ein Kellner auf einer Hand balancierte: ein wunderschönes Tablett aus Silber, auf dem sich Regenwasser sammelte.
»Eric!« schrie er, und ich drehte mich zu Eric um, der lachend hinter mir stand. Dann sah ich wieder den Mann an, und mir wurde klar, daß er unseretwegen hier war.

Plötzlich kniete sich Eric vor mir in den Sand. Sein Gesicht war bachnaß, mein schwarzer Abfallsack umflatterte ihn im Wind, und er sagte etwas.
»Was?« fragte ich und beugte mich zu ihm.
»Willst du mich heiraten?« schrie er.
»Heiraten?« fragte ich.
»Ja«, sagte er, und sein Lächeln war wie Sonnenschein mitten im Regen.
»Ja«, sagte ich und begann zu weinen. »Ja«, sagte ich leise, aber er hatte es verstanden, und wir richteten uns auf.
Der Mann im Smoking hatte sich über uns gebeugt, um zuzuhören, und als ich mich aufrichtete, stieß ich ihm mit dem Kopf das Tablett aus der Hand. Es landete verkehrt herum im Sand. »Der Ring!« schrie er, bückte sich schnell und tastete den nassen Sand ab, um ihn zu finden. Wir gruben eine Weile, aber es war eigentlich hoffnungslos, weil wir im Regenwetter und in der Dunkelheit nichts sahen.
Schließlich bedankte sich Eric bei dem Mann, der sich als ein Schulfreund namens Ray herausstellte, und wir brachten ihn zu seinem Auto. Wir luden ihn ein, noch über Nacht zu bleiben oder wenigstens heiß zu duschen, aber er lehnte ab. Er sagte, er habe trockene Kleidung im Auto und müsse außerdem zurückfahren. Wir winkten, bis seine Rücklichter nicht mehr zu sehen waren, und machten uns dann auf den Rückweg zum Hotel.
»Der Ring«, sagte ich und schüttelte den Kopf.
»Vielleicht finden wir ihn morgen«, meinte Eric.
»Wie hat er ausgesehen?«
»Es war nur ein dünner Goldring ohne Stein.«
»Aber schön.«
»Ich habe etwas eingravieren lassen. ›Auf ewig vereint‹ stand darin.«

»Eric …« Wir blieben stehen und sahen uns im bläulichen Licht einer Straßenlaterne an.
»Das ist wahr, oder, Alex?« fragte er.
»Ja«, antwortete ich atemlos, »selbst wenn wir den Ring nie mehr finden.«
Wir fanden ihn nie.

Es schüttete das ganze restliche Wochenende, dichte Vorhänge aus Regen, die vom Ozean hereinstürmten. Wir gingen spazieren, aßen, spielten, verbrachten viel Zeit im Bett und gingen ein paarmal zum Strand, um nach dem Ring zu suchen. Aber das Tageslicht war grau vom Regen, und über den Sand war die Flut gekommen. Trotzdem hatten wir recht. »Auf ewig vereint« waren wir, mit oder ohne Ring.
Damals dachten wir noch, wir wüßten, was »auf ewig« bedeutete.

17

In diesem Jahr feierten wir Weihnachten im Haus meiner Familie. Eric war bereits vor mir eingetroffen.

»Ich bin da!« schrie ich, schlug die Tür hinter mir zu und stieß die Schuhe von den Füßen.

»In der Küche!« rief Mom.

»Hallo«, sagte ich, während ich in Socken über den Boden schlitterte.

»Hallo, meine Süße«, antwortete Mom. »Fröhliche Weihnachten.«

»Fröhliche Weihnachten. Wo ist Eric?«

»Mit Daddy im Keller.«

Ich stieg die Treppe hinunter. Noch ehe ich um die Ecke bog zu Daddys Arbeitszimmer, wo er seine Zeichnungen und Cartoons anfertigte, hörte ich Daddy und Eric miteinander reden.

»Milton, die hier ist am besten, die mit dem Ei«, sagte Eric.

»Gefällt sie dir?«

»Ja, sehr. Schau mal.«

Ich spähte um die Ecke. Sie hatten mir den Rücken zugewandt, und ich sah, wie Eric für meinen Vater etwas zeichnete. Es dauerte einige Sekunden, und dann brachen sie beide in Gelächter aus.

»Hallo«, sagte ich und trat näher. Sie drehten sich beide um.

»Liebling.«

»Meine Kleine.«

Ich trat vor, schob mich zwischen sie und schaute. Der Tisch war mit ihren Versuchen übersät, manche lediglich gekritzelt, andere besser ausgearbeitet.

»Ich wußte gar nicht, daß du zeichnen kannst, Eric«, sagte ich.

»Du weißt es noch immer nicht«, antwortete er mit einem Lachen.
»Er ist gut«, sagte Daddy, richtete sich auf und streckte sich. »Ich mach mich mal besser fürs Essen fertig.« Er küßte mich auf die Wange und lächelte, ehe er über die Treppe nach oben verschwand.
»Setz dich«, sagte Eric.
Ich saß in Vaters Stuhl, und Eric und ich küßten uns lang und genußvoll. Als wir eine Pause machten, um Atem zu schöpfen, sah ich auf die Skizzen, die die beiden entworfen hatten. »Ich habe dich bisher nie zeichnen sehen«, sagte ich.
»Ich mache es auch nicht oft.«
»Du bist gut, Eric.«
Er zuckte die Achseln.
»Du hättest Künstler werden können«, sagte ich.
»Das hätte mein Vater nie erlaubt.«
»Wie hätte er dich davon abhalten sollen?«
»Er war dagegen. Das genügte.«
Ich betrachtete ihn; seine Augen blickten so traurig wie an jenem Weihnachtstag bei seiner Familie. Erst jetzt, genau ein Jahr später, verstand ich Erics Traurigkeit, geboren aus Jahren der Sehnsucht nach einem solchen Geschenk von dem Mann, den er am meisten bewunderte, dem Geschenk, einfach der sein zu dürfen, der er war.
Wir schwiegen, während ich die Zeichnungen betrachtete. Plötzlich erkannte ich etwas darin. »Der Hexenmeister«, sagte ich. »*Du* hast ihn gezeichnet, nicht Tiffany.«
»Du hast recht. Aber sie war bei mir, als ich die Tätowierung ausführen ließ.«
»Der Hexenmeister symbolisiert die Kunst, die dir dein Vater nicht erlaubt hat.«
»Ja.« Er machte eine Pause. »Aber ich möchte sie nicht gegen

den Arztberuf eintauschen, Alex. Ich habe beschlossen, plastischer Chirurg zu werden.«
»Und Schönheitsoperationen zu machen?«
Er lachte und umfaßte mein Kinn mit seiner starken, schlanken Hand; ihre Weichheit überraschte mich immer wieder. »Nein, keine kosmetische Chirurgie«, sagte er. »Ich möchte Brandopfer zusammenflicken und die Gesichter von Kindern richten, so etwas.«
Ich nickte. Er küßte mich mit warmen Lippen, und Hand in Hand gingen wir die Treppe hinauf, hinein ins traute Weihnachtsfest.
Später verfluchte ich mich, weil ich nicht eine dieser Zeichnungen aufgehoben hatte. Aber damals dachte ich, es würde noch so viele davon geben.

Eric und ich schliefen an diesem Abend vor dem Kamin. Gemeinsam erforschten wir, wie anders unsere Haut im Feuerschein aussah, während der Christbaum in der Dunkelheit silbern schimmerte. Wir spielten ein Spiel mit den Fingern, bei dem wir über den Körper des anderen strichen, ohne die Finger je wegzunehmen und ohne einen Zentimeter auszulassen. Wir sprachen kein Wort und rührten uns nicht, drehten uns lediglich um, wenn eine Hand über den Rand des Bauches oder des Rückens kroch. Eric brauchte fünfzehn Minuten, um mich so verrückt zu machen, daß ich um einen Orgasmus bettelte. Bei ihm schaffte ich das nie.
»Hast du noch immer nicht genug?« flüsterte ich und leckte die Innenseite seines Ohrs. Sein Körper blieb unbeweglich, aber in seinem Gesicht sah ich, welche Mühe ihn das kostete, und sein Atem wurde schnell und warm.
Sanft schüttelte er den Kopf. »Gib mir mehr.«
Das tat ich, mit Fingern, Lippen und Zunge, an den Stellen, von

denen ich wußte, daß sie die stärkste Reaktion hervorriefen. Ich machte Fortschritte, ich entlockte ihm sogar ein Stöhnen, aber er gab sich nicht geschlagen, nicht einmal nach einer Stunde. Schließlich nahm ich ihn in den Mund und sah zu, wie er sich in mich entleerte.

Es war köstlich wie immer.

18

Eric und ich hatten der Familie an Weihnachten unsere Verlobung verkündet, aber meine Schwester Linda heiratete noch vor uns, am darauffolgenden 28. April, einem Samstag.
Die Hochzeit fand in Frack und Abendkleidung im Plaza Hotel in New York statt, und ich war die Brautjungfer. An diesem Tag waren Linda und ich Schwestern im besten Sinn des Wortes, wir wünschten der anderen, was wir selbst haben wollten: Glück, Freude, Liebe, eine Zukunft mit glanzvollen Karrieren und einem Haufen lächelnder Kinder mit verschmierten Gesichtern, deren Väter liebevolle Ehemänner waren.
Elegant und gutaussehend in seinem schwarzen Smoking, stand Eric inmitten der Hochzeitsgesellschaft. Er hielt den Blick auf mich gerichtet, als ich den Gang herunterkam, und sein Gesicht strahlte, als sei ich die Braut und als befänden wir uns allein in diesem großen, überbevölkerten Raum. Erst in einer Stunde würden wir miteinander reden, lachen und uns küssen können, und in dieser Stunde wurde meine geliebte Schwester zur Ehefrau.
Eric und ich tanzten an diesem Abend jeden Tanz, bis er mich bei der Hand nahm und sagte: »Komm mit.« Ich folgte ihm durch Eingangshallen und Korridore und über ein Treppenhaus nach oben. Die Treppe war aus Metall, und meine Absätze verhakten sich immer wieder in den Löchern im Gitter, so daß der seidene Satinbezug aufriß.
»Hier ist es«, sagte Eric und streckte die Hand hinter sich aus, um mir über eine Schwelle zu helfen.
»Wahnsinn!« rief ich. Wir waren auf dem Dach.

Über Kieselsteine gingen wir bis zum Rand, der von einem niedrigen, schmiedeeisernen Zaun umgeben war. Unter uns hatten Dunkelheit und Ferne eine Decke über die große Stadt New York geworfen.

Wir sahen einander an und lächelten. Dann tanzten wir, ich im bodenlangen pfirsichfarbenen Taftkleid, er in einem geliehenen Smoking, unter dem der Hexenmeister brannte. Wir liebten uns auf dieser Dachterrasse mit ihrem groben Bodenbelag, und ich spürte die Kühle New Yorks an meinem Rücken und Erics Wärme an meinem Bauch.

Als wir fertig waren, standen wir auf und gingen auf die Tür zu, die zur Treppe führte. Aber ehe wir hinunterstiegen, drehte ich mich um und schleuderte meine Schuhe, einen nach dem anderen, auf das danebenliegende Hausdach.

Es war das einzige Mal, daß ich Eric je verblüfft gesehen habe, wenn auch nur kurz; dann lachte er. Ich zuckte die Achseln, und wir machten uns auf den Weg nach unten.

Ich könnte nicht sagen, warum ich das tat. Vielleicht geschah es im Namen der Freiheit oder als Erinnerung an unsere Liebe; bestimmt war es ein seltsamer Einfall. Aber manchmal frage ich mich, ob diese pfirsichfarbenen Satinschuhe noch immer dort liegen und ob sie jemand gesehen hat und sich ebenfalls wunderte. Niemand auf dem Hochzeitsempfang bemerkte, daß ich barfuß war.

19

Nachdem ich in diesem Frühjahr meinen Führerschein als Berufspilotin gemacht hatte, wurde ich zusammen mit tausend anderen Bewerbern geprüft, ob ich präzise genug fliegen konnte, um Himmelsschreiberin zu werden. Zu meiner Überraschung konnte ich es, und meine zweimonatige Lehrzeit begann. Wie sich herausstellte, wurde die Kunst des Himmelsschreibens mündlich weitergegeben, von einem Piloten zum anderen, und nur sorgfältig ausgewählten Personen zugänglich gemacht, und selbst das nur zögernd.

Mein Lehrer Joey war nicht viel älter als ich, aber er flog seit seinem dreizehnten Geburtstag.

»Das ist das Flugzeug, mit dem du fliegen wirst«, erklärte er mir an meinem ersten Tag und deutete auf einen Doppeldecker mit offenem Cockpit.

»Das da?« fragte ich mit einer Spur Unsicherheit in der Stimme. Die Maschine war wunderschön, aber sehr altertümlich.

»Stimmt etwas nicht?« fragte er.

»Das Ding da ist älter als mein Vater.«

»Dann geh vorsichtig damit um«, sagte er und tätschelte die Seitenwand.

Ich nickte und hörte zu, als Joey erklärte, was für ein Leichtöl ich in den im Flugzeug eingebauten Tank füllen sollte, wie es in den Auspuff geleitet und von einem großen Sternmotor erhitzt wurde, um zu Dampf zu werden, zu Worten und zu Geld. Stunden verbrachten wir damit, Buchstaben in den Staub oder auf Papier am Boden zu schreiben, um die Bewegungen zu üben und den Zeitablauf exakt nachzuahmen. Dabei war mein Körper das Flugzeug, und ich tat so, als stiege ich eine Meile lang in gerader Linie auf, ehe ich scharf in die Kurve ging. Ich maß die Zeit, indem ich die Sekunden zählte, und stemmte mich dabei gegen eine innere Kraft, die mich immer wieder gerade, stets gerade, ausrichten wollte. Joey erklärte mir, daß ich die Buchstaben flach, aber etwas geneigt in den Himmel legen mußte, damit sie sowohl vom Betrachter auf der Erde als auch aus dem Universum gelesen werden konnten.

Joey nahm mich in dem alten Flugzeug mit nach oben, und ich übte, was ich schon am Boden gemacht hatte. Ich drückte den Knopf an meinem Kontrollhebel, um das 01 herauszulassen, sah hinter mir aber nur Rauch, und als ich gelandet war, hatten sich die Buchstaben bereits in Wölkchen aufgelöst. Mr. Rig, unser Chef, der vom Boden aus zusah, schnalzte danach anerkennend und sagte, daß ich ein Naturtalent sei.

Während ich in diesem Sommer über den Himmel sauste, begann Eric mit dem Praktikum des dritten Jahres. Die Arbeit war anstrengend, und er mußte eine schwierige Zeit durchstehen; wir sahen einander nicht oft.

An einem heißen Sommerabend brachte ich ihm das Abendessen ins Krankenhaus. Ich hatte Sandwiches und Kartoffelsalat aus dem Delikatessenladen, Limonade und Kekse dabei. Eric hatte jede dritte Nacht Dienst und arbeitete dann bis drei oder vier Uhr morgens.

»Hallo, Roger«, begrüßte ich den Stationsarzt, mit dem Eric zusammenarbeitete, beim Betreten des kleinen Arztzimmers.

»Hi, Alex.«

»Willst du einen Keks?«

»Nein, danke. Eric ist in Zimmer 884. Geh nur und stör ihn, er hat nichts dagegen.«

»Ich kann warten.«

»Hol ihn lieber. Wenn du es nicht tust, bleibt er ewig.« Er lachte, schüttelte den Kopf und ging den Korridor hinunter, wo er in einem Krankenzimmer verschwand.

Ich stellte die Essenstüte auf den Tisch, schrieb BITTE NICHT AUFESSEN darauf und ging zu Zimmer 884. Die Tür war angelehnt, und drinnen war es düster, weil nur eine Lampe brannte. Im Bett lag eine junge Frau mit tiefliegenden Augen, der die Gebrechlichkeit eine zarte Schönheit verlieh. Eric saß neben ihr auf einem Stuhl und hielt ihre Hand.

»Danke, daß Sie so tapfer sind«, sagte sie. Ihre Stimme war heiser und schwer zu verstehen. Ich beugte mich näher zur Tür.

»Danke, daß Sie mir gezeigt haben, wie man tapfer ist«, antwortete Eric.

Ich runzelte die Stirn und hielt den Atem an.

»Ich werde jetzt gehen«, murmelte sie.

»Ich bleibe hier«, antwortete er.

Sie schloß die Augen, ließ ihren Kopf nach hinten aufs Kissen fallen und ruhte. Eric senkte den Kopf, zog ihre skelettartige Hand an die Lippen und hielt sie dort mehrere Sekunden lang.

Ich wandte mich ab. Angesichts dieses unerwartet intimen Augenblicks wollte ich lieber im Arztzimmer warten. In meiner Eile prallte ich im Korridor mit Roger zusammen.

»Hoppla!« rief er. Seine Stimme wirkte viel zu laut, sie schien eine brüchige Stille zu zerreißen. »Entschuldige«, fügte er hinzu, »ist er nicht da drin?« Er deutete auf Zimmer 884.

Ich nickte und eilte den Gang hinab.

Es dauerte nicht lange, bis Eric und Roger ins Arztzimmer kamen. Sie blickten düster drein.

»Dann lasse ich euch beide jetzt in Ruhe essen«, sagte Roger.

»Danke«, gab Eric zurück und streckte die Arme aus, um mich zu umarmen. »Hallo, Alex«, sagte er.

»Hallo, Eric«, antwortete ich.

Er ließ mich los, setzte sich und verdeckte sein Gesicht mit den

Händen. Als er aufblickte, glitzerten Tränen in seinen Augen. »Meine Patientin ist gerade gestorben«, sagte er.

Das erschreckte mich; sie war mir so friedlich vorgekommen und war etwa so alt wie wir – zu jung zum Sterben. »Die Frau in Zimmer 884?«

»Du hast sie gesehen?«

»Ich war an der Tür, aber ihr habt geredet.«

»Über Tapferkeit.«

Ich nickte.

Er fuhr fort: »Sie sagte, ich sei tapfer, weil ich während des Sterbens bei ihr geblieben sei. Aber sie ist es, sie, die gestorben ist.«

»Sie hat dir Tapferkeit gezeigt.«

Er lächelte. »Willst du essen?« fragte er.

Ich schüttelte den Kopf.

»Vögeln?«

Mir stockte der Atem. »Eric!«

»Was ist denn, Alex?« Er kam zu mir und hielt mich fest.

»Sie ist tot«, flüsterte ich.

»Und wir nicht. Wir können essen und vögeln, und wenn sie es könnte, würde sie es auch tun.«

Ich nickte langsam, und wir küßten uns, feucht, hitzig, voller Leben. Während wir das taten, mußte ich an diejenigen denken, die den Sterbenden helfen. Ständig werden sie daran erinnert, wie glücklich sie sind, ihr Leben zu behalten. Aber vielleicht lassen sie sich auch ein dickes Fell wachsen, finden Gründe, warum sie nicht so sind wie diejenigen, die sterben, und halten damit den Tod von sich fern.

An diesem Abend hatte ich zum ersten Mal durch das Schlüsselloch geblickt, das »Tod« heißt, und geahnt, was für einen losen, dünnen Halt wir im Leben haben. Dabei wuchs mir die erste Schicht eines dicken Fells.

20

Im Oktober von Erics drittem Jahr im Medizinstudium, ein Jahr bevor wir heiraten wollten, flogen wir nach Chicago, um seine Eltern zu unserer Hochzeit einzuladen. Seit jenem längst vergangenen Weihnachtsfest waren wir nicht mehr dort gewesen.
Auf dem Hinweg vermieden wir es, über Familien, Auseinandersetzungen und Konflikte zu sprechen. Statt dessen lasen wir Taschenbücher, dösten und spielten Karten.
Viel zu bald kamen wir an und fuhren mit einem Taxi vom Flughafen aus weiter, diesmal bei Tageslicht, so daß wir Chicago durch die Fenster betrachten konnten. Die Stadt wirkte kahl, schäbig und kalt. Statt dem leuchtenden Orange, dem Dunkelrot und dem Gelb, das wir im Osten zurückgelassen hatten, herrschten hier trockene Grau- und Brauntöne vor. Wir hielten uns im Auto an den Händen, sprachen aber nicht, weil wir unsere Worte, unsere Gedanken, unsere Kraft noch brauchten.
Als wir ankamen, standen wir wieder auf der Wiese, genau wie zwei Jahre zuvor; wir sahen einander an.
»Ich liebe dich«, sagte ich.
»Ich liebe dich, meine zukünftige Ehefrau«, antwortete er.
Ich lächelte, und gemeinsam gingen wir zur Tür.
Es kam mir seltsam vor, daß er klingeln mußte und keinen Schlüssel besaß. Und es war beunruhigend, dort mit unseren Koffern auf der Veranda zu stehen.
Als offensichtlich wurde, daß niemand zu Hause war, fragte Eric: »Willst du einen Spaziergang machen?«
Ich nickte, und wir gingen ans Ufer. Eric war niemals schöner als an diesem Tag. Seine Augen strahlten, seine Haut hatte ihre Farbe

verloren und zeigte lediglich auf den Wangenknochen und der Nasenspitze rötliche Flecken. Vor dem Hintergrund seines Zuhauses, einem Ort, der einst eine Zuflucht und später pure Enttäuschung gewesen war, wo er Liebe gekannt und sie dann offenbar verloren hatte, zeichnete sich jede Einzelheit an ihm leuchtend ab. Ich hielt seine Hand und drückte sie. Wie gern hätte ich ihm gegeben, was ihm genommen worden war.

Als wir zum Haus zurückkamen, war es draußen dunkel. Mr. und Mrs. Moro waren zu Hause; unsere Koffer waren von der Veranda verschwunden. Eric läutete. Sein Vater öffnete die Tür.

»Hallo, Dad«, sagte Eric.

»Eric, Alexandra«, antwortete Mr. Moro und nickte jedem von uns kurz zu. Er hielt uns die Tür auf, und wir traten ein. »Deine Mutter hat das Abendessen fertig.«

»Es ist schön, Sie wiederzusehen, Mr. Moro«, sagte ich.

»Das Vergnügen ist ganz meinerseits«, antwortete er und ging vor uns ins Eßzimmer.

Mrs. Moro kam aus der Küche, in den Händen einen Truthahn. »Hallo, Eric, mein Lieber«, sagte sie, »und Alexandra.«

»Hallo, Mama.«

»Guten Tag, Mrs. Moro.«

»Setzt euch, Kinder. Das Essen wird kalt.«

Wir setzten uns und aßen. Wir sprachen über Themen, die möglicherweise sogar den Truthahn langweilten. Eric hob sich unsere Neuigkeit für den Nachtisch, einen Kirschkuchen, auf. Dann sagte er: »Alex und ich werden im nächsten Oktober heiraten. Wir möchten, daß ihr dabei seid.«

»Schön!« rief Mrs. Moro.

»Ich dachte mir schon, daß dies der Grund eures Besuchs sein würde«, sagte Mr. Moro.

Dann schwiegen alle, und ich wußte nicht, wo ich hinsehen sollte. Der Kuchen in meinem Mund wurde trocken.

Schließlich sagte Eric: »Die Hochzeit wird in der Nähe von Philadelphia stattfinden. Werdet ihr kommen?«
Erneutes Schweigen. Mrs. Moro begann ihren Kuchen zu essen. Mr. Moro starrte Eric an. »Wenn ich es recht verstehe, fragst du uns nicht um unsere Erlaubnis.«
»Nein«, antwortete Eric.
»Sie ist nicht katholisch«, bemerkte Mr. Moro und trank einen Schluck Kaffee.
Mrs. Moro blickte von ihrem Teller auf, betrachtete mich und nickte dann langsam.
»Ich auch nicht«, erklärte Eric.
Seine Mutter holte erschrocken Atem, ehe sie die Lippen fest aufeinanderpreßte und ihren Ehemann ansah.
Eric und Mr. Moro tauschten einen starren Blick, der in der Vergangenheit an der Tagesordnung gewesen sein mußte.
»Ich werde übertreten«, sagte ich.
»Gute Idee«, sagte Mr. Moro im gleichen Moment, in dem Eric sagte: »Das wirst du nicht tun.«
»Es stört mich nicht«, sagte ich. »Wir können in einer katholischen Kirche in Philadelphia oder in der Kirche hier heiraten.«
»Ich bin nicht katholisch«, sagte Eric in scharfem Tonfall.
»Aber Eric«, meinte ich, »was spielt das schon für eine Rolle?«
»Verdammt, Alex, das meine ich ernst!«
In diesem Ton hatte Eric noch nie mit mir gesprochen, und es verletzte mich. »Das sind deine Eltern«, sagte ich. »Willst du denn nicht einmal zuhören?«
»Willst du mir nicht zuhören?« fragte Eric.
»Doch.«
»Dann hör zu: Solange ich lebe, werde ich keinen Fuß mehr in eine katholische Kirche setzen.«
»Damit ist das Thema wohl erledigt«, erklärte Mr. Moro, und

zum ersten Mal, seit Eric unsere Heirat angesprochen hatte, sah ich seinen Vater an. Er lächelte herablassend.

Wir reisten noch am selben Abend ab. Seine Eltern verabschiedeten sich, als unser Taxi kam, einfach in der Diele von uns, ganz so, als wären wir lediglich zum Truthahnessen, Kaffeetrinken und einem Plauderstündchen gekommen.

An diesem Abend ging kein Flugzeug mehr, daher mieteten wir uns in einem billigen Hotel in der Stadt ein. Ich war erschöpft und enttäuscht. Eric bemühte sich, den Abend mit seinen Eltern so schnell wie möglich abzuschütteln, ihn gleich mit den Kleidern abzustreifen, während wir auf dem Bett saßen.

»Was hat dein Vater gemeint, als er sagte: ›Damit ist das Thema wohl erledigt‹?« fragte ich. »Kommen sie jetzt, oder kommen sie nicht?«

»Er meint, für sie ist es erledigt. Ohne katholische Kirche keine Hochzeit.«

»Also kommen sie nicht.«

»Von ihrem Standpunkt aus gibt es dafür keinen Anlaß.«

»Was zeigt, daß ihr beide gleich stur seid.«

»Das habe ich von ihm gelernt.«

»Ich verstehe das nicht. Lehnst du den Katholizismus ab, um dich deinem Vater zu widersetzen?«

Er stand auf und ging zum Fenster, wo er in die schwarze Dunkelheit hinaussah, die mit den flackernden Lichtern der Stadt durchsetzt war.

»Nein«, sagte er. »Ich werde niemals heucheln. Nicht für ihn und nicht einmal für dich.«

Ich blieb auf dem Bett sitzen, den Blick auf das Gewebe des Teppichs gerichtet. Nach ein paar Minuten trat ich hinter ihn, umarmte ihn und sah mit ihm hinaus in die Nacht.

Ob mit oder ohne die Moros, unsere Hochzeit sollte in einer kleinen Dorfwirtschaft in Bucks County stattfinden, etwa zwei Stunden nördlich von Philadelphia. Es war geplant, die eigentliche Zeremonie im Freien zu veranstalten, unter den orangeroten Zuckerahornbäumen, den Ulmen mit ihrem gelben Laub und dem Grün der Fichten, oder, falls es regnete, drinnen, unter einer Balkendecke aus Kirschholz und mit Blick auf einen gewundenen graugrünen Fluß, dem Symbol unserer in alle Ewigkeit fließenden Liebe.

Ich würde ein Kleid aus goldener Seide tragen und Eric einen italienischen Designeranzug, und wir würden tanzen, singen und trinken und um Mitternacht ein eisiges Bad im Fluß nehmen. Es kommt mir jetzt vor wie eine Phantasie von zwei Kindern, die davon träumen, was sie tun werden, wenn sie einmal groß sind. Aber zu jener Zeit war es wirklich, war es möglich und würde wie geplant stattfinden, um noch weit besser zu werden, als wir es uns vorstellen konnten.

Wir wußten, daß unsere Liebe unbesiegbar war. Wir dachten, wir wären es auch. Wir irrten uns.

21

Eric begann mit dem chirurgischen Praktikum, das für seine Zukunft am wichtigsten war, im Januar seines dritten Studienjahres. Er stand um fünf Uhr morgens auf und kam nach Mitternacht nach Hause.

Was mich anging, so flog ich im Winter nicht oft. Daher zeichnete ich viel und unterrichtete. Ich hatte viel Zeit und spürte Erics Abwesenheit wie ein verlorenes Glied, das noch immer schmerzte.

Als ich eines Tages Anfang Februar in der grauweißen Dämmerung nach Hause kam, saß im düsteren Zimmer ein Mann auf dem Sofa. Ich schnappte nach Luft und wollte schon hinausrennen, da sah ich, daß es Eric war. »Du hast mir vielleicht einen Schreck eingejagt«, sagte ich.

»Tut mir leid«, sagte er.

»Warum bist du so früh zu Hause?« wollte ich wissen und schaltete eine Lampe an.

Er begrub sein Gesicht in den Händen und schüttelte langsam den Kopf.

Ich schloß die Tür und ging zu ihm. »Was ist passiert? Was ist los?«

Er blickte auf, panisch, verängstigt, ein völlig anderer Eric.

Ich setzte mich neben ihn. »Ist jemand gestorben?« fragte ich.

»Nein.«

»Eric, da stimmt doch etwas nicht.«

»Ich habe mich gestochen.«

»Dich gestochen?«

»Mit einer Nadel.«

»Aber warum bist du zu Hause?«
»Ich mußte mich testen lassen.«
»Wieso testen?«
»Die Nadel stammte von einem Patienten, der Aids hat.«
Plötzlich steckte ein fester Klumpen der Angst unbeweglich in meiner Kehle.
»Alex ... ich kann es nicht anders sagen ...«
»Was denn, Eric?«
»Ich bin HIV-positiv.«
»Du bist was?«
»Das Virus, das Aids hervorruft. Ich habe es.«
Mir blieb die Luft weg. »Nein«, sagte ich. »Das muß ein Irrtum sein.«
»Es ist bestätigt, Alex. Ich bin positiv.«
»Das kann nicht wahr sein!«
»Es ist wahr.« Wieder barg er sein Gesicht in den Händen, ehe er fortfuhr: »Und es stammt nicht von dem Patienten letzte Woche. Es stammt von früher.«
Früher. Um mich begann sich alles zu drehen. Ich fühlte mich, als fiele ich von hoch oben herunter, als habe jemand die Erde unter mir weggezogen, mich in einen freien Fall gestoßen, ohne jede Möglichkeit, jemals zu landen. Mit einem Wort, mein Leben wurde dunkel, färbte sich dauerhaft blutrot. Ich glitt vom Sofa und kauerte mich neben Erics Füße, machte mich ganz klein, schluchzte, zitterte, zog den Kopf ein und umfaßte meinen Nacken, es war die Haltung, die man im Flugzeug bei Notlandungen einnimmt.
»Nein!« schrie ich immer und immer wieder.
Er hielt den Blick auf seine Hände gerichtet, die bewegungslos in seinem Schoß lagen.
Schließlich verlor mein Schluchzen seine Kraft, und ich fragte: »Wo hast du es bekommen?«

»Ich weiß es nicht«, sagte er und sah mich an.
»Es spielt auch gar keine Rolle.« Ich schüttelte den Kopf.
»Ich kann nur vermuten, wo ich es herhabe.«
»Gab es Männer?«
»Nein. Aber ...«
»Was?«
»Als ich etwa siebzehn war, in dem Sommer nach meinem ersten Collegejahr, habe ich diese Reise nach New Orleans gemacht, auf dem ›Geölten Blitz‹, und –«
»Tiffany«, sagte ich. »Sie hatte es.«
»Ich bin mir nicht sicher.«
»Was willst du damit sagen?«
»Ich weiß nicht, wie ich das, was ich damit sagen will, sagen soll.« Ich sah ihm aufmerksam ins Gesicht. Er sagte: »Wir haben zusammen Heroin genommen.«
»Du warst drogenabhängig?«
»Nein, aber sie. Ich kann nicht erklären, warum ich es in diesem Sommer mit ihr genommen habe, vielleicht, um ihr zu zeigen, daß ich sie liebe. Es war dumm. Ich habe es nie wieder getan.«
»Also wußtest du, daß du ein Risiko eingingst?«
»Nein!« Er stand auf und begann hin und her zu gehen. »Nein, das wußte ich nicht.«
»Du studierst Medizin, und du wußtest nicht –«
»Wir benutzten saubere Nadeln, die sie von ihrem Vater stahl. Er war Arzt.«
»Dann hast du es bekommen, als du mit ihr geschlafen hast.«
»Nein, das haben wir nie getan. Aber wir haben diese Nadeln gemeinsam benutzt. Ich habe sie manchmal als zweiter genommen.«
»Sie waren nicht mehr sauber, nachdem sie sie benutzt hatte.«
»Du hast recht, aber ich bin nie auf den Gedanken gekommen, sie könnte infiziert sein. Ihr Vater war der einzige Mann, mit dem

sie jemals geschlafen hatte; sie hat niemals mit jemand anderem außer mit mir gemeinsam Heroin genommen.«
»Also war sie es vielleicht gar nicht.«
»Alex, Tiffanys Vater ist vor über einem Jahr an Aids gestorben.«
»Tatsächlich?«
Er nickte.
»Woher weißt du das?«
»Als ich mein Testresultat erhielt, habe ich ihre Mutter angerufen, um zu erfahren, ob Tiffany infiziert war und ob ich es mir bei ihr geholt habe. Sie hat mir erzählt, daß sie glaubt, Tiffanys Vater könnte sie angesteckt haben.«
»Ihr eigener Vater hat sie infiziert?«
»Möglicherweise.«
»O mein Gott.« Ich fuhr mir mit den Fingern durchs Haar, weil ich das alles nicht glauben konnte, nicht verstehen wollte. »Und woher hatte *er* es?«
»Wer weiß? Von jemand anderem, der es hatte und der es von jemand anderem bekommen hat, der es hatte und der es wiederum von jemand anderem bekommen hat, der es hatte …«
Die Vorstellung dieser Folge aus Paaren und Kontakten machte mich schwindlig. Ich sah ein aus festem Blut gewobenes Netz vor mir, das verschiedenste namenlose Menschen stärker verband als alles andere, eine Verbindung, die bis zum Grab halten würde und noch darüber hinaus, durch die gesamte Menschheitsgeschichte, auf ewig Glieder einer Kette. Und Eric war ein Teil davon, durch das Blut war er mit Tiffany verbunden, und selbst jetzt noch, Jahre nach ihrem Tod, zerrte sie an ihm.
Er setzte sich neben mich, und ich betrachtete ihn. Mir wurde klar, daß uns etwas unwiederbringlich entglitten war – nicht die Unschuld oder die Hoffnung, aber die Erwartung der Jugend auf kommendes Glück.
»Du mußt dich testen lassen«, sagte er.

»Ich? Du meinst ... nein ...«
»All meine Partnerinnen müssen sich testen lassen, Alex.« Seine Augen füllten sich mit Tränen, und er schüttelte den Kopf. »Mein Leben ist zu Ende, wenn ich dich angesteckt habe.«
»Du glaubst doch nicht, daß ich ...«
»Ich weiß es nicht.« Er faßte meine Hände.
»Wir haben doch immer Kondome benutzt«, sagte ich.
»Ich weiß, aber ...«
»Aber ...«
Wir sahen einander in die Augen, und in diesem Blick lag das Bewußtsein, daß ein Stück unseres gemeinsamen Lebens abgebrochen war und unerbittlich davontrieb.
Er begann zu weinen. »Ich liebe dich«, sagte er.
Ich sagte nichts, sondern weinte ebenfalls. Wir standen auf und klammerten uns aneinander.

Unbemerkt kam die Nacht, während wir voll bekleidet auf dem Bett lagen, ohne die Decken aufzuschlagen. Furcht und Verzweiflung vertrieben Hunger und Schlaf.
»Wie hat es gewirkt?« fragte ich in die Dunkelheit hinein.
»Was?« fragte er.
»Heroin.«
»Es war, als würde man fest in den Armen seiner Mutter gehalten, wie damals, als sie dich am meisten liebte, als sie dich noch vor der Welt beschützte.«
Ich nickte in der Dunkelheit, sagte aber nichts, weil ich wußte, daß es noch einen anderen Ort gab, an dem man vor der Welt sicher war.
Tiffany war bereits dort.

22

Während der nächsten fünf Tage, die ich auf das Ergebnis meines HIV-Tests warten mußte, vergoß ich viele Tränen. Ich liebte Eric, daran hatte sich nichts geändert, aber widersprüchliche Emotionen waren an die Oberfläche meines Seins gestiegen. Am weitesten nach oben schoß eine heiße Panik, sie pochte wie der Pulsschlag unter meiner Haut. Es war weniger die Angst zu sterben als die Furcht vor Scham und Schande, davor, von der Menschheit verstoßen zu werden.

Der Tag kam, an dem ich wieder ins Testzentrum gehen mußte, um meine Resultate zu holen. Auf dem Weg zum Bus hielt ich den kleinen Zettel, auf dem meine »anonyme« Nummer stand, fest umklammert, vier Zufallszahlen zwischen mir und dem Schicksal. Es war Mitte Februar, eisig, grau und kalt.

Ich stieg in den Bus zusammen mit den anderen Leuten, deren Herzen nicht laut hämmerten, die nicht den Tränen nahe waren, sondern zum Einkaufen oder zur Arbeit fuhren. Meine Gedanken sprangen hin und her, stolperten von Hoffnung zu Verzweiflung. Bei all dieser Leidenschaft, die Eric und ich geteilt hatten, war jeder Kuß vom Tod umkränzt, jeder Höhepunkt milchweißes Gift gewesen. Ich wußte, daß ich nicht entkommen sein konnte. Mit unruhigen Handbewegungen saß ich da und dachte daran, was es bedeuten würde, HIV-positiv zu sein. Es hieß, daß meine Zukunft ein verschwommenes Trugbild wurde, stets einen Schritt entfernt und nicht mehr zu erreichen. Es hieß auch, daß mein Leben von Medikamenten und Ärzten abhängen würde. Es hieß, daß mir die körperliche Liebe gestohlen und zu einer höhnischen Erinnerung werden würde.

Früher als mir lieb war, mußte ich aus dem Bus steigen und zur Praxis gehen, um mein Urteil in Empfang zu nehmen.
Ich setzte mich auf einen blauen Plastikstuhl im Wartezimmer, spähte umher und überlegte. War sie …? Hatte er …? Was ist mit ihm? Aber in allen sah ich nur mein eigenes Spiegelbild: Schrecken, Panik, ein verzweifelter Wunsch und schließlich die Niederlage.
Endlich wurde meine Nummer aufgerufen, und etwas in mir brachte mich dazu, aufzustehen, durch die zähe, stehengebliebene Zeit zu gehen und dem von einem roten Gummiband gehaltenen braunen Pferdeschwanz einer Frau durch ein Treppenhaus nach oben zu folgen. Wir betraten ein kleines Zimmer, in dem von allen Seiten Poster von Männern mit Männern, von Männern mit Frauen, von Kondomen und mit Worten wie Aids, HIV und Safer Sex auf uns einstürmten.
Wir setzten uns einander gegenüber, und sie sah mich an. Jetzt war mir klar, daß mein Leben auf ewig an diesem Augenblick, in dem sie mir das Ergebnis sagte, gemessen werden würde, daß es sich aufteilen würde in ein Davor und ein Danach.
»Mein Name ist Sandy Keller«, sagte sie.
»Gut«, sagte ich.
»Ich bin hier, um Ihnen Ihr Ergebnis mitzuteilen.«
»Gut.«
»Was für einen Risikofaktor haben Sie?«
»Mein Verlobter hat es.«
»Wissen Sie, was ein positives Ergebnis bedeutet?«
»Aids.«
»Das stimmt nicht ganz. Es heißt, Sie sind mit dem Virus infiziert, der Aids hervorruft …«
Alles um mich wurde plötzlich still, nachdem sie gesagt hatte: *»Sie sind mit dem Virus infiziert, der Aids hervorruft.«* Ich war HIV-positiv. Mein Leben war vorüber, für beendet erklärt durch einen

einfachen Bluttest, in einem kleinen Zimmer mit einer Frau, die ein rotes Gummihaarband trug und bald zum Mittagessen gehen würde, wo sie einen Salat mit kalorienarmer Sauce zu sich nehmen würde ...

»Hören Sie mir zu?« fragte sie.

Mechanisch stand ich auf. »War's das?« fragte ich.

»Ja, aber nur weil Sie nicht infiziert sind, heißt das nicht, Sie sollten –«

»Nicht?«

»Sie sind nicht infiziert. Das habe ich Ihnen gerade gesagt. Geht es Ihnen gut?«

»Ich bin negativ? Ich bin negativ?«

»Ja. Hier, schauen Sie, Ihr Ergebnis.«

Ich starrte in die braune Faltmappe, die sie aufgeschlagen hatte, und auf ein weißes Stück Papier. Darauf stand: »HIV-negativ.« Ich schloß einen Moment lang die Augen, legte die Hände wie im Gebet aneinander und murmelte: »Gott, ich danke dir.«

Die Frau sah mich verblüfft an, lächelte dann und öffnete die Tür. Es warteten noch andere.

Meine Hochstimmung trug mich zur Bushaltestelle. Dort bückte ich mich, um mit bloßen Händen den Schnee zu fühlen, lächelte fremde, mürrische Leute an und ließ alle anderen vor mir einsteigen. Die Zeit war plötzlich ein Geschenk geworden, mit dem ich großzügig sein konnte. Am liebsten hätte ich gesungen, jemanden umarmt, getanzt, es der ganzen Welt erzählt, ganz besonders Eric.

Mit einem Krachen landete ich wieder. Sein Name – und was noch vor uns lag – brachte die Wirkung der Schwerkraft zurück in meine Welt.

In dieser Woche erfuhren wir, daß Eric möglicherweise seit mehr als fünf Jahren infiziert war.

Ich stellte mir vor, wie wir auf der Suche nach Wunderkuren durch die Welt reisten: geheime Kräuter und seltene Arzneimittel, Wurzeln und Schlangenspucke. Aber Eric beschloß, einen Aids-Spezialisten in der Stadt aufzusuchen. Ihm wurden Medikamente verschrieben.

Um diese Zeit bemerkte ich die öffentlichen Einrichtungen, die schon seit Beginn der Seuche existierten. Sie boten Unterstützung, Information und verschiedene Dienstleistungen an. Aber ich hielt mich fern von ihnen und betrieb meine eigenen Forschungen, weil ich das Bedürfnis nach etwas Greifbarem hatte und mich verzweifelt nach Kontrolle sehnte.

Eric studierte weiter. Sein HIV-Ergebnis war einem speziellen Komitee gemeldet worden, das aus medizinischen Experten, Vertretern der Gesundheitsbehörde, Rechtsanwälten des Krankenhauses und dem Dekan der Medizinischen Fakultät bestand. Die Kommission beschloß, daß Eric sein Studium unter Aufsicht uneingeschränkt weiterführen durfte.

Abgesehen von Erics früheren Sexualpartnerinnen erzählten wir niemandem von der HIV-Infektion. Wir taumelten, weigerten uns, die Fakten zur Kenntnis zu nehmen, zogen uns aus der Wirklichkeit zurück, hegten einen irrationalen Glauben und versuchten, den Funken Hoffnung zum Glühen zu bringen. Um mit der Realität umgehen zu können, mußten wir sie geheimhalten. Manchmal gelang es uns fast, so zu tun, als hätte sich gar nichts geändert.

23

Als ich Eric zum ersten Mal, seit ich davon wußte, einen Kuß gab, war es, wie mit geschlossenen Augen von einem hohen Sprungbrett zu springen. Natürlich hatte ich ihn auch vorher geküßt, er war auch da schon HIV-positiv gewesen, aber nun befand sich zwischen uns das Wissen darum, unsichtbar und heimtückisch, und das veränderte alles. Ich bemühte mich, nicht daran zu denken, ich bemühte mich, nicht zu zeigen, daß ich daran dachte. Ich bemühte mich, die Krankheit nicht zu schmecken oder zu fühlen oder auf andere Weise hereinzulassen. Das war anstrengend.

Und dann war da der Sex, oder was davon noch übrig war. Der Orgasmus ohne Kondom wurde zum gefährlichen Risiko. Aber für mich gab es keinen Sex ohne Eric.

Er streichelte mich, erregte mich, holte mich aus meinen Gedanken und stürzte mich in heftige, intensive Gefühle, und dann flüsterte ich: »Komm, wir schlafen miteinander.«

Er antwortete nicht, daher schlug ich die Augen auf und zog ihn an mich, küßte ihn wie früher. Ich schob ihn zurück, bis er auf dem Rücken lag. Sein Penis war noch immer steif, voller Erwartung, und ich kletterte auf ihn.

»Nein!« sagte er und stieß mich dabei nach oben.

»Hol ein Kondom«, sagte ich.

»Nein, Liebes.«

»Doch, Eric. Das ist auch mein Leben.«

»Das stimmt, es ist dein Leben.«

Ich griff in die Nachttischschublade und holte ein Kondom heraus. Es war gekauft worden, noch ehe wir es wußten, damals, als

Kondome noch eine praktische Geburtenkontrolle und sonst nichts bedeuteten.

»Schau«, sagte ich und riß die Umhüllung auf. »Ich liebe dich. Ich bin bei dir, und ich werde nicht gehen. Ich bin eine erwachsene Frau, die ihre eigenen Entscheidungen treffen kann.«

»Und ich bin ein erwachsener Mann, der ebenfalls seine eigenen Entscheidungen treffen kann. Ich habe –«

»Das kannst du nicht machen. Ich kann das nicht.« Ich biß mir auf die Lippen, um nicht zu weinen.

Er nahm mir das Kondom aus der Hand, und durch die Tränen, die meinen Blick verschwimmen ließen, sah ich, wie er es überstreifte.

»Komm«, sagte er.

Ich setzte mich auf ihn. Was ich in mir fühlte, war warme, erfüllte Liebe und besser, als ich es in Erinnerung hatte, vielleicht deshalb, weil es für uns mehr bedeutete als Sex, mehr als Vergnügen und Nähe: Es war schmerzhafte, bedingungslose Liebe.

Ich weinte die ganze Zeit, während er den Drang bekämpfte, mich unter allen Umständen zu schützen.

Sex war traurig geworden.

24

Am 13. Mai, einem Montag, brachte meine Schwester Linda einen Jungen zur Welt, den sie Darcy nannte, nach seinem Vater. Er war wunderschön: kleine, geballte rosafarbene Hände und blonde Haare, die sich weich um seinen Kopf bauschten. Er brüllte und saugte, zwinkerte und lächelte. Uns stiegen Tränen in die Augen.

In diesem Monat machte Eric sein Praktikum auf der Kinderstation, und als er mit der Visite fertig war, klopfte er an die Tür von Lindas Krankenzimmer.

»Herein«, rief Linda. Ich hielt gerade Darcy im Arm.

»Hallo, junge Mutter«, sagte Eric und küßte Linda auf die Wange.

»Eric, schau«, sagte ich und hielt ihm Darcy hin. Er lächelte, Linda lächelte, aber obwohl er sich neben mich stellte, wollte Eric das Baby nicht halten. »Da, nimm ihn«, sagte ich.

»Nein, danke. Er sieht aus, als würde er sich bei dir wohl fühlen.«

»Komm schon, Eric«, drängte Linda. »Hast du Angst, daß er dich anspuckt?« Sie lachte, wir lachten nicht.

Eric lächelte erneut, weigerte sich aber noch immer.

Ich stand auf und hielt ihm das Baby hin. »Da«, wiederholte ich. Er schüttelte den Kopf und wich zurück.

Linda runzelte die Stirn. »Ich dachte, ihr beide wollt im Oktober heiraten. Diese Angelegenheit solltet ihr aber besser vorher klären.«

Über den kleinen Darcy hinweg wechselten Eric und ich Blicke.

»Nimm das Baby«, sagte ich.

»Nein.«

»Gib ihn mir, Alex«, sagte Linda.
»Er muß es lernen«, sagte ich.
»Aber nicht mit meinem Baby«, bemerkte Linda.
»Sie hat recht, Alex. Gib ihn zurück.«
»Nein«, sagte ich. »Nimm ihn.«
»Er ist wunderschön, Linda. Herzlichen Glückwunsch«, sagte Eric und wandte sich zum Gehen. Ich folgte ihm, das Baby noch immer im Arm.
»Alex!« brüllte Linda. »Komm zurück mit ihm!«
Ich achtete nicht auf sie und trat hinter Eric hinaus auf den Korridor.
»Eric«, sagte ich, »du weißt genau, daß du ihn nicht infizierst, wenn du ihn auf den Arm nimmst.«
»Das geht mir zu nah, Alex.« Er ging weg, ins Treppenhaus. Ich folgte ihm. Darcy begann zu brüllen. »Bring ihn zurück«, sagte Eric.
»Ich will Kinder mit dir haben«, sagte ich und begann zu weinen.
»Das geht nicht.«
»Doch, Eric. Bitte.«
»Es ist zu risikoreich.«
»Ich will aber.« Ich schluchzte.
»Nein. Bring das Baby zurück.«
»Ich will mein Leben mit dir teilen.«
»Dazu können Babys nicht gehören.« Eric nahm mir Darcy aus den Armen und brachte ihn zurück zu Linda. Ich saß weinend auf der Treppe und wartete.
Als Eric zurückkam, setzte er sich neben mich auf die Treppe. Plötzlich fiel mir eine andere Treppe ein, auf Lindas Hochzeit, als Eric und ich aufs Dach verschwunden waren und uns geliebt hatten, unwissend und glücklich. Nur ein Jahr war seitdem vergangen, aber das Wissen um die Krankheit hatte uns älter werden lassen. Es hatte uns gezwungen, mit der Trauer zu leben.

»Was wird aus unserer Hochzeit?« fragte ich. »Linda hat recht. Wir haben sie für Oktober geplant. Bis dahin sind es nur noch fünf Monate.«
»Ich weiß. Wir hätten schon längst darüber reden sollen.«
»Also sag jetzt was.«
»Wir können nicht heiraten.«
»Ich will dich heiraten.«
»Warum?«
»Das hättest du vorher nie gefragt.«
»Jetzt ist nicht vorher.«
»Ich liebe dich genauso. Nein, ich liebe dich noch mehr.«
»Und ich liebe dich, Alex, aber ich habe gesehen, was die Krankheit aus den Menschen machen kann.«
»Ich werde bei dir bleiben, ob wir verheiratet sind oder nicht.« Ich nahm seine Hand, führte sie an meine Lippen und hielt sie dort fest. Ich konnte das Pulsieren seines Blutes fühlen.
Er schlang seine Arme um mich. »Ich weiß«, sagte er, »aber laß dir noch einen Ausweg.«
»Ich will keinen Ausweg«, sagte ich, und Tränen liefen mir übers Gesicht. »›Auf ewig vereint‹, weißt du noch?«
Er lächelte traurig und nickte. »Ich weiß noch«, sagte er.
Wir saßen sehr lange zusammen, schweigend. Schließlich standen wir auf und verließen das Krankenhaus. Durch den Frühlingsabend gingen wir Hand in Hand nach Hause und gaben uns Mühe, uns nicht all die Dinge zu wünschen, die wir nicht haben konnten.

25

In diesem Herbst bewarb sich Eric um Stellen für die Facharztausbildung; es war sein viertes und letztes Jahr im Medizinstudium. Als wir wie jedes Jahr nach Cape May flogen und tief über dem Sand und dem Wasser dahinbrausten, wo wir gespielt hatten und er mir den Heiratsantrag gemacht hatte, wirkte die Färbung der Blätter wieder einmal wie ein Zauber auf uns. Doch alles andere war, wie es mir schien, in einem anderen Leben gewesen.

Auf dem Rückflug sagte er: »Ich bewerbe mich für Psychiatrie.«

»Tatsächlich?«

»Das ist das Beste für mich.«

»Du bist ein geborener Chirurg, Eric.«

»Ich weiß.«

Ich starrte ihn an, und er wandte den Blick ab.

»Psychiatrie ist nicht schlecht«, sagte ich.

»Es ist nicht schlecht.«

Ich griff nach seiner Hand und hielt sie fest, diese anmutige Chirurgenhand, die so geschickt präparieren konnte. Und doch hätte ein einfacher Ausrutscher, bei dem ein Skalpell durch einen Handschuh schnitt, diese Hand zu einer tropfenden, blutroten Todesfalle gemacht. Das wollte er nicht.

Erics HIV-Infektion hatte unser Leben in eine Serie von Zugeständnissen und Kompromissen verwandelt. Diese Infektion war rücksichtslos und ohne Hemmungen. Wir lebten damit, und wir beugten uns ihr. Aber als der nächste Schlag kam, waren wir nicht darauf vorbereitet.

Der Tag, an dem die zukünftigen Assistenzärzte erfahren, welche Stelle ihnen zugeteilt wurde, ist im Frühjahr. Nur wenige Monate vor der Abschlußprüfung und ein paar Tage vor diesem Termin rief der Dekan der Medizinischen Fakultät Eric in sein Büro und erklärte ihm, es gebe in den psychiatrischen Kliniken der Vereinigten Staaten keine freie Stelle für ihn. »Es tut mir leid«, fügte er hinzu.

»Es tut ihm leid?« kreischte ich, als Eric mir das erzählte. *»Leid?«*

»Ich finde schon eine Lösung«, antwortete Eric. Um mir davon zu erzählen, hatte er sich ein Auto geliehen und war nach New Jersey gefahren, wo ich als Himmelsschreiberin arbeitete.

»Du bist der Beste deines Jahrgangs, du hast bessere Prüfungsergebnisse als sonst jemand, und dann gibt es keine Stelle für dich?«

»So etwas passiert. Ich werde –«

»So etwas passiert nicht einfach, Eric. Abgesehen davon hast du bereits einen Kompromiß gemacht, indem du dich für Psychiatrie und nicht für Chirurgie beworben hast.«

»Ich weiß, aber es wird sich schon etwas finden.« Er warf mir einen langen Blick zu. Seine sonst so glänzenden Augen waren von Traurigkeit überschattet, und auf einmal begriff ich: Das HIV-Virus würde ihn nicht nur töten, es beendete sein Leben.

Ich sah ihm nach, als er wegfuhr. Er war so sehr entschlossen, die Zähne zusammenzubeißen, das Gute anzunehmen und alles andere an sich abprallen zu lassen.

»Alex!« Das war Mr. Rig. Ich kam zu spät zu meinem Start.

»Ich komme schon!« antwortete ich und eilte zur Startbahn.

»Weißt du, wo du hinfliegst?« fragte er.

»Philadelphia. In den Westen.«

»Das hier ist deine Schrift.« Er reichte mir den Zettel. Darauf stand: EI, EI, DU BIST ZWEI.

»Ei, ei?«

»Das ist für einen Kindergeburtstag.«

»Na gut. Dann bis später, Mr. Rig.«

Um mein Ziel zu erreichen, mußte ich über Erics Fakultät fliegen, ein ausladendes, mächtiges Gebäude. Ich hatte es schon oft überflogen, aber heute wirkte es anders auf mich; es hatte sich in einen Ort der Enttäuschung verwandelt, an dem Träume beendet wurden. In meinem Inneren verkrampfte sich etwas. Ich gewann an Höhe und begann zu schreiben. Als ich fertig war, stand HEILT AIDS in riesigen Buchstaben über der Medizinischen Fakultät, und für »EI, EI …« war nichts mehr übrig.

Am nächsten Tag befand sich auf der ersten Seite des *Philadelphia Inquirer* ein Foto meiner Himmelsschrift. Ich wurde noch am selben Nachmittag gefeuert.

»Wäre das nicht eigentlich vertraulich gewesen?« rief ich Eric einige Tage später vom Wohnzimmer aus zu; er lag noch im Bett und schwänzte voller Genuß einen fakultativen Kurs in Radiologie.

»Was denn, mein Schatz?«

»Dein HIV-Ergebnis.«

»Doch.«

»Wer hat es ausgeplaudert?«

Schweigen. Ich ging zur Schlafzimmertür. Er lag unbeweglich auf dem Rücken und starrte mit offenen Augen vor sich hin. »Eric?« fragte ich und bemühte mich, nicht panisch zu werden. Schweigen. Ich trat näher. »Eric!«

Er zwinkerte. »Ja, mein Schatz?«

Ich schloß die Augen, weil mir die Tränen kamen. Er lebte. Ich ging zu ihm, um seine Körperwärme, seinen Atem zu spüren, sein Haar zu riechen, seine Bewegungen zu sehen. Er grinste, und ich stieg zu ihm ins Bett.

»Was ist denn, Alex?«

»Nichts.«

»Du hast nach meinem HIV-Test gefragt. Was ist los?«
»Woher wußten die Leute in diesen Ausbildungsprogrammen, daß du infiziert bist?«
»Ich bin mir nicht sicher, ob sie es wußten.«
»Aber dir ist doch klar, daß das der Grund ist, weshalb du keine Stelle bekommen hast.«
»Leicht zu glauben, schwer zu beweisen.«
»Der Dekan wußte es. Er war in der Kommission, die nach dem Test deine Situation besprochen hat.«
»Ja.«
»Und er hat es weitererzählt.«
»Vielleicht. Was spielt das für eine Rolle?«
»Es ist nicht richtig.«
»Wie so viele Dinge.«
»Ich werde das nicht auf sich beruhen lassen.«
»Du willst Rache?«
»Nein. Nur das, was dir zusteht.«
Er lächelte, küßte mich und stieg aus dem Bett, um ins Badezimmer zu gehen.
»Hör mal«, sagte ich und folgte ihm, »wenn der Dekan darüber gesprochen hat, dann hatte er seine Schweigepflicht verletzt. Wenn sie dir wegen deiner HIV-Infektion den Zugang verweigert haben, so ist das Diskriminierung.«
Er kniff die Augen zusammen, weil ihm das kalte Wasser, das er sich am Waschbecken ins Gesicht gespritzt hatte, übers Gesicht lief. »Ja«, sagte er, »aber wie willst du das beweisen?« Ich zuckte die Achseln. Er schlüpfte in einen Trainingsanzug, und ich ging mit ihm in die Küche. »Willst du einen Kaffee?« fragte er. Ich nickte. Wir saßen am Küchentisch, dessen Oberfläche noch klebrig war von dem chinesischen Essen, das wir uns am Vorabend gekauft hatten.
Während wir unseren Kaffee tranken, griff Eric nach der Zeitung,

seufzte dann und sagte: »Ich habe schon gehört, was du gesagt hast, Alex, aber sieh das Ganze doch mal aus deren Blickwinkel. Viele Leute wollen keinen HIV-positiven Arzt.«

Ich schwieg und hielt den Blick starr auf ihn gerichtet. Er fügte hinzu: »Kannst du das nicht verstehen?«

»Nein. Wie kannst du das verstehen?«

Er gab keine Antwort, aber ich wußte, was ihm ermöglichte, das zu verstehen. Er konnte sich gut in andere Menschen hineinversetzen. Das war es, was ihn dazu gebracht hatte, die Hand der sterbenden Frau zu küssen, die Worte zu murmeln, die sie am meisten brauchte. Einfühlung war die seltene Gabe, die er in hohem Maße besaß und deren Verlust die Menschheit so unendlich viel kostete.

»Pssst«, flüsterte ich der Empfangsdame im Büro des Dekans zu. Sie war blond, ihre Wimpern waren dick mit blauer Wimperntusche bestrichen, und das Schild auf ihrem Schreibtisch verriet, daß sie Sally hieß.

»Hören Sie«, sagte ich und sah mich um. »Ich habe eine Überraschung für meinen Onkel.«

»Ihren Onkel?« fragte sie und rümpfte die Nase.

Offenbar sah ich mit meinen ungewaschenen Haaren und der verschlissenen Jeansjacke nicht so aus, als ob ich hier einen Onkel hätte, aber ich blieb standhaft: »Mein Onkel, der Dekan Valois«, sagte ich.

»Das heißt *Wa-loa*«, gab sie zurück.

»Stimmt«, bestätigte ich, »aber daheim in Norddakota sagen wir immer *Fa-lois*.«

»Wer sind Sie?«

»Jenny Valois aus Süddakota.«

»Gerade haben Sie noch ›Nord‹ gesagt. Was wollen Sie?«

»Mein Onkel –«

»Los, gehen Sie.« Sie stand auf. Ihr Umfang war imposant.
»Ich brauche –« fing ich an.
»Ich habe keine Zeit. Bitte –«
Ich begann zu weinen. Es war nicht schwer.
»Herrgott«, sagte sie. »Das habe ich doch nicht so gemeint. Ist schon gut.«
»Nein«, schluchzte ich.
Sie legte einen fülligen Arm um mich und führte mich zu einem Stuhl. »Kommen Sie, setzen Sie sich«, sagte sie. »Ich hole Ihnen ein Glas Wasser.« Sie ging ans andere Ende des Bürokorridors, und anstatt ins Büro des Dekans zu stürmen und ihn zur Rede zu stellen, wie ich es vorgehabt hatte, saß ich da und sah ihren schwingenden Hüften nach. Sie kam mit Wasser in einer Kaffeetasse zurück. Ich trank schlückchenweise und zwinkerte, um die Tränen zurückzudrängen. Sie stand da und sah mich an.
»Was ist denn los?« fragte sie.
»Sally?« sagte ich.
»Das bin ich, die starke Sally.« Sie klopfte sich auf den Oberschenkel.
»Ich bin Alex. Alex, der Kumpel.«
Wir lachten.
»Danke für das Wasser«, sagte ich und stand auf. Das Onkel-Spielchen kam mir plötzlich sehr albern vor, und es war mir peinlich, daß ich gekommen war. Und dann trat Sidney Clayton Valois, der Dekan der Medizinischen Fakultät, aus seinem Büro, und wir starrten ihn beide an. Er war groß, hatte silbergraue Haare und ein ziemlich faltiges Gesicht.
»Ich gehe jetzt, Sally«, sagte er. »Ich habe diese Besprechung.«
»Ja«, sagte sie.
»Verdammt, jetzt habe ich meine Aktenmappe vergessen.« Er drehte sich um und verschwand noch einmal in seinem Büro.

Sally sah mich an. »Gehen Sie jetzt!« flüsterte sie. »Jetzt können Sie mit ihm reden ... Ihrem Onkel.« Sie lachte.
Ich schüttelte den Kopf. Von Angesicht zu Angesicht wirkte der Dekan einflußreich, respektabel und untadelig. Er schien der Sache, derer ich ihn verdächtigte, nicht fähig zu sein. Ich machte mich auf den Weg zur Tür. Sally ging mir nach.
»Alex, kommen Sie schon, jetzt könnten Sie –«
»Bis später«, sagte der Dekan, rauschte an uns vorbei und verschwand durch die Eingangstür.
»Gehen Sie ihm nach«, drängelte sie.
»Vergessen Sie die Sache.«
Sie schien in sich zusammenzusinken, als hätte sie nur die Tatsache aufrecht gehalten, daß mein Bedürfnis so groß schien, daß es eine Lüge wert gewesen war. »Ach Alex«, sagte sie und schüttelte den Kopf. »Ich weiß nicht, wann er wiederkommt und –«
»Danke, Sally. Danke für das Wasser und Ihre Hilfe. Das hat mir viel bedeutet.«
»Gern geschehen. Was –«
»Das ist viel zu kompliziert, um es zu erklären.«
»Es geht mich auch gar nichts an.«
Sally setzte sich wieder hinter ihren Schreibtisch auf den Stuhl mit Rollen, dessen Sitz ihr Hinterteil kaum fassen konnte. Die Rädchen rollten über eine harte Plastikmatte auf dem Boden, und während ich Sally so ansah, kam mir der Gedanke, daß mein Auftritt möglicherweise das einzige war, das ihren Job interessant machte, eine Abwechslung an einem ansonsten ganz gewöhnlichen Tag. Ich war der Anlaß gewesen, daß sie Wasser zur Beruhigung holen konnte, daß sie dröhnend gelacht hatte, daß sie, als der Dekan aus dem Büro kam, beinahe eine mutige Begegnung mit ihm miterlebt hätte und daß sie jemanden bei einer falschen französischen Aussprache korrigieren konnte.
»Auf Wiedersehen«, sagte ich.

Mit ernstem Gesichtsausdruck nickte sie mir zu. Ich zögerte und überlegte. Schließlich zog ich einen Stuhl vor ihren Schreibtisch, vor dem die Leute normalerweise standen, und setzte mich ihr gegenüber. Sie hantierte mit Papieren und sah mich an.

»Ich habe zu tun«, sagte sie.

»Ich bin in Schwierigkeiten.«

»Tut mir leid, aber –«

»Mein Freund studiert hier Medizin.«

»Ach?« Ihr Gesicht hellte sich auf. »Wer ist es denn? Ich kenne sie alle.«

»Eric –«

»Moro!« rief sie. Dann wurde ihr Gesicht betrübt, und sie sagte: »Oje, Sie sind wirklich in Schwierigkeiten.«

Sie wußte Bescheid. Offenbar war ich zusammengesunken, denn sie streckte den Arm aus und nahm meine Hand. »Das habe ich nicht so gemeint«, sagte sie. »Tut mir leid.«

»Sie wissen es?«

»Du liebe Güte, das weiß doch jeder.«

»Jeder?«

»Na ja, so ziemlich jeder.«

»Wieso weiß das jeder? Es sollte vertraulich behandelt werden.«

Sie wurde dunkelrot. »Entschuldigung«, sagte sie. »Er ist wirklich ein toller Kerl. Er tut mir sehr leid. Was sie da gemacht haben, war nicht in Ordnung.«

»Sie?«

»Äh … Sie wissen schon, wer immer das auch weitererzählt hat.«

»Wer hat es denn Ihnen erzählt?«

»Danny.«

»Danny?«

»Daniella Carvacchi. Die beiden waren …« Wieder wurde sie rot.

»Ich weiß«, sagte ich. »Wer hat es den psychiatrischen Kliniken erzählt, bei denen Eric sich beworben hat?«

»Davon weiß ich wirklich nichts.«
»Die Information muß von hier aus weitergegeben worden sein.«
»Ich habe keine Ahnung.« Sie ließ meine Hand und mich los.
»Es ist nicht fair, daß er keine Stelle bekommen hat«, betonte ich.
»Er ist der Beste seines Jahrgangs.«
»Es geht nicht nur darum. Der Dekan mußte abwägen –« Sie schlug sich mit der Hand auf den Mund, um ihr loses Geplauder zu unterbinden. »Bitte gehen Sie«, sagte sie und stand auf.
»Also war die HIV-Infektion tatsächlich der Grund, warum er keine Stelle bekommen hat.«
»Soll ich den Sicherheitsdienst rufen?«
»Ich möchte, daß Sie mir erzählen, was Sie wissen.«
Sie trat auf meine Seite des Schreibtisches, und ich ließ sie nicht aus den Augen. »Gehen Sie«, sagte sie. »Ich werde Ihnen gar nichts erzählen.«
»Der Dekan hat es den psychiatrischen Kliniken mitgeteilt, stimmt's?« sagte ich und blieb sitzen.
»Ich weiß nicht, wovon Sie reden.« Sie zerrte an dem Stuhl, auf dem ich saß.
»Das wissen Sie ganz genau«, sagte ich.
»Nein, das weiß ich nicht!« Sie hörte auf, an dem Stuhl zu ziehen, und begann zu weinen. »Bitte«, sagte sie.
»Bitte«, wiederholte ich.
Wir sahen einander an, aber trotz meines Drängens wollte sie nichts mehr sagen.
Ich ging.

»Eric!« rief ich, als ich unsere Wohnung betrat und die Tür hinter mir zuschlug. »Ich brauche die Namen sämtlicher Ausbildungsprogramme, bei denen du dich beworben hast!« Ich griff in den Kühlschrank und holte Orangensaft heraus; ich hatte den ganzen Tag noch nichts gegessen. Gierig trank ich aus der Packung; kalte

Tropfen liefen über meinen Hals auf meine Brust und wurden vom T-Shirt aufgesaugt. »Eric?« fragte ich und ging ins Schlafzimmer. Auf dem Bett lag ein Zettel mit Erics Handschrift: BIN IM KRANKENHAUS, RUFE DICH SPÄTER AN, ICH LIEBE DICH.
Das Krankenhaus. Offenbar hatte er beschlossen, heute nachmittag doch zu diesem Kurs zu gehen, überlegte ich, während ich zurück in die Küche ging. Ich leerte den Inhalt einer Thunfischdose auf eine dicke Scheibe Brot und begann, nachdenklich zu kauen.
Das Telefon klingelte und erschreckte mich.
»Hallo?« krächzte ich. Dann räusperte ich mich und wiederholte: »Hallo?«
»Miss Taylor?« fragte ein Mann.
»Hier ist Alex«, sagte ich.
»Ich bin Dr. Buchanan. Mr. Moro bat mich, Sie anzurufen, um –«
»Mr. Moro?«
»Ja.«
»Roberto Moro?«
»Eric Moro.«
»Sie meinen Dr. Moro.«
»Oh, natürlich.«
»Warum ruft er nicht selbst an?«
»Bei ihm wird gerade eine Bronchoskopie gemacht. Hat er Ihnen nicht gesagt, daß er ins Krankenhaus geht? Ist dort nicht Alexandra Taylor, Eric Moros Verlobte?«
»Ja, aber ich dachte, er ginge zu einem Kurs ins Krankenhaus, nicht, um ... nicht ...«
»Es ist alles in Ordnung, Miss Taylor, wirklich. Der Test ist eine Routineangelegenheit bei dem, was er hat.«
»Was hat er denn?« fragte ich.
»Hat er Ihnen das nicht erzählt?«

»Ich weiß von der HIV-Infektion, wenn Sie das meinen. Aber was … ist er krank?«
Er zögerte und sagte dann: »Es ist nichts Ernstes. Bestimmt ist alles in Ordnung.«
»Tatsächlich?«
»Ja.«
»Wie lange noch?«
Ich lauschte der dumpfen Stille, murmelte »Danke« und legte auf. Natürlich wußte er es nicht. Er war ja nur ein Arzt.
Ich ging, um Eric im Krankenhaus zu suchen.
»Hallo, Liebes«, sagte er von einer Trage auf dem Korridor vor dem Bronchoskopie-Raum. Er sah ganz wie ein Patient aus.
»Was ist denn hier los?« fragte ich, beugte mich hinab, um ihm einen Kuß zu geben, und bemühte mich, nicht zu weinen.
»Nichts.«
»Du bist krank.«
»Wer sagt das? Dave?«
»Dave?«
»Hat er dich nicht angerufen?«
»Ein Dr. Buchanan hat angerufen. Er hat gesagt –«
Eric lachte laut auf. »Hat er sich so genannt? Dieses Arschloch.«
»Was ist denn los? Sag doch!«
Er bemühte sich, sich aufzusetzen, fiel dann wieder zurück und lachte erneut. »Dave Buchanan ist ein Freund von mir, er ist im dritten Jahr und arbeitet an diesem Forschungsprojekt mit. Habe ich dir nicht davon erzählt?«
»Nein.«
»Tut mir leid. Ich habe mich bereit erklärt, alle sechs Monate eine Bronchoskopie machen zu lassen, um zu sehen, ob ich erkrankt bin, ehe ich Symptome habe. Ich bekomme Geld dafür.«
»Aber du nimmst doch prophylaktisch Medikamente. Bactrim.«
»Sie wollen sehen, wie gut es wirkt.«

Er lächelte und setzte sich auf. Er trug ein Nachthemd des Krankenhauses. »Komm her, mein Schatz«, sagte er. Ich trat näher; wir umarmten uns. »Ich liebe dich«, murmelte er in mein Haar hinein.

»Du bist fertig, Eric«, sagte ein junger Mann in einem kurzen weißen Mantel, der neben die Trage trat. Ich ließ Eric los und wich einen Schritt zurück.

»Herzlichen Dank, Dr. Buchanan«, sagte Eric.

»Ist das Alex?« fragte Dave.

»Ja«, sagte Eric. »Alex, das ist Dave.«

»Hallo«, sagte ich.

»Tut mir leid, wenn ich Ihnen am Telefon Angst eingejagt habe.«

»Ist alles in Ordnung?« fragte ich.

»Ja«, antwortete Dave.

»Hast du mein Rezept?« fragte Eric.

»Hier.« Dave reichte Eric einen Zettel und verabschiedete sich dann, um den Korridor hinabzugehen, hinein in eine helle Zukunft, in die ihm Eric nicht folgen konnte. Eric und ich sahen einander an.

»Ich ziehe mich rasch an«, sagte er.

»Gut.«

Er verschwand in einer Umkleidekabine, und während ich im Korridor auf ihn wartete, stürmten meine Gedanken gegen die Zeit an. Die Zeit hatte an Geschwindigkeit gewonnen.

Arm in Arm verließen Eric und ich das Krankenhaus. »Worauf hast du Lust?« fragte er.

»Wie wäre es, wenn wir ins Buchladen-Café gehen?«

»Prima.«

Auf dem Bürgersteig vor dem Krankenhaus blieben wir stehen, und ich streckte den Arm aus und fuhr ihm mit der Hand durch sein schwarzes Haar. Ich dachte daran, wie wir zum ersten Mal dort gewesen waren, an dem Morgen, nachdem wir uns kennen-

gelernt hatten, und an seine Geschichte vom Hexenmeister, über die Hoffnung, die da ist, wo sie gebraucht wird.
Eric lächelte das verstohlene Lächeln, das ich so liebte. Unterwegs wurden wir von einem Baseballspiel abgelenkt, das ein zusammengewürfelter Haufen Kinder auf einem öffentlichen Spielfeld veranstaltete. Wir setzten uns auf die Wiese und hielten uns an den Händen.
»Arbeitest du diesen Sommer wieder als Trainer in der Kinderliga?« fragte ich.
»Ich glaube nicht.«
»Warum nicht?«
Er zuckte die Achseln. »Gehst du mit deinen Jugendlichen malen?«
»Ich glaube nicht.«
»Baseball ist schon ein tolles Spiel«, sagte er, während wir den Kindern zusahen und ihren schrillen Stimmen lauschten.
Ich fühlte, wie die Augenblicke vergingen; mein Herz schlug schneller. Eric sah einem hoch geschlagenen Ball nach, der durch die Luft flog, und pfiff durch die Zähne. »Dieses Kind hat Zukunft«, murmelte er.
»Und wir?« fragte ich.
Er sah mich an, und eine lange Weile starrten wir einander an. Seine Augen waren trocken, in meinen brannten Tränen.
»Ich will mehr Zeit«, sagte ich.
»Auf ewig vereint«, gab er zur Antwort und nahm meine Hand.
»Das reicht nicht.«
»Ich weiß.«
»Warum ausgerechnet du?«
»Das habe ich mich auch gefragt, aber darauf gibt es keine Antwort.«
»Hast du Angst, Eric?«
»Manchmal.«

Ich zwinkerte heftig, um nicht zu weinen.
Er fuhr fort: »Ich fürchte mich nicht vor dem Sterben, sondern davor, von dir getrennt zu sein.«
Meine Tränen begannen zu fließen. »Dann lassen wir nicht zu, daß das passiert.«
Er faßte meine Hand. »Hast *du* denn Angst?« fragte er.
»Ich gebe mir Mühe, keine zu haben. Eric, wir werden dein Leben retten.«
Er nickte, erwiderte meinen Blick aber nicht.
Die Hoffnung hing an einem Faden, an einem gefährlich dünnen Faden. Eric im Krankenhaus zu sehen, auf der Trage, im Nachthemd, hatte mich erschüttert und mir mehr als nur bloße Angst gemacht. Schwankend stand ich am Rande der Panik.

26

Ein paar Tage später fuhren wir zu meinen Eltern. Sie hatten uns nie bedrängt, eine Erklärung zu liefern, als wir ihnen unseren Entschluß mitteilten, nicht zu heiraten. Aber jetzt hatten wir beschlossen, ihnen von der Krankheit zu erzählen. Das waren wir ihnen schuldig. Auf dem Weg zu ihrem Haus überlegte ich, ob unsere Neuigkeit vielleicht sogar die größte Liebe verdüstern und über unsere Welt einen dumpfen, dauerhaften Nebel legen könnte, schmerzlicher noch als der Tod. Aber bald waren wir dort, wo auf wundervolle Weise alles so schien wie immer, unberührt und beinahe dauerhaft.

Wir saßen beim Abendessen, als ich sagte: »Mom, Daddy ... ich, äh, ich muß euch etwas sagen.« Ich warf Eric einen Blick zu; er erwiderte ihn. »Ah ... o mein Gott, das ist so schwer.« Ich seufzte und versuchte, nicht zu weinen, während ich sie alle ansah: Mom, Daddy, Cindy und Harry. Sie zeigten Aufmerksamkeit und Interesse, in die sich eine Spur von Sorge mischte.

»Was ist denn, Süße?« fragte Mom und legte ihre Gabel weg. »Bist du krank?«

»Nein, Mom. Aber ... aber ... Eric ist HIV-positiv.«

Meine Worte wirkten wie der unsichtbare Hauch einer durch die Luft übertragenen Infektion, die sich schnell in den Köpfen der Menschen, die ich am meisten liebte, ausbreitete. Ich beobachtete ihre Gesichter, während die Information einsickerte, und sah die verschiedenen Stadien von Bestürzung, Schmerz und Angst, bei jedem anders und doch im Grunde gleich.

Ich hatte eine Diskussion erwartet; sie kam nicht. Zum allerersten Mal fiel meiner Familie nichts ein, um die Sache besser zu

machen, weil sie sich überhaupt nichts Schlimmeres vorstellen konnte. Dann sagte Eric: »Alex ist nicht infiziert«, womit er allen klarmachte, daß es doch immer noch etwas Schlimmeres gibt.
Daddy stand auf, ging zu Eric und umarmte ihn weinend. Bald tat Mom dasselbe, und schließlich waren auch wir anderen aufgestanden, hielten einander in den Armen und vergossen Tränen.
Nach dem Abendessen saßen wir im Wohnzimmer, und alle Fragen wurden gestellt und beantwortet: »Gibt es ein Mittel dagegen?« »Ist Alex in Gefahr?« »Sind wir in Gefahr?« »Ist es tödlich?« »Tut es weh?« Aber vor allem wollten sie uns helfen. Sie spendierten uns einen Urlaub, Camping in Maine.
Ich tat so, als müßte ich nicht daran denken, dies könnte unsere letzte gemeinsame Reise sein, unsere erste und letzte Möglichkeit, miteinander zum Zelten zu fahren. Seit diesem Tag im Krankenhaus fiel es mir schwer, nicht jeden Augenblick zu registrieren, nicht an das Ende zu denken oder daran, Eric könnte krank werden. Ich wußte, für ihn war es am einfachsten, wenn ich die Zeit genoß, die uns noch blieb, aber die Zeit, die wir miteinander hatten, wurde getrübt durch Gedanken an jene Zeit, die wir nicht mehr haben würden.
»Was hältst du von diesem Campinghut?« fragte er, als wir vor unserer Abreise den gemieteten Jeep packten.
»Ein Tropenhelm?« meinte ich lachend.
»Das bewahrt mich vor einem Sonnenstich.«
»Gute Idee.« Ich sah ihn von oben bis unten an. Noch immer war er muskulös und sexy, noch immer drehten sich die Leute nach ihm um. Allem Anschein nach war alles in Ordnung.
Er betrachtete mich ebenfalls eingehend. »Für dich habe ich auch eine Kopfbedeckung«, sagte er und zog etwas aus einer Tüte. Er versteckte es hinter seinem Rücken.
»Was ist das?« fragte ich und versuchte seinen Arm zu packen.
»Ihre Baskenmütze, Mademoiselle«, sagte er, setzte sie mir mit

einer schwungvollen Geste auf den Kopf und schob sie zurecht, daß sie im rechten Winkel saß.

Die rote Baskenmütze war ziemlich scheußlich, aber Eric wußte genau, was er damit bezweckte; es war schwer, ernst zu bleiben, wenn man diese Hüte aufhatte.

Wir stiegen in den Jeep und fuhren ab, das Lächeln noch auf den Gesichtern. Es war mindestens fünf Minuten her, seit ich zuletzt an die HIV-Infektion gedacht hatte, und allmählich konnte ich mich über solche Momente freuen.

Es war später Nachmittag, und die Autobahn war verstopft: grober Asphalt, der die Hitze abstrahlte, der Geruch nach schmelzendem Teer. Aber als das Tageslicht grau wurde, hatten wir die Landstraße erreicht, wo der Wind warm durch die offenen Fenster wirbelte. Wir lachten, alberten herum und sangen; ich hatte meine nackten Füße auf das Armaturenbrett gelegt, während Eric fuhr. Jede Meile gab unserer Welt neues Licht. Unsere Welt wurden zunehmend wir selbst.

Es war halb neun, als wir vor einer kleinen Kneipe für Lastwagenfahrer am Rand der Landstraße hielten, um zu Abend zu essen. Wir aßen knusprige Brathähnchen, Pommes frites und Salat. Dazu tranken wir einige Flaschen Bier. Der erste Schluck trug mich zurück an den Anfang unserer Beziehung, in den Pub, zu dem Spiel, das wir gespielt hatten, und meinen Bedenken wegen Peter. Ich schüttelte den Kopf, um diese alten Erinnerungen, die auf einmal die Gegenwart bevölkerten, wieder loszuwerden.

Eric holte weiteres Bier, während ich mir im Fernseher am anderen Ende der Bar ein Baseballmatch ansah. Ich glaube, die Mannschaft in Weiß schlug die Mannschaft in Rot, aber es war mir egal. Ich war so beschwipst, daß mir meine ganze Umgebung gefiel.

Eric kam zurück, und die Frau hinter der Theke folgte ihm, um unsere Teller wegzutragen, die mit Fett und Ketchup verschmiert waren. »Hat's euch geschmeckt?« fragte sie.

»Ja«, sagten wir wie aus einem Mund.

»Schön. Das ist schön«, antwortete sie. Sie wischte mit einem weichen grauen Geschirrtuch über den Tisch, trat dann zurück und sah uns an. »Seid ihr frisch verheiratet?« fragte sie.

Wir schüttelten die Köpfe und bemühten uns, heiter zu bleiben.

»Na, dann solltet ihr das aber tun«, erklärte sie. »Ihr seid so ein hübsches Paar. Bestimmt würdet ihr schöne Kinder bekommen.«

»Danke«, murmelten wir.

Ein Mann von der Bar mischte sich ein, ohne sich umzudrehen: »Na, das bedeutet einiges, wenn Jane Heirat und Kinder und so empfiehlt.« Die anderen Gäste an der Bar johlten, und Jane schlug ihm mit dem Geschirrtuch kräftig aufs Hinterteil. Er kreischte, und die anderen lachten noch lauter. Was für ein Leben, dachte ich. Noch ein Bier, und alles sieht viel besser aus.

Wir waren zu betrunken, um noch weiterzufahren. Wir blieben noch stundenlang in der Kneipe und setzten uns noch an die Bar, wo uns Erics Tropenhelm und meine rote Baskenmütze von den anderen unterschieden.

Die Bar schloß um eins; wir verabschiedeten uns und gingen hinaus auf den Parkplatz. Der Vollmond leuchtete und ließ Erics Haut totenblaß aussehen. Ich nahm ihm den Hut ab und bewunderte wieder einmal sein tiefschwarzes Haar.

Wir lächelten, tanzten durch die Nacht, flüsterten, stolperten und kicherten, bis wir eine Art Hain fanden: grüne Blätter, die jetzt mitternachtsdunkel waren, Bäume mit breiten Stämmen und kräftigen Wurzeln. Es war schön.

Wir zogen uns aus, legten uns hin und starrten einige Minuten lang in den Himmel, der hell wirkte hinter den dunklen Blättern, deren Silhouetten sich oval und vielfingrig abzeichneten. Wir waren zwei Wesen, die inmitten anderer atmeten, und in diesem

Augenblick, der ins Universum hinausfloß, erschien mir nichts wichtiger, als Eric zu lieben und von ihm geliebt zu werden. Der Sex in dieser Nacht auf dem kühlen, feuchten Gras war intim und außerordentlich befriedigend, wir liebten uns im wahrsten Sinne des Wortes.

Am Morgen erwachten wir nackt, aneinandergekuschelt, um uns zu wärmen, und mit trockenem Mund und Kopfweh, das durch die Helligkeit der Morgendämmerung verstärkt wurde. Die aufgehende Sonne enthüllte, daß unser Hain in Wirklichkeit nicht mehr war als ein paar vereinzelte Bäume an einer Wohnstraße. Eilig zogen wir uns an und machten uns auf den Weg zum Jeep. Tageslicht und Nüchternheit ließen uns die Stadt außerordentlich schäbig erscheinen, und aus Janes Kneipe war eine schmuddelige Bar geworden. Schnell fuhren wir weiter und hielten bei einem anderen Lokal am Straßenrand für ein Frühstück.

»Was möchtest du denn heute machen?« fragte Eric, als die Kellnerin unseren Tisch abgeräumt hatte und wir unsere dritte Tasse Kaffee tranken.

»Ich dachte, wir fahren nach Maine«, sagte ich.

»Willst du auf Entdeckungstour gehen?« fragte er, nahm meine Hände zwischen die seinen, drehte meine Handflächen nach oben und küßte sie, ohne mich aus den Augen zu lassen.

»Ja.«

Wir entwarfen den Plan, an jedem besonderen Ort zu halten, der entweder außerordentlich schön, unglaublich häßlich, historisch bedeutsam oder aus anderen Gründen interessant war. Das führte zu einer Menge Pausen, Picknicks, Übernachtungen unter Sternen und Sex auf Wiesen, an Weihern und an Flußufern, mit schwarzweißen Kühen als schweigenden, wiederkäuenden Zuschauern.

Der häßlichste Ort, den wir sahen, war eine Wiese mit einem

Kraftwerk, das nur aus einem grauen Netzwerk von Leitungen und Röhren, Tanks und qualmenden Schornsteinen bestand. Doch das Licht der Dämmerung gab dem Ungetüm einen silbrigen Glanz, ließ es zu Industriekunst werden, die an Schönheit lediglich von einem orangeroten Sonnenuntergang übertroffen wurde, den wir sahen, als die Sonne hinter einem Hügel in der Ferne unterging.

In diesen zehn Tagen, in denen wir von einer Stadt Pennsylvanias zur anderen fuhren, saßen wir oft einfach nur da, Schulter an Schulter oder Arm in Arm, und schauten und atmeten die Welt ein.

Ich kann mich an eine Nacht in einem Maisfeld erinnern, am Rand einer Stadt namens Brave, als wir unser Zelt auf einem tiefgelegenen, leeren Fleck aufgeschlagen und wegen der feuchten Nacht ein Feuer angezündet hatten. Die Sterne standen glitzernd am Himmel, und der Rauch des Feuers war grau vor dem schwarzen Hintergrund. Stundenlang starrten wir hinauf, mit vor Anstrengung steifem Nacken, und ich dachte darüber nach, ob es da oben einen Himmel gab, entweder auf unserer Seite oder auf der anderen, hinter den Sternen. Ich hoffte, daß er in der Nähe war.

In dieser Nacht lauschte ich im Halbdunkel des Zelts Erics Atemzügen. Er schlief ruhig an meiner Seite. Ich betrachtete seine leicht geöffneten Lippen, die in diesem Licht beinahe blau wirkten, und sein noch faltenloses Gesicht. Ich versuchte mir vorzustellen, wie er mit fünfunddreißig aussehen würde, mit fünfzig, mit sechzig, aber während ich ihn ansah, wurde er immer jünger, er wurde zu einem Kind voller Eifer, Energie und Leidenschaft, das sich um verletzte Tiere kümmerte. Mich durchfuhr ein Stich der Trauer, weil ich diese Zeit in seinem Leben nicht mit ihm geteilt hatte.

Ich kämpfte mich aus unserem Schlafsack und kroch durch die

Zeltklappe. Als ich nackt neben unserem noch glimmenden Lagerfeuer stand, begann ich zu summen. Der Klang trug mich in das Feld, das unseren Lagerplatz umgab. Ich rannte schnell, die harten Maisblätter rauschten und kratzten über meine Haut. Ich rannte, bis die Luft in meinen Lungen heiß war und in meiner Luftröhre rasselte und mein Summen sich in ein Heulen verwandelt hatte.

Ich kroch zurück ins Zelt und kuschelte mich wieder an Eric. Meine Füße waren schwarz von der fruchtbaren Erde Pennsylvanias, und ich schlief sehr gut.

Cincinnati. Es war Zeit, nach Hause zu fahren. Aber vorher machten wir noch eine Flußfahrt auf einem geschmückten Schiff mit einem weißen Sonnensegel, einem glitzernden Schaufelrad, das durch den Fluß rührte, und einer kleinen Band. Seltsame Musik, seltsame Tänze.

Das Schiff war kaum halb voll, besetzt von grauhaarigen Ehepaaren, einigen Touristen und uns. Später, als wir müde waren vom Tanzen, spazierten wir an der Reling entlang und blickten in das schmutzige Wasser, das aufgewühlt und von schlammigem Hellbraun war. Der Himmel war bewölkt, und es sah nach Regen aus. Heute nacht würden wir ein Hotel brauchen.

»Ich liebe dich«, sagte Eric.

»Und ich liebe dich«, antwortete ich.

Er sah mich an, blickte dann ins Wasser und nickte beiläufig. »Die Liebe ist es wert, stimmt's?« fragte er.

»Ja.«

Es begann zu regnen.

27

Als wir von unserer Reise zurückkehrten, flehte ich Mr. Rig an, mich wieder einzustellen, aber er weigerte sich. Ich sah mich dann nach anderen Pilotenstellen um, aber alle erforderten viel Zeit und häufige Abwesenheit von zu Hause, von Eric. In meiner Verzweiflung fand ich Arbeit in der Stadtbibliothek, wo ich jeweils Dienstag, Donnerstag und Samstag arbeitete.

Eines Tages entdeckte ich beim Nachhausegehen an einem Mitteilungsbrett am Eingang der Bibliothek ein Flugblatt. Darauf stand: »AIDS-Selbsthilfegruppe. Mittwochs 19.30 Uhr, 244 W. Henley Street. Komm zu uns, da kannst du schimpfen, weinen und lachen. Wir freuen uns auf dich!« Ich las den Text noch einmal und starrte ihn eine Weile lang an. Ich notierte mir die Adresse auf einem verstaubten Reiseprospekt, den ich vom Boden aufgehoben hatte, stopfte diesen in meinen Rucksack und ging.

Mittwoch, 19.30 Uhr, 244 W. Henley Street. Eric und ich gingen auf ein Holzhaus zu, das von der Straße ein Stück zurückgesetzt stand. Es war hellblau gestrichen, mit Zierkanten in einem dunkleren Blaugrau. Die Fenster im Erdgeschoß standen auf die Veranda hin offen, und durch die sich bauschenden weißen Spitzenvorhänge drangen heiseres Lachen und durchdringende, leidenschaftliche Stimmen. Wir stiegen die rissigen Holzstufen hinauf und betraten die Veranda. Die innere Haustür stand offen; verschwommen konnten wir durch das Netz der Fliegengittertür eine Ansammlung von Leuten sehen. Sie standen herum, plauderten und tranken Mineralwasser.

»Komm schon«, drängte Eric. Ich zögerte, und er griff um mich

herum, öffnete die Tür und schob mich vor sich her in die Diele. Ein Mann bemerkte uns und winkte uns herein, während er auf uns zukam.
»Hallo, herzlich willkommen. Kommt doch herein«, sagte der Mann, dessen Oberlippe von einem blonden Schnurrbart aus drahtigen Haaren verdeckt wurde. »Ich bin Gary, und ich lebe mit Aids.«
»Hi«, sagte ich. »Ich bin Alex. Ich lebe mit Eric.«
»Ganz so schlimm kann er wohl nicht sein«, sagte Gary und lachte leise. Eric lächelte zurück.
»Nein, ich meine, Eric –«
»Ich habe Aids«, unterbrach Eric.
»Das haben wir hier alle«, sagte Gary und führte uns noch weiter hinein bis ins Wohnzimmer. Es war unglaublich blau, vom Teppich über die Couch bis zur Tapete und der Zimmerdecke; selbst die Bücher auf den Regalen hatten blaue Umschläge. Verblüfft blickte ich mich um.
Gary sagte: »John, mein Lebensgefährte, hat das Zimmer eines Tages, als er sehr traurig war, neu eingerichtet. Die Außenseite des Hauses hat er auch gestrichen.«
»Es ist sehr hübsch«, sagte ich.
»Nein, das stimmt nicht«, sagte Gary. »Es ist grauenvoll. Aber weil er gestorben ist, habe ich es so gelassen.«
»Das tut mir leid.«
»Mir auch.« Ein Schatten huschte über Garys Gesicht, beendete das Geplauder und trieb ihm Tränen in die Augen. »Er war ein wunderbarer Mensch«, sagte er und blickte sich um. Dann zupfte er an seinem Schnurrbart und fuhr fort: »Als er das gemacht hat, schwärmte er gerade für Picassos Blaue Periode. Das muß jetzt mehr als fünf Jahre her sein.«
»Er war Künstler?«
»Ja, er –«

»He, Gary, fangen wir an?« rief ein Mann quer durch den Raum. Gary entschuldigte sich, und ich trat neben Eric, der Fotos auf dem Kaminsims betrachtete. Wir bedienten uns mit Mineralwasser, Karottenstreifen, Crackern und Käse. Die Gruppe begann; Eric und ich saßen auf dem Teppich vor dem Kamin.
»Ich finde, wir sollten anfangen, indem wir uns vorstellen«, sagte Gary. »Du bist der erste, Virgil.«
Der Mann neben mir, ein Afroamerikaner mit mitternachtsschwarzer Haut und einem rasierten Kopf, sagte: »Ich bin Virgil, ich bin HIV-positiv. Ich habe das Virus seit den achtziger Jahren. Aber ich lebe noch. Heute abend möchte ich lachen. Und ich möchte weinen. Und ich brauche Liebe.«
Die Leute, die im Kreis saßen, nickten.
Der Mann neben Virgil war klein und zart und hatte eine dünne Stimme. »Ich bin Anthony«, sagte er. »Ich habe Aids. Ich lebe, aber ich bin sauer. Ich möchte, daß heute abend etwas los ist.«
Erneutes Nicken der Gruppe.
Neben Anthony saß ein krank aussehender Mann. Seine Wangen waren eingefallen, und sein Gesicht mit dunkelroten wunden Flecken übersät. »Ich bin Darryl«, sagte er. »Ich habe Aids. Ich brauche ein Heilmittel.«
»Das stimmt, ja, das brauchst du«, sagte Virgil und schaukelte dazu auf seinem Stuhl.
»Laßt uns für ein Heilmittel beten«, sagte eine Frau, die sich noch nicht vorgestellt hatte.
»Aber ja«, sagte Virgil jetzt lauter, und sein Schaukeln wurde schneller.
»Wartet«, sagte Gary. »Erst müssen sich alle vorstellen.«
Eric drückte meine Hand, küßte sie dann und rieb sie an seinem Gesicht, das sich warm und vertraut anfühlte.
»Ich heiße Cat«, sagte der nächste Mann im Kreis. »Ich bin nicht schwul, nur damit ihr nicht auf falsche Gedanken kommt.« Die

anderen verdrehten die Augen, einige schüttelten den Kopf. »Aber ich habe das Virus. Ich habe es von einer Nutte.«
»Schön, daß du wieder da bist, Cat«, sagte Gary. »Was brauchst du heute abend?«
»Ich brauche Heroin. Aber daß ihr mich ja richtig versteht, ich nehme das Scheißzeug nicht mehr. Ich brauche Freunde, die nicht drauf sind, kapiert?« Er zog an dem schweren silbernen Reißverschluß an der Vorderseite seiner schwarzen Lederjacke, auf die eine fauchende weiße Katze gemalt war.
»Das wissen wir, Bruder«, sagte Virgil, dessen Schaukeln jetzt kreisförmig geworden war und der sich nur wenige Zentimeter entfernt an mir vorbeischwang.
Gary war der nächste. »Ich habe Aids, aber ich lebe noch. Mir gehört dieses Haus, mir und John.«
»Gott sei seiner Seele gnädig«, sagte Anthony.
»Amen. O ja, amen«, rief Virgil.
Gary fuhr fort: »Ich habe diese Gruppe vor sieben Jahren ins Leben gerufen. Diese Gruppe ist für uns gedacht, für unser Überleben.« Er schwieg und sah plötzlich traurig aus. Einen Augenblick wurde es still im Raum, als dächten die Versammelten nach, als ließen sie die vergangenen sieben Jahre an sich vorüberziehen und überlegten, ob mit den vielen Freunden und Geliebten, die sie in dieser Zeit verloren hatten, auch die Hoffnung begraben worden war. Dann lächelte Gary, sah die Frau neben sich an und drückte kurz ihre Hand.
»Ich bin Kirsten ... oder Kristine, ich habe mich noch nicht entschieden«, sagte sie mit gehauchter Stimme. Sie war dünn, hatte pinkfarbenen Lippenstift aufgelegt, der von schwarzen Bartstoppeln umgeben war, und trug dazu einen passenden Hosenanzug und pinkfarbene Pumps mit einer Handtasche in der gleichen Farbe. Sie sagte: »Ich bin HIV-positiv, lebe noch immer, keine Symptome.«

»Amen, amen«, sagte Virgil.
Kirsten sprach weiter: »Nennt mich einfach ›K‹, bis ich mich entschieden habe. Ich habe mich auch noch nicht entschlossen, die Operation machen zu lassen, also ist ›K‹ sowieso besser, zumal ich vorher Karl hieß.«
»Danke, K«, sagte Gary.
»Nichts zu danken.«
»Was brauchst du heute abend?« fragte Darryl.
»Hmmm ... na ja, ich glaube, ich würde diese Operation gern machen lassen. Andererseits bin ich noch nicht ganz bereit dazu.«
»Danke, K«, wiederholte Gary und sah die nächste Frau an, die links von Eric saß.
»Ich bin Kiki. Ich habe Aids, ich lebe, aber mit Schmerzen. Ich muß schreien.« Sie sprach zwar mit tiefer Stimme, schien aber trotzdem eine Frau zu sein. Sie hatte kurze, glatte schwarze Haare, bronzefarbene Haut und ein flaches Gesicht mit breiter Nase. Sie wandte sich Eric zu, als wollte sie den Stab weiterreichen, und starrte ihn an. Ich erwartete beinahe, sie würde schon jetzt zu schreien anfangen, weil sie so wütend zu sein schien, aber als Eric sie ansah, begann sie statt dessen zu lächeln.
»Eric Moro«, sagte Eric. »Ich freue mich, daß ich hiersein kann, ich freue mich, daß ich lebe. Ich bin HIV-positiv und habe keine Symptome. Ich brauche ...« Er sah mich an, aber ich wußte nicht, was er meinte. Eine warme frühe Junibrise wehte durchs Zimmer und strich über unsere nackte Haut, als er meine Hand nahm und sagte: »Ich brauche das Gefühl, daß Alex glücklich ist.« Einige Augenbrauen wurden nach oben gezogen; ich bemerkte einen Blick von der Seite. Virgil murmelte: »Amen. O ja, amen«, fast ohne Unterbrechung, wie ein leiser liturgischer Gesang.
»Ich bin Alex«, sagte ich, »ich bin HIV-negativ ... es ... es tut mir leid.«

Stille trat ein, gefolgt von Gelächter, Schenkelklatschen und Johlen, was wie eine Woge von Gary und Virgil aus durch den ganzen Kreis lief. Eric und ich stimmten ein, aber nicht aus vollem Herzen, sondern lediglich aus Höflichkeit.
Mittendrin kreischte Kiki: »Hier ist wirklich der einzige Mensch im Universum, dem es leid tut, das zu sagen!«
Es dauerte einige Minuten, bis das Gelächter erstarb.
Schließlich sagte Gary: »Na gut, Alex. Was brauchst du, außer daß du deine Schuldgefühle als Überlebende loswerden mußt?«
Schuldgefühle als Überlebende ...
»Alex?« hakte Gary nach.
»Oh ... ja. Ich brauche gute Ratschläge«, antwortete ich.
»Okay, dann fangen wir jetzt an«, sagte Gary.
Virgil begann: »Ich habe um mich herum soviel Tod gesehen, ich weiß nicht mehr, was ich machen soll. Manchmal weine ich, manchmal versuche ich zu lachen, aber am Ende kann man doch nichts dagegen tun.«
Anthony faßte Virgils Hand, der wieder zu schaukeln begann.
»Wie viele Freunde hast du verloren, Gary?« fragte Virgil.
»Ich habe aufgehört zu zählen.«
»Ich auch«, meinte Virgil.
»Ich bin nicht mehr in der Lage, zu all den Beerdigungen, Gedenkmessen und Einäscherungen zu gehen«, sagte Darryl.
»Ich versuche überallhin zu gehen«, sagte K.
»Die Tanzkarte ist verdammt voll«, sagte Kiki.
»Wie viele neue Freunde hast du gewonnen?« fragte Anthony.
»Sie sind zahllos«, sagte Gary.
»Und wie viele von ihnen werden sterben?« fragte Darryl.
»Jeder einzelne von ihnen, wenn kein Heilmittel gefunden wird«, antwortete Gary.
»Laßt uns für ein Heilmittel beten«, sagte Virgil.
»Am Ende der Stunde«, sagte Gary.

»Hat jemand von neuen Behandlungsmethoden gehört?« erkundigte sich Kiki.
»Das ist doch aussichtslos«, meinte Cat. »Freunde sind mir wichtiger als Behandlungsmethoden. Sie sind schwer zu finden, wenn du mit dem Scheißzeug aufgehört hast.«
»Waren all deine Freunde drogenabhängig?« fragte Eric.
»O Mann, ja. Sonst mochte sich keiner mit mir rumtreiben.«
»Was für einen Rat brauchst du, Alex?« wollte Gary wissen.
»Ich möchte gegen die Leute von diesem Ausbildungsprogramm vorgehen, die Eric diskriminiert haben.«
»Du willst Kurse machen, Mann?« fragte Cat.
»Nein«, sagte ich, »Eric schließt in diesem Monat sein Medizinstudium ab.«
»Gratuliere.«
»Alles Gute!«
»Amen.«
Ich fuhr fort: »Aber obwohl er der Jahrgangsbeste ist, geben sie ihm keine Stelle, weil –«
»Weil sie Arschlöcher sind, deswegen«, sagte Kiki.
»Und offenbar haben sie von der HIV-Infektion erfahren«, sagte ich. »Darum haben sie ihn nicht genommen, und jetzt haben wir nicht genug Geld für einen Rechtsanwalt.«
»Herzlich willkommen im ›Club der HIV-Infizierten‹, die wie Abschaum behandelt werden«, sagte Darryl.
»Dann bist du ein Doktor, Mann?« fragte Cat Eric.
»Noch nicht. Ich mache gerade meinen Abschluß.«
»Mit Rezepten und so?« erkundigte sich Cat.
»Laß ihn bloß in Ruhe«, schimpfte K und langte um Gary herum, um Cat auf den Arm zu schlagen.
»Ich frag ja bloß. Scheiße«, sagte Cat.
Eric sagte: »Wir müssen einen Rechtsanwalt finden. Kennt jemand einen?«

»Was ist mit dem Aids-Projekt?« meinte Darryl. »Die haben eine Rechtsabteilung.«

»Ich arbeite ehrenamtlich dort«, sagte Anthony. »Ich kann mal fragen.«

»Toll«, sagte ich.

»Was brauchst du, Gary?« fragte Eric.

Gary lächelte. »Ich muß etwas geben.«

»Das tust du, Mann. Jede Woche«, sagte Cat.

»Amen. O ja.«

»Seid ihr bereit?« fragte Gary. Alle nickten und standen auf; Eric und ich ebenfalls. Verwundert sahen wir uns an. »Seid ihr bereit?« fragte Gary noch einmal. Die Gruppe nickte, und alle faßten sich bei den Händen.

Wir sahen zu, wie die anderen die Augen schlossen und einen Sprechgesang begannen: »Jetzt ein Mittel gegen Aids, jetzt ein Mittel gegen Aids, jetzt ein Mittel gegen Aids.« Dann stimmten wir ein; ich konnte Erics Gemurmel deutlich hören, wie in seinem Liebesgeflüster, das mir auf ewig in den Ohren klingen würde. Ich schloß die Augen und begann, mit den anderen im Rhythmus unserer Worte zu schwingen.

Er kam so durchdringend und erschreckend, daß ich die Augen aufriß: ein lauter Schrei, der aus Kikis Lunge in unsere Herzen drang. Entsetzt sah ich sie an, ihr Gesicht war verzerrt und ihr Mund weit aufgerissen. Dann begann ich zu nicken, schneller, kräftiger. Sie hatte recht, genau so fühlte es sich an.

28

Das Telefon weckte mich am folgenden Morgen um acht Uhr. Es war Anthony mit seiner dünnen Stimme. »Alex?« fragte er.
»Ja, wer ist da?«
»Anthony, von der Gruppe.«
»Ach. Hallo.«
»Ich bin im Aids-Projekt. Ich habe hier einen Rechtsanwalt. Er möchte mit dir reden.«
Eric schlummerte noch neben mir, und ich setzte mich auf. »Großartig«, sagte ich.
»Miss Taylor?« fragte eine tiefe Stimme.
»Ja, sind Sie der Rechtsanwalt?«
»Mein Name ist Hank Brown. Ich bin der Rechtsberater des Aids-Projekts. Anthony hat gesagt, Sie hätten einen Fall wegen Diskriminierung.«
»Sind Sie ein echter Rechtsanwalt?« fragte ich.
»So echt wie möglich«, sagte er und lachte.
»Ich bin in einer Viertelstunde bei Ihnen.«
»Ich freue mich darauf, Sie kennenzulernen.«
»Danke. Bis gleich.« Ich legte auf und rannte unter die Dusche.

Ich stellte den »Geölten Blitz« ab und sprintete die Treppe des Gebäudes hinauf, in dem sich das Aids-Projekt befand. Das Haus war aus festem Beton und Glas, stabil und scheinbar unzerstörbar. »Ich bin hier mit einem Rechtsanwalt verabredet«, sagte ich zu der Empfangsdame. »Hank Brown.«
»Den Korridor hinunter, dann den nächsten Korridor nach rechts, und dann ist es die zweite Tür links.«

»Danke«, sagte ich und eilte davon, meinen schwarzen Motorradhelm unter dem Arm.
Die Tür zu Hank Browns Büro war angelehnt. Darauf befand sich ein Schild, auf dem RECHTSABTEILUNG stand, und darunter klebte etwas schief ein runder Aufkleber, den jemand vergeblich abzukratzen versucht hatte. Darauf stand: WIR VERKLAGEN DIE ARSCHLÖCHER!
Ich klopfte.
»Herein«, sagte eine Stimme.
Ich trat ein. Ein Afroamerikaner Anfang Siebzig saß hinter einem abgeschabten braunen Schreibtisch. Er streckte den Arm aus, um mir die Hand zu schütteln. »Ich bin Hank Brown«, sagte er.
»Guten Tag, ich bin Alex Taylor.«
»Freut mich, Miss Taylor. Setzen Sie sich bitte.«
»Bitte sagen Sie Alex zu mir«, bat ich und setzte mich.
»Na gut, Alex. Und ich bin Hank.«
»Danke.«
»Erst müssen wir ein paar Dinge klären. Wie Sie sehen, sitze ich in einem Rollstuhl. Die meisten Leute erwähnen es nicht, aus Höflichkeit, aber deswegen ist er trotzdem da, und darum sollten wir das gleich aus der Welt schaffen. Fragen Sie mich dazu alles, was Sie wissen möchten.«
»Das geht mich nichts an.«
»Fragen Sie.« Er war beinahe ärgerlich. Seine Stimme war kräftig; ich konnte ihn fast schon im Gerichtssaal hören, wie er Erics Fall kraftvoll und überzeugend vertrat.
»Na gut«, erklärte ich mich dann bereit. »Ich ... ich ... na ja, was, ich meine ...« Hank starrte mich an, während ich stammelte, seine dunklen Augen, erwartungsvoll hinter der Goldrandbrille, waren auf mich gerichtet. Sein Körper war breit, fast würfelförmig, seine Hautfarbe ein tiefes Karamelbraun, und sein Haar war

mit Grau durchsetzt. »Ich meine«, sagte ich, »was … was ist passiert?«
»Ein Gewehrschuß in den Rücken.«
»Ein Gewehrschuß?«
»Versuchtes Lynchen.«
»Sie sind –«
»Ich bin entkommen, aber es hat Spuren hinterlassen.«
»Das ist entsetzlich.«
»Ja.«
»Es tut mir leid.«
»Nun, dann wollen wir etwas dagegen tun.«
»Wie?« fragte ich.
»Sagen Sie mir, was mit –« er blickte auf einen Block, der auf seinem Schreibtisch lag »– mit Eric Moro los ist.«
»Er ist mein Verlobter. Er schließt nächste Woche das Medizinstudium ab. Sie haben ihm eine Stelle für die Fachausbildung verweigert.«
»Sie?« fragte Hank. Ich beobachtete, wie er Notizen auf den Block schrieb.
»Die Ausbildungsprogramme, bei denen er sich beworben hat.«
»Woher wissen Sie, daß die Ablehnungen mit Diskriminierung zusammenhängen?«
»Er ist der Beste –«
»Sie sind mit ihm verlobt.«
»Ja.« Er hörte auf zu schreiben und sah mich über seine Brille hinweg an. Ich fügte hinzu: »Aber er ist wirklich der Beste.«
»Können Sie das beweisen?«
»Natürlich. Prüfungsergebnisse, Noten, Beurteilungen, die Reihenfolge im Jahrgang – das ist alles in seiner Akte in der Fakultät.«
»Dr. Moro ist HIV-positiv.«
»Er wurde im dritten Studienjahr getestet, nachdem er sich im Krankenhaus an einer Nadel gestochen hatte.«

»Wurde er im Krankenhaus getestet?«
»Ja. Und dann wurde es einer speziellen Kommission gemeldet.«
»Was für eine Kommission?«
»Eine Kommission, die entscheidet, ob Krankenhauspersonal, das HIV-positiv ist, noch mit Patienten arbeiten kann.«
»Und diese Kommission entschied, Dr. Moro könne es?«
»Ja.«
»War jemand in der Kommission, der die Möglichkeit gehabt hätte, den Ausbildungsprogrammen Dr. Moros HIV-Testergebnis mitzuteilen?«
»Der Dekan der Medizinischen Fakultät. Er ist für die Bewerbungen der Studenten für die Fachausbildung zuständig. Er war auch derjenige, der Eric erklärt hat, er bekomme keine Stelle.«
»Also glauben Sie, daß er Informationen weitergegeben hat?«
»Ja, besonders nach der Art und Weise zu schließen, wie sich seine Sekretärin Sally benommen hat.«
»Und wie hat sie sich benommen?«
»Sie sagte, die Gründe, weshalb Eric keine Stelle bekommen habe, seien kompliziert und der Dekan habe abwägen müssen ...«
»Was abwägen?«
»Ich weiß nicht. Danach fing sie an zu weinen.«
»Zu weinen?«
»Sie weiß vermutlich etwas.«
»Offenbar. Erzählen Sie weiter.«
»Ich glaube, der Dekan wollte seinen Ruf nicht gefährden.«
»Hm«, Hank nahm die Brille ab und rieb seinen Nasenrücken mit Daumen und Zeigefinger. »Hm«, wiederholte er mit geschlossenen Augen und gesenktem Kopf.
»Können wir die Ausbildungsprogramme wegen Diskriminierung verklagen?« fragte ich.

Hank schlug die Augen auf, hob den Kopf, setzte die Brille wieder auf und sagte: »Das wird nicht leicht sein.«
»Ich weiß.«
»Ist das auch Dr. Moro klar?«
»Eric. Ja, das weiß er.«
»Wenn diese Sally etwas weiß, dann ist sie die wichtigste Zeugin. Die Diskriminierung ist schwer zu beweisen, wenn wir nicht aufzeigen können, daß die Programme von der HIV-Infektion wußten.«
»Stimmt.« Ich wartete und beobachtete ihn voller Hoffnung.
Schließlich sagte er: »Besorgen Sie mir eine Liste der Ausbildungsprogramme, Erics Leistungsnachweis gemessen an seinem Jahrgang, Prüfungsergebnisse und Beurteilungen, eine Vollmacht zum Einblick in die medizinischen Unterlagen, und schicken Sie mir den Mann selbst. Ist er gesund genug?«
»Ja. Ja, das ist er. Übernehmen Sie den Fall?«
»Nein, ich werde den Fall gewinnen.«
»Wer sind Sie?« fragte ich.
Er lachte. »Unbesiegbar bin ich natürlich nicht«, sagte er und lachte erneut.
Ich stand auf, während Hank auf mich zurollte. Wir schüttelten einander die Hand. »Vielen Dank«, sagte ich. »Ich kann Sie aber nicht –«
»Da ist noch etwas, das wir klären müssen. Kein Geld und kein Dank. Mein Job ist es, die bösen Buben zu schlagen. Sie bringen sie nur zu mir.«
Ich lächelte, nickte und ging.

Noch am selben Nachmittag, während ich bei der Arbeit war, traf sich Eric mit Hank, und in der folgenden Woche hatte der Rechtsanwalt Erics Unterlagen bekommen und war bereit, die Klage einzureichen. Laut Hank fielen solche Fälle wie der von

Eric unter das amerikanische Behindertengesetz, nach dem es verboten war, jemanden lediglich aufgrund seines Gesundheitszustandes zu diskriminieren.

Ich traf mich mit Eric am Abend im Buchladen-Café, nachdem ich in der Bibliothek fertig war; er war bereits da, als ich kam. Die Sonne war schon untergegangen, und er saß an unserem üblichen Tisch am Fenster. Ohne daß er mich sah, stand ich einige Minuten auf der Schwelle und betrachtete ihn, wie damals vor fast vier Jahren, als wir uns zum ersten Mal trafen. Er hatte Gewicht verloren; obwohl er noch immer gut aussah, wirkte er dünn. Immer wieder hustete er, trocken und rauh; ich hatte es in der letzten Woche bemerkt und ignoriert. Erics Intensität war noch immer dieselbe, und das Lächeln, das sie vertrieb, als er mich bemerkte, war auch noch wie früher.

»Hallo«, sagte ich, küßte ihn und setzte mich auf den Stuhl gegenüber, wo bereits mein Espresso wartete.

»Hallo«, antwortete er. »Dieser Rechtsanwalt ist wirklich sagenhaft.«

»Ich weiß.« Ich führte die Tasse an meine Lippen.

»Was für ein toller Kerl. Er weckt fast den Wunsch in mir, Rechtsanwalt zu werden.«

»Komisch«, sagte ich, »so ist es mir auch gegangen.«

»Du wärst eine gute Rechtsanwältin.«

»Und du ein guter Anwalt.«

Wir faßten uns auf dem Tisch an den Händen, und ich fuhr mit den Fingern über seinen Arm, unter den kurzen Ärmel seines weißen T-Shirts, über den Hexenmeister.

Eric wäre in vielen Dingen gut gewesen, aber das Leben hatte eine eindeutige Wende genommen.

29

Aids ist eine Krankheit, die sich einschleicht oder ganz plötzlich zuschlägt. Aber wie sie auch kommt, sie führt nur in eine einzige Richtung, und wir waren auf dem Weg dorthin. In der Woche vor seinem Studienabschluß wurde Eric in das Krankenhaus eingewiesen, in dem er eigentlich der beste Arzt seines Jahrgangs hätte werden sollen. An diesem Tag erfuhren wir, daß er eine Lungenentzündung hatte und eine Mykobakteriose im Blut. Zu unserem Glück war beides heilbar. Eine Weile lang.

An diesem Abend lag ich neben Eric in seinem Krankenhausbett. Seine Augen waren glanzlos, sein Gesicht wirkte schmal, aber noch immer schön. »Ich liebe dich, mein Schatz«, sagte er.

Ich antwortete: »Ich liebe dich.«

Er schlief ein. Eine kristallklare Flüssigkeit tropfte in eine Vene an seinem Arm, sein Atem ging schnell und flach. Ich hörte ihm zu und bemühte mich, sein Leben festzuhalten.

Einige Stunden später schmerzte mein Nacken, und mein Mund schmeckte nach Trauer und Panik. Ich setzte mich auf und betrachtete ihn seufzend. Er schlief den tiefen Schlaf der Schwerkranken, der keinen Raum läßt für Träume, keinen Bedarf hat an Alpträumen. Ich küßte ihn auf die trockenen und heißen Lippen, die vor dem weißen Hintergrund rosa leuchteten.

Ich ging hinaus in den Korridor, um zu atmen, zu gehen oder zu fliehen. Aber der Kummer verfolgte mich. Ich setzte mich vor Erics Zimmer auf den Boden und weinte.

Etwa um drei Uhr morgens trat ich wieder an Erics Bett und streichelte ihn. Er wachte auf, sein Fieber war verschwunden, und es war fast wie in jener Zeit, als die Nächte noch für die Liebe bestimmt waren und die Erregung die Müdigkeit in Schach hielt. Mitten in der Station im zwölften Stockwerk strippte ich im Licht des Mondes und zu den summenden Klängen der Infusionspumpe, und der Mann meiner Träume war mein einziges Publikum. Danach tanzte ich nackt für ihn, bis wir kicherten und nach Luft rangen, und dann stieg ich in sein Bett. Wir schliefen ein, wie in unserer ersten gemeinsamen Nacht, eng aneinandergeschmiegt. Am nächsten Morgen kam die Schwester um sechs, und Frühstück gab es um sechs Uhr dreißig. Erst kurz nach sieben bemerkten wir den Stapel Kondome, den eine freundliche Seele auf dem Nachttisch hinterlegt hatte.

Eric lag fünf Tage im Krankenhaus, wo er allmählich wieder zunahm und sich besser fühlte. Ich war in der ganzen Zeit nicht von seiner Seite gewichen, außer um nach Hause zu gehen und frische Kleider anzuziehen oder etwas zu essen, und ich hatte an nichts anderes gedacht als an seine Fieberkurve, den nachlassenden Husten, die lebensrettenden Infusionen und die davontickenden Sekunden, die ich so gern festhalten wollte.
»Guten Morgen«, flüsterte er am fünften Tag und weckte mich. Es war ungewöhnlich, daß er vor mir wach war. Die Sonne ging gerade auf und durchflutete das Krankenzimmer mit hoffnungsvoller, rosafarbener Wärme.
»Guten Morgen«, antwortete ich, stand von meinem Klappbett auf und ging zu ihm. Ich küßte ihn und nahm seine Hand. »Wie fühlst du dich?« fragte ich.
»Ganz gut.«
»Nur ganz gut?«
Er blickte beiseite, zum Fenster. »Schau dir diesen Sonnenaufgang an«, sagte er.
»Was ist los?« fragte ich.
»Ich hätte es beinahe geschafft«, sagte er.

»Was denn?«
»Den Abschluß. Ich habe das Medizinstudium fast fertig.«
Mir stockte der Atem, und ich wandte den Kopf, um auf den Kalender zu sehen. Es war der 13. Juni. Wie hatte ich das vergessen können? »Eric ...« sagte ich. Unsere Blicke trafen sich. »Ich bin verdammt nah rangekommen.«
»Aber du hast doch den Abschluß gemacht. Die Abschlußfeier ist bloß eine Zeremonie.«
»Du hast recht.« Er wandte den Blick wieder ab. Tränen traten ihm in die Augen. »Es ist nur eine Zeremonie.«
Einige Minuten schwiegen wir. Ich wußte nicht, wie ich ihn trösten sollte; in meinem Kopf jagten sich die Worte, die nichts daran ändern würden.
Schließlich sagte er: »Als ich von der HIV-Infektion erfuhr, wußte ich, daß es eine Menge Sachen geben wird, die ich nie machen werde.« Ich begann zu weinen. Er nahm meine Hand und fuhr fort: »Das habe ich akzeptiert, aber ich wollte wenigstens meine Fachausbildung machen. Als das scheiterte, setzte ich mir das Ziel, das Medizinstudium zu schaffen, bis zur Abschlußfeier.«
»Das hast du geschafft, Eric. Und wir besorgen dir auch eine Fachausbildungsstelle.«
Er drehte sich zu mir um und führte meine Hand an seine Lippen. »Ich liebe dich, das ist es, was zählt, Alex. Während meine Kraft nachläßt, nimmst du sie auf und nutzt sie.«
Ich schluchzte. »Deine Kraft läßt nicht nach, es geht dir von Tag zu Tag besser und –«
»Ich sterbe, Alex.«
»Nein!« Ich stand auf. »Ich suche deinen Arzt. Du wirst zur Abschlußfeier gehen.«
»Es ist kurz vor sechs Uhr morgens.«
»Das ist mir egal. Ich werde ihn wecken.«
»Ich habe nicht genug Kraft, um –«

»Dann gehe ich mit dir aufs Podium.«

Wir starrten einander an. Plötzlich schien etwas, das ich aus Nachlässigkeit vergessen hatte, für sein Überleben entscheidend zu sein. Ja, es war nur eine Zeremonie, aber wichtiger war, daß es ein wesentlicher Abschluß auf einer Seite im Buch seines Lebens war, einem Leben, von dem nur noch so wenige Seiten übrig waren und in dem der Druck der Krankheit die Möglichkeiten, noch etwas zu erreichen, begrenzte.

Ihm so nah zu sein, ihn zu verstehen und seine Träume zu teilen war am schwersten für mich. Weil ich da war, sah ich viel zu deutlich, wovon er den Blick nicht abwenden konnte. Es fühlte sich an wie eine Flamme, die zu nah an mein Auge gehalten wurde.

Ich mußte nach Hause, um Kleidung für Eric und mich zu holen. Außerdem mußte ich duschen.

»Alex!« rief ein Mann, der auf unserer Schwelle saß, als ich auf dem »Geölten Blitz« vorfuhr. Er stand auf und winkte.

Mir stockte der Atem. Der Mann sah aus wie ein fünf Jahre jüngerer Eric, mit kürzeren, kräftigeren Haaren, ohne Ohrringe und ohne die Verwüstungen, die der Schmerz und das Virus angerichtet hatten. Es war Jerry, Erics jüngerer Bruder. Neben ihm stand eine Frau, deren kahlgeschorener Kopf in der Hitze des frühen Vormittags glänzte. Sie hatte drei silberne Ringe, genau wie Erics Ohrringe, durch ihren rechten Nasenflügel gestochen, und ihre dunklen Augen schienen aus Erics Gesicht und dem seiner Mutter zu stammen. Es war Pammy, Erics Schwester aus Paris. Wir hatten die beiden zur Abschlußfeier eingeladen und dann völlig vergessen.

»Hallo, Alex«, sagte Jerry und kam auf mich zu, während ich das Motorrad abstellte und den Helm abnahm.

»Jerry?« fragte ich.

»Höchstpersönlich.«

»Du bist erwachsen geworden.«
»Guten Tag, ich bin Pammy«, sagte die Frau und streckte die Hand aus. »Wo zum Teufel steckt denn Eric?«
Sie starrten mich erwartungsvoll an.
»Heute ist doch der dreizehnte, oder?« sagte Pammy. »Haben wir etwas durcheinandergebracht?«
»Nein«, sagte ich. »Heute ist die Abschlußfeier. Ich bin froh, daß ihr hier seid. Kommt, wir gehen hinauf.«
Sie folgten mir in die Wohnung, die muffig und unaufgeräumt war. Pammy setzte sich aufs Sofa, Jerry nahm sich einen Stuhl.
»Ich muß duschen«, sagte ich. »Wollt ihr etwas trinken?« Ich öffnete den Kühlschrank, auf dessen Gummidichtung ein stinkender grauer Schmutzrand saß. Er enthielt nichts außer Senf und einem abgestandenen Bier. »Ich habe Wasser«, sagte ich.
»Wasser, das klingt gut«, sagte Jerry.
»Ich habe aber kein Eis«, sagte ich.
»Ist schon in Ordnung.«
»Wo ist er?« fragte Pammy.
Ich drehte mich um und sah sie an.
»Ist er auf einer Probe oder so etwas?« fragte sie.
»Wie lange habt ihr schon gewartet?« erkundigte ich mich.
»Ich bin um zwei Uhr morgens gekommen«, sagte Jerry. »Pammy war schon da.«
»Tut mir leid«, sagte ich.
Pammy stand auf. »Habt ihr zwei euch getrennt? Denn wenn das so ist, dann ist es okay, aber ich würde gern meinen Bruder treffen. Ich bin verdammt weit gefahren, um ihn auf der Abschlußfeier zu sehen.«
Ich setzte mich an den Küchentisch und betrachtete meine Fingernägel. Eine einzelne Träne lief mir übers Gesicht. Ich sah, wie sie auf der braunen Tischplatte landete. »Du wirst ihn sehen«, sagte ich.

»Was ist los?« fragte Jerry.

Ich blickte zu ihm auf. Jerry war jetzt so gutaussehend, wie Eric es trotz seiner Krankheit noch immer war: auf beeindruckende Weise dunkel und muskulös und überaus sexy.

»Ich habe mir gewünscht, daß er es euch vorher sagt«, erklärte ich.

»Was?«

»Aber er wollte nicht. Er hoffte, ihr bräuchtet es nicht so früh zu erfahren.«

»Er macht seinen Abschluß nicht?« fragte Pammy. Jerry starrte mich mit gerunzelter Stirn an.

»Ich wollte, es wäre nur das.« Ich machte eine Pause. »Er ist krank.«

»Krank?« sagten sie wie aus einem Mund.

»Er ist im Krankenhaus. Er hat Aids.«

»Aids?« wiederholte Jerry, und ein entsetzter Ausdruck trat auf sein Gesicht.

»Ist die Krankheit bereits ausgebrochen?« erkundigte sich Pammy gefaßt.

Unsere Blicke trafen sich. Sie sah ihrer Mutter so ähnlich mit ihren zarten Gesichtszügen, aber in ihrem Gesicht standen Entschlossenheit und Widerstandskraft. »Ja«, sagte ich.

»Mein Gott«, sagte Jerry. »Wo hat er es sich geholt?«

»Das soll er euch lieber selbst sagen«, antwortete ich. Ich atmete seufzend ein und schniefte. »Ich muß wieder ins Krankenhaus.«

»Es waren die Drogen in jenem Sommer, nicht wahr?« fragte Pammy.

»Wann?« fragte Jerry. »Welche Drogen?«

»Du weißt davon?« sagte ich.

»Wir beide hatten niemand außer uns. Wir hatten nicht viele Geheimnisse voreinander«, antwortete Pammy.

»Er hat Drogen genommen?« fragte Jerry.

»Diese kleine Nutte hat meinen Bruder angesteckt«, sagte Pammy und ballte die Fäuste.
»Sie war keine Nutte«, sagte ich.
Jerry war verwirrt. Er sah uns abwechselnd an und bemühte sich, das Gespräch zu verstehen.
»Ich würde sie umbringen, wenn sie das nicht schon selbst erledigt hätte«, sagte Pammy.
»Bei dieser Krankheit sind Schuldzuweisungen sinnlos, Pammy«, sagte ich. »Wir können nur durchhalten – und uns, einander, halten.«
Pammys Hände entspannten sich. Ein paar Tränen quollen aus ihren Augen, die sie schnell abwischte. Jerry stand auf, umarmte sie und drückte sie fest an sich. Einige Augenblicke hielt sie sich steif, dann begann sie zu schluchzen und fiel in sich zusammen. »Er ist mein Bruder!« jammerte sie immer wieder. Dann stimmte Jerry in ihr Schluchzen ein, und ich sah zu, wie sie einander wiegten. Sie waren gekommen, um mit ihrem älteren Bruder zu feiern, und statt dessen erwarteten sie Trauer und Entsetzen.
Ihr Kummer brachte den meinen an die Oberfläche, und eine Weile lang floß er über, bis ich ihn wieder hinunterwürgen konnte.
»Ich muß duschen, mich anziehen und wieder zurückgehen«, sagte ich und stand auf.
Sie sahen mich an. Ihre Gesichter waren fleckig und voller Tränen.
»Geht er heute auf die Abschlußfeier?« fragte Pammy.
Ich nickte. »Ich trage ihn, wenn es sein muß.«
Pammy trat auf mich zu und legte mir eine Hand auf die Schulter. »Und wir helfen dir dabei.«
Ich begann wieder zu weinen, diesmal aus Erleichterung. Wir würden einander tragen.

Pammy, Jerry und ich kamen um elf Uhr ins Krankenhaus. Erics Infusion wurde gerade abgehängt, damit er duschen konnte; die Abschlußfeier begann um ein Uhr mittags. Als Eric seine Geschwister sah, strahlte sein Gesicht, und sein Lächeln war breiter, als ich es seit Wochen gesehen hatte.

»Bruderherz!« schrie er. »Und Pammy! Ihr habt es geschafft!«

Sie umarmten sich alle drei. Der Spalt in Erics Krankenhaushemd enthüllte sein nacktes, schmales Hinterteil.

»Alex hat es euch wohl erzählt«, sagte Eric, löste sich aus der Umarmung und setzte sich aufs Bett.

»Ja«, sagte Jerry und schluckte Tränen hinunter. »Aber du siehst gut aus, Bruderherz.«

»Du auch«, antwortete Eric. »Du siehst aus wie ich.«

Jerry bemühte sich zu lächeln.

»Wir wissen von deiner Krankheit, Eric«, sagte Pammy, »und wir werden mit aller Kraft dagegen ankämpfen. Geht es dir wirklich gut genug für die Abschlußfeier?«

»Na klar«, sagte Eric und faßte meine Hand.

»Es ist nur eine Zeremonie«, sagte Pammy. »Zwing dich nicht, nur weil wir hier sind.«

»Genau«, sagte Jerry. »Dein Wohlbefinden ist wichtiger. Wir können auch hier feiern.«

»Ich weiß, daß es nur eine Zeremonie ist«, sagte Eric und sah zu mir auf. »Aber ich will, daß ihr mich alle auf der Abschlußfeier seht, damit ihr wißt, daß ich es geschafft habe.«

Ich lächelte und bemühte mich, nicht schon wieder zu weinen.

»Kommen Mom und Dad auch?« fragte Jerry.

»O verdammt!« sagte ich. »Haben wir sie etwa auch vergessen?«

»Nein«, sagte Eric. »Nein auf beide Fragen.«

»Gut«, antwortete Pammy.

»Sie hatten keine Zeit«, sagte Eric und beantwortete damit meinen fragenden Blick. »Vermutlich ist das unter diesen Umständen ganz gut.«

»Sie wissen es nicht?« fragte Jerry.

»Nein«, sagte Eric.

»Wann wirst du es ihnen erzählen?« fragte Jerry.

Eric zuckte die Achseln.

»Warum haben sie keine Zeit?« fragte Pammy.

»Daddy hat irgendeinen geschäftlichen Termin«, antwortete Eric und stand auf. »Ich glaube, ich sollte jetzt duschen.«

»Brauchst du Hilfe?« fragte ich.

»Nein, danke.« Er küßte mich, ging ins Badezimmer und schloß die Tür.

»Mein Gott«, flüsterte Jerry, »er ist so mager.« Seine Augen füllten sich mit Tränen, er setzte sich hin und begann zu weinen, obwohl er versuchte, es zu verhindern.

»Er sieht beschissen aus«, sagte Pammy. Sie schluckte und meinte dann: »Wir sollten versuchen, hoffnungsvoll und optimistisch zu bleiben.«

Wir nickten alle. Jerry wischte sich über die Augen.

»Findet ihr nicht, er sollte euren Eltern sagen, daß er krank ist?« fragte ich.

»Nein«, sagte Pammy.

»Aber sie könnten helfen«, sagte Jerry.

»Helfen?« fragte Pammy. »Bis jetzt haben sie alles versaut.«

»Wie meinst du das?« fragte ich.

»Ich meine, sie sind beschissene Eltern. Eltern sollten ihre Kinder schützen und unterstützen.«

»Sie sind nicht vollkommen«, sagte Jerry. Er putzte sich die Nase und gewann allmählich seine Fassung wieder. »Aber sie lieben uns.«

»Tatsächlich?« meinte Pammy.

Jerry antwortete: »Ja.« Aber ich fragte mich, ob die Wahrheit nicht irgendwo dazwischen lag.
»Was mich betrifft«, sagte Pammy, »so haben sie schon vor langem aufgehört, meine Eltern zu sein.«
»Eric hat gesagt, euer Vater habe das Interesse an ihm verloren«, sagte ich.
»Das ist milde ausgedrückt.«
»Du weißt doch nicht, was du sagst, Pammy«, sagte Jerry.
»Du weißt nicht, wovon du redest, Jerry«, antwortete sie.
»Worüber reden wir denn eigentlich?« fragte ich.
Aber noch ehe einer der beiden antworten konnte, tauchte Eric auf, naß und grinsend. »Wenn ihr etwas zu sehen bekommen wollt, dann bleibt«, sagte er. »Sonst sollten alle außer Alex verschwinden, während ich mich anziehe.«
Pammy und Jerry verließen das Zimmer. Ich saß da und sah Eric zu. Er zog ein gestärktes weißes Hemd und eine leuchtend bunte Krawatte in Knallrot, Schwarz und Türkis an, und seine Hose, die ihm jetzt viel zu weit war, wirkte fast komisch. Ich kämpfte gegen die Tränen an, als er sich mit ausgebreiteten Armen vor mir aufstellte und sich langsam drehte, um sich zu zeigen. Ich nickte, stand auf und faßte seine Hand. Im Korridor trafen wir Jerry und Pammy, und zu viert verließen wir das Krankenhaus.

Bei der Abschlußfeier saßen Pammy, Jerry und ich nahe am Podium, nur für den Notfall, und die anderen, auch meine Familie, hoch oben auf der Zuschauertribüne des aus rotem Ziegelstein erbauten und mit Efeu bewachsenen Sportstadions. Dort winkten und jubelten sie, beobachteten das Meer von dunkelblauen Talaren und versuchten, Eric unter den Hunderten von flachen, quadratischen Kappen auszumachen.
Seit Erics Diagnose fühlte ich mich in Menschenansammlungen anders. Fragen drängten sich auf: Wie viele von uns waren mit

HIV oder Schlimmerem infiziert, wie viele hatten unerkannte Tumore, wie viele würden nächstes Jahr an diesem Tag nicht mehr am Leben sein? Ich versuchte, solche Fragen zu ignorieren, aber es fiel mir schwer. Ich hatte meine Unschuld verloren, mein gnadenreiches Unwissen war zerstört, aus mir herausgerissen worden.

Wir beobachteten Eric, als er mit gemessenen Schritten auf einen lächelnden, älteren grauhaarigen Herrn zuging, um sein Diplom entgegenzunehmen. Die Menge applaudierte. Vermutlich merkte niemand, da alle Blicke bereits auf den nächsten gerichtet waren, wie langsam Eric ging, so vorsichtig, als balanciere er auf der brüchigen Oberfläche seiner Gesundheit, auf der er nicht stürzen durfte. Wir schwitzten und hielten den Atem an. Wir bemühten uns, einfach nur stolz zu sein und nichts anderes zu vergießen als Freudentränen.

Als die Zeremonie vorüber war und wir noch auf Eric warteten, schob sich Danny, Erics Kommilitonin aus dem Präpariersaal vor vier Jahren, an mir vorbei. Erst glaubte ich schon, sie hätte mich nicht gesehen oder zumindest nicht erkannt, aber als sie ein paar Schritte weitergegangen war, drehte sie sich um und sagte: »Alex?«

»Hallo, Danny«, sagte ich. Sie trat auf mich zu. Sie war erwachsener geworden und sah noch besser aus als damals; sie wirkte ausgesprochen freundlich.

»Wie geht es dir?« fragte sie.

»Ganz gut, und dir?«

»Gut.« Sie machte eine verlegene Pause und sagte dann: »Wenn ich irgend etwas tun kann ... wegen der ... du weißt schon ...« Sie sah sich kurz um und fügte dann hinzu: »Wegen der Krankheit, dann sag es mir bitte.«

»Danke.« Ich bemühte mich, nicht zu weinen. In den Menschenmassen suchte ich nach Eric. Er plauderte mit einigen Kommilitonen, aber ich konnte sehen, daß er erschöpft war und ein wenig schwankte. »Ich muß gehen«, sagte ich. »Herzlichen Glückwunsch.«

»Geht es dir auch wirklich gut?« fragte sie.

»Den Umständen entsprechend.«

»Du siehst nicht krank aus.«

»Ich bin nicht infiziert, wenn du das meinst.«

»Nicht?«

»Nein.«

»Aber … ich dachte … ich meine, du bist bei ihm geblieben und so.«

»Ich bin bei ihm geblieben, weil ich ihn liebe.«

»Natürlich«, sagte sie peinlich berührt. »Ich wollte nicht sagen –«

»Da ist Eric. Ich muß zu ihm.«

»Na gut. Es war schön, mit dir zu reden.«

»Mit dir auch. Auf Wiedersehen, Danny.«

»Auf Wiedersehen, Alex.«

Ich wandte mich von ihr ab und ging auf Eric zu, und sie zögerte einen Augenblick lang unsicher. Sie war der HIV-Infektion entkommen, aber nicht dem Virus; es hatte ihre Welt ebenso erschüttert wie unsere, wenn auch nicht so gewaltig, denn sie konnte noch immer ihren Blick abwenden und in die andere Richtung gehen.

Später saßen wir in Erics Krankenzimmer, gossen Champagner ein, waren fröhlich und stießen auf seinen Erfolg an. Aber auch wenn er lächelte, so war er doch erschöpft und schlief trotz der heiteren Runde ein, die gekommen war, um mit ihm zu feiern.

30

Wie die meisten Voraussagen erwies sich auch diejenige betreffend Erics Krankenhausaufenthalt als falsch; er dehnte sich aus, erst auf zwei Wochen und dann auf einen Monat.

Nach unserem ersten Besuch waren Eric und ich regelmäßig zu der Aids-Selbsthilfegruppe gegangen, bis er krank wurde. Zu dieser Zeit hätte ich die Gruppe am meisten gebraucht, aber ich wurde von meinen Gefühlen erdrückt und kämpfte um mein inneres Gleichgewicht. So verpaßte ich drei Sitzungen.

»Hallo? Gary?« rief ich am nächsten Mittwochabend im Inneren des Hauses 244 W. Henley Street.

»Bist du das, Alex?« Garys Stimme erklang aus dem Obergeschoß.

»Ja. Ich bin zu früh.«

Er erschien oben an der Treppe, naß und nackt bis auf ein kleines weißes Handtuch um die Hüften. »Ich komme gleich runter«, sagte er und drehte sich wieder um. Seine Beine waren muskulös, die HIV-Infektion hatte sich noch nicht bemerkbar gemacht.

Eine Weile lang saß ich in dem blauen Wohnzimmer, dann blickte ich mich um, ging zum Kamin und nahm ein Bild in die Hand. Es zeigte Gary und einen anderen jungen Mann mit einem gebräunten, schön geformten Körper.

»John«, sagte Gary über meine Schulter hinweg. »Ziemlich gutaussehend, was?«

»Wie lange … ich meine …«

»… vor seinem Tod es aufgenommen wurde?«

Ich nickte.

»Jahre«, sagte er und schüttelte den Kopf. »Viele Jahre.«

»Tut mir leid, daß ich so lange nicht gekommen bin«, sagte ich und stellte das Foto wieder hin.
»Du mußt dich nicht entschuldigen.«
»Hallo!« rief K fröhlich, als sie das Haus betrat.
»Hi, K«, sagten wir.
»Wo ist dein knackiger Mann, Alex?«
»Im Krankenhaus«, antwortete ich.
»Wie schade«, sagte sie, und Virgil kam mit Kiki herein.
»Amen, amen, wir überleben«, sang Virgil.
»Scheiße, ich will ein Heilmittel«, sagte Kiki und warf ihren Fahrradhelm auf die Couch, so daß K vor Schreck zusammenzuckte.
»Hallo, ihr Idioten«, sagte Cat und schlenderte herein. Er hatte Sporen an den Stiefeln, die beim Gehen klirrten.
Wir ließen uns auf unseren gewohnten Plätzen nieder. Kleine Rituale gaben uns Trost, während unsere ganze Welt aus dem Gleichgewicht geriet und zu kippen drohte.
»Wo sind Darryl und Anthony?« fragte Gary. »Sie kommen doch sonst nicht zu spät.«
Und dann sahen wir ihn: Anthony, eine Silhouette auf der Schwelle, ein schmaler Schattenriß. Er stieß einen Laut aus, als hätte man ihm einen Hieb in den Rücken versetzt. »Darryl ist nicht mehr unter uns«, sagte er. »Er ist vor einer Stunde gestorben.«
»Gestorben?« fragte Kiki. »Er bekam doch diese neue Behandlung. Was ist denn passiert?«
»Er hat aufgehört zu atmen«, sagte Anthony und trat ins Licht. Seine blutunterlaufenen Augen wirkten riesig in seinem Gesicht. Wir warteten und sahen ihn an.
»Und … und …« murmelte Anthony, trottete zum Sofa und begann zu weinen.
Gary ging zu Anthony und nahm ihn in den Arm. Anthonys Schluchzen an Garys Brust waren kleine Explosionen des Kum-

mers. Garys Augen hingegen blieben trocken; seine Trauer lag tiefer als alle Tränen, an einem fernen Ort.

Wir schwiegen und sahen Anthony an, wie er seinen Kopf schüttelte, daß die Tränen auf seine zarten Hände fielen, die er im Schoß gefaltet hielt; Darryl war in der Gruppe jahrelang neben ihm gesessen.

»Kommt, wir beten!« rief Kiki. Wir standen auf und faßten uns im Kreis an den Händen. Sie begann: »Darryl lebt, Darryl lebt, Darryl lebt«, und wir stimmten ein. Dann: »Jetzt ein Mittel gegen Aids, jetzt ein Mittel gegen Aids, jetzt ein Mittel gegen Aids.« Ich merkte nicht, daß ich weinte, bis Kiki schrie und ich die Augen aufschlug und sah, daß alle weinten. Wir ließen uns los und setzten uns wieder.

»Wo ist Eric?« fragte Virgil.

»Im Krankenhaus«, antwortete K. »Es ist so schade.«

»Es geht ihm schon besser«, sagte ich. »Er kommt bald nach Hause.«

»Amen, amen«, sagte Virgil.

Wir schwiegen. Nur das Surren einer Fliege und das leise Gebet Virgils waren zu hören.

Schließlich stand ich auf und ging zu Anthony, nahm seine Hand und setzte mich neben ihn auf Darryls Platz. Das war jetzt mein Platz.

31

Als Eric aus dem Krankenhaus entlassen wurde, war es Mitte Juli; wir bemühten uns mit aller Kraft, normal zu leben. Eifrig half ich Hank bei den Recherchen für den Prozeß, um Eric unter allen Umständen diese Fachausbildungsstelle zu besorgen, ihm das zu geben, was, wie ich verzweifelt zu vergessen versuchte, sein letzter Wunsch war.

»Ich habe die Stelle bekommen«, sagte Eric eines Abends beim Abendessen, während ein müder Schwenkventilator die heiße Feuchtigkeit um uns durchrührte.

»Wie meinst du das?«

»Du weißt schon, diese Lehrstelle. Ich werde Anatomie unterrichten bei den physikalischen Assistenten, drüben am College.«

»Schön.« Ich stocherte in meinem Salat, während ich über einem dicken Buch aus der juristischen Fachbibliothek brütete.

»Ich fange morgen an«, sagte er. »Und ich verdiene nicht so viel, daß sie mich aus der Krankenversicherung werfen können.«

»Mmmh.« Ich kaute an meinem Salat.

»Ich muß arbeiten. Sonst werde ich verrückt.«

»Ja.«

»Ich mußte mit drei Frauen vögeln, um zum Bewerbungsgespräch zugelassen zu werden.«

»Schön.«

»Verdammt, Alex!«

Ich blickte auf. »Was ist?« fragte ich.

»Was ist los mit dir?«
»Wie meinst du das?« fragte ich, stand auf und trug meine Schüssel in die Küche, wo ich sie säuberlich ausspülte.
»Es geht um die Zeit, die ich noch habe«, sagte er. »Das ist alles.«
Ich starrte in das Spülbecken und begann zu weinen. Ich spürte, wie mich Erics Arme von hinten umfaßten. »Ist es so schwer, einfach nur zu leben?« fragte er.
Ich schüttelte heftig den Kopf.
Er drückte mich an sich, mein schmaler Rücken paßte einfach zu gut an seine Brust. Er sagte: »Ich bin überrascht, wie einfach es ist, zu genießen. Patienten haben mir davon erzählt, aber bis jetzt wußte ich das nicht. Sich dem zu stellen, das verändert einen, Alex. Die Dinge leuchten so hell, daß ich dauernd die Augen zusammenkneifen muß.«
Ich wäre so gern bei ihm gewesen, hätte alles mit seinen Augen gesehen, aber er war der strahlende Stern in meinem Leben, der wie ein Komet zu verblassen begann.
»Jetzt freue ich mich darüber, wenn wir gemeinsam einen Salat essen«, sagte er, »wenn ich eine Teilzeitstelle bekomme und in der Krankenversicherung bleiben kann.«
Er drehte mich herum, und ich mußte ihn ansehen. Er lächelte und küßte mich auf die Augen, schmeckte meine Tränen, genoß sogar meinen Kummer. »Freude, Alex. Das ist so ziemlich alles, was ich noch geben kann.«
»Nein«, sagte ich und brachte das Wort nur mit Mühe heraus. »Das ist nicht alles. Ich werde dir diese Ausbildungsstelle besorgen, und wenn es mich umbringt.«
Sein Lächeln verwandelte sich in ein Grinsen, und er küßte mich erneut, diesmal auf die Lippen.
Wir hielten einander noch lange umarmt, und wir genossen es, so gut wir konnten.

In gewisser Weise waren Eric und ich so geworden, wie er und Tiffany es damals gewesen waren, vereint in Leid und Bedürftigkeit – nur war er jetzt an ihrer Stelle und ich an seiner. Er brauchte bedingungslose Liebe, während ich ihn retten mußte.
Ich durfte nicht zulassen, daß es gleich endete.

32

Eric und ich flogen im September nach Chicago. Fast zwei Jahre waren vergangen, seit wir seine Eltern zuletzt gesehen hatten, seit wir dort gewesen waren, um sie zu unserer Hochzeit einzuladen. Der Gedanke an diese beiden kurzen Jahre, an unsere verlorene Unschuld, an die Pläne, die nun bedeutungslos geworden waren, stimmte uns traurig.

Am Flughafen nahmen wir einen Leihwagen. Den größten Teil der Strecke fuhren wir schweigend dahin und betrachteten das graublaue Wasser des Michigansees, das in der Nachmittagssonne glitzerte.

»Das könnte mein letzter Besuch zu Hause sein«, sagte er.

»Sag das nicht.« Ich biß mir auf die Lippen und sah aus dem Fenster. Tränen brannten in meinen Augen.

Er faßte meine Hand. »Dann sagen wir einfach, ich komme alle zwei Jahre nach Hause.«

»Na gut. Alle zwei Jahre.«

Erneutes Schweigen, aber nicht so unbeschwert wie zuvor; das Traurige war ausgesprochen worden.

»Wie willst du es ihnen sagen?« fragte ich schließlich.

»Ich hatte nicht vor, es ihnen zu sagen.«

»Du wolltest es gar nicht sagen?«

»Nein.«

»Warum nicht? Sie sind deine Eltern.«

»Sie wären enttäuscht von mir, wenn sie es wüßten.«

»Es geht nicht darum, ob du jemanden enttäuschst, Eric. Du bist krank.«

»Das ist keine normale Krankheit.«

Die Wahrheit dieser einfachen Bemerkung brachte mich zum Schweigen. Vielleicht hatte er recht, wenn er sagte, daß er seine Eltern enttäuschte. Aids symbolisierte die absolute Sünde.
Wir bogen in die Auffahrt seiner Eltern; mein Herz begann heftig zu klopfen, als ich das Haus wiedersah, wo man so übersehen wurde, wo geheimer Kummer und versteckte Ablehnung herrschten. Eric schaltete den Motor ab, und wir stiegen aus.
Erics Mutter kam nicht heraus, um uns zu begrüßen, und sein Vater war nicht zu Hause, aber die Eingangstür stand offen. Daher trugen wir unsere Koffer hinein und brachten sie nach oben, ohne daß wir bemerkt wurden.
Wir fanden Mrs. Moro im Garten, wo sie sich sonnte. Sie war mit einem Glas Eistee in der Hand eingeschlafen, ihre Haut war wie weiches tiefbraunes Leder, das auf ihrem Bauch und dem Hals Falten bildete. Der Geruch nach Kokosnußöl, den sie ausströmte, mischte sich mit dem Duft nach frisch gemähtem Gras aus einem Nachbargarten. Ein leuchtendgrüner Schal verdeckte die Lockenwickler in ihrem Haar, und ihre Augen wurden von einer weißrandigen Plastiksonnenbrille geschützt.
Eric berührte sanft ihre Stirn. Sie versuchte, das Kitzeln zu vertreiben – wie eine Fliege –, aber er wich aus. Dann berührte er ihre Wange, und sie riß die Augen auf.
»Wer? Was?« keuchte sie, zerrte die Brille herunter und setzte sich auf, wobei sie ihren Eistee umwarf; er ergoß sich gleichmäßig über ihren flachen Bauch, tropfte seitlich herab und durch die Schlitze der Gartenliege. Beim Aufrichten rutschte ihr Bikinioberteil, dessen Träger sie gelöst hatte, um Brust und Schultern gleichmäßig zu bräunen, herunter und entblößte ihre bleichen, vollen Brüste und die dunkelbraunen Brustwarzen.
»Mama, ich bin's«, sagte Eric, während sie hektisch nach den Bikiniträgern griff und sie im Nacken zu einer Schleife band.
»Ach, Eric. Du bist es nur. Wirklich, ich habe nicht damit

gerechnet ... Es tut mir leid, daß ...« Offensichtlich peinlich berührt deutete sie mit einer Geste auf ihre Brüste und seufzte, ehe sie ihn ansah. »Oh«, sagte sie, »du bist dünn. So dünn.«
»Mama, Alex ist auch da.«
Ich trat vor.
»Oh, natürlich«, sagte sie und stand auf, wobei sie ihren Schal richtete und sich den Bauch abwischte. »Guten Tag, Alexandra.« Sie streckte mir eine Hand hin, die glitschig war vom Sonnenöl. Ich schüttelte sie.
»Guten Tag, Mrs. Moro«, sagte ich.
»Kommt, wir gehen hinein, ja?« Sie nahm ihr Taschenbuch, ihr Badetuch und ihr Glas. »Ihr müßt meine Aufmachung entschuldigen«, bemerkte sie, wobei sie erneut mit der Hand auf ihren Kopf, den Brustansatz und den Bauch deutete. »Ich habe mich nur ein bißchen in die Sonne gelegt.«
Wir lächelten; nach einem Sommer im Krankenhaus und in verschiedenen Bibliotheken waren wir bleich wie Gespenster. Wir folgten ihr in die Küche.
»Eric«, fuhr sie fort, »ich muß dich ein bißchen aufpäppeln. Was ist nur um Himmels willen los mit dir? Ich habe dich noch nie so dünn gesehen.«
»Na ja, ich –«
»Was möchtest du denn, mein Lieber? Ich habe Roastbeef, Truthahn, Salami –«
»Für mich nichts, Mama. Vielleicht mag Alex –«
»Ich mache euch beiden ein paar Sandwiches. Setzt euch doch ins Eßzimmer.«
»Na gut«, gab Eric nach und zwinkerte mir zu, ehe er vor mir die Küche verließ. Wir setzten uns an den Tisch im Eßzimmer.
»Ich wußte gar nicht, daß deine Mutter so toll gebaut ist«, flüsterte ich, als wir allein waren.
Er lächelte. »Das sind Silikon-Implantate.«

»Oh.«
»Mit so etwas hätte ich ein Vermögen verdienen können.«
»Aber du hast mir doch erzählt –«
»Ich hätte es nicht getan, aber ich hätte es tun können.«
»So«, sagte Mrs. Moro, die mit zwei Tellern voll dicker Sandwiches aus der Küche kam. Sie stellte sie vor uns hin und ging wieder, kehrte aber augenblicklich mit zwei großen Gläsern Milch zurück.
»Bitte schön«, sagte sie und stellte die Gläser auf den Tisch.
»Danke, Mama«, sagte Eric.
»Danke, Mrs. Moro«, murmelte ich.
»Nichts zu danken, meine Lieben«, antwortete sie und blieb neben dem Tisch stehen, um zu beobachten, wie Eric den ersten Bissen aß. »Ich sollte mich jetzt besser anziehen«, sagte sie, sah Eric aber noch einige Augenblicke zu und zwang ihn dadurch, weiterzuessen. Ich wußte, daß er keinen Hunger hatte.

Das Essen bei den Moros an diesem Abend war so wie alle vorigen. Das Gespräch drehte sich hauptsächlich um das, was ich tat: das Fliegen, Kunst und meine Arbeit in der Bibliothek. Eric sprach ein bißchen über seine Lehrtätigkeit. Obwohl Mr. Moro seinen Sohn gelegentlich fragend ansah, erkundigte er sich nie, warum Eric so dünn war und warum er keine Fachausbildungsstelle hatte. Als ich davon sprach, daß Pammy in Philadelphia war, wurde das einfach übergangen. Jede Frage danach, ob wir verheiratet waren oder nur zusammenlebten, wurde einfach vermieden. Kurz, es war ein angenehmer Abend. Er endete wieder mit einem Scrabblespiel. Und wieder gewann Mr. Moro.

Am nächsten Tag wollten wir alle zusammen mit dem Boot auf den Michigansee hinausfahren. Da es Anfang September und noch immer brütend heiß war, trugen wir kurze Hosen. Ich beobachtete, daß Erics Mutter einen Aufschrei unterdrückte, als wir ins Wohnzimmer kamen und sie Erics nackte Beine sah, die so entsetzlich mager waren. Aber Mr. Moro tat, als merke er nichts, tadelte uns nur, weil wir so spät kamen, und schob uns eilig aus der Tür.

Ich wollte Eric und seinem Vater ins Freie folgen, aber ehe ich hinausgehen konnte, packte mich Mrs. Moro an der Schulter, drehte mich zu sich um und sah mich mit ihren dunklen Augen eindringlich an.

»Alexandra, Sie müssen mir etwas über Eric sagen«, sagte sie.

Ich starrte sie an. »Was meinen Sie, Mrs. Moro?« fragte ich.

»Ist er ... ist er krank?«

Da war sie, die befürchtete Frage. Ich zögerte, weil ich so gern »ja« gesagt und ihr von dem Virus erzählt, die Familie Moro mit dem Schlimmsten konfrontiert hätte. Es blieb nicht mehr viel Zeit, um Liebe zu zeigen, noch einmal anzufangen oder die eierschalendünne Fassade aufrechtzuerhalten.

»Fragen Sie ihn«, sagte ich in fast flehendem Tonfall.

Ihr Gesicht durchlief eine Reihe von Ausdrücken; es zeigte erst Besorgnis, dann Mißtrauen und schließlich Ungläubigkeit. Sie sagte: »Das war dumm von mir.« Dann lächelte sie und fügte hinzu: »Gehen wir. Roberto haßt es, wenn man zu spät kommt.«

Wir traten hinaus und gingen zum Wagen, wo Mr. Moro bereits hinter dem Steuer saß und mit den Fingern trommelte, während Eric auf dem Rücksitz lehnte und in einem Buch las.

Wir segelten, holten uns einen Sonnenbrand und reisten am nächsten Tag ab.

Alle zwei Jahre.

33

Wir fuhren Schlittschuh auf der Oberfläche des Lebens, drehten Pirouetten, wenn wir konnten, beschleunigten, wenn wir mußten, und fielen hin, wenn uns keine andere Wahl blieb. Ich war erstaunt, daß die Welt offenbar wie gewöhnlich weiterlief, während unser Motor zu stottern begann und knirschend stehenblieb. Zwei Monate nach unserer Rückkehr aus Chicago erkrankte Eric an seiner zweiten Lungenentzündung und mußte erneut für zwei Wochen ins Krankenhaus. Er verlor seine Stelle und stellte einen Antrag auf Behindertenrente; ich verringerte meine Stundenzahl in der Bibliothek, um bei ihm zu sein. Viele lange Abende und Nächte verbrachten wir gemeinsam in seinem Krankenzimmer, aber er schlief nur. Ich beobachtete, wie sein Gesicht immer mehr einfiel, weil er keinen Appetit und keine Freude am Leben hatte. Damals dachte ich schon, er würde sterben, aber es lagen noch viele Monate vor uns.

Es war an dem Abend vor Erics Entlassung aus dem Krankenhaus. Er war so schwach und mager, daß ich mir nur schwer vorstellen konnte, wie er zu Hause leben sollte.

»Glaubst du wirklich, daß du es schaffst, während ich bei der Arbeit bin?« fragte ich.

»Was soll ich schaffen?« fragte er.

»Allein zurechtzukommen.«

»Keine Sorge. Da gibt's ohnehin nicht viel zu tun, außer Cornflakes zu essen und den Fernseher anzuschalten.«

Ich seufzte. »Ich arbeite nicht jeden Tag«, sagte ich.

Er nickte, wir saßen einige Minuten schweigend da, bis er sagte: »Hank hat mich heute besucht.«

»Tatsächlich?«
»Als du gerade beim Mittagessen warst.«
»Hat er mit dir über deine Aussage vor Gericht geredet?«
»Ein bißchen, aber in der Hauptsache kam er wegen meines Testaments.«
»Ach.«
»Und er hat noch einmal gefragt, ob du bereit bist, meine Stellvertreterin im Willen zu sein.«
»Aber das brauchst du doch nicht, Eric. Das ist für Leute, denen es wirklich schlechtgeht, die nicht mehr … Leute, die im Sterben liegen.«
»Nur für den Fall.«
»Du hast ein Patiententestament.«
»Da geht es nur um Wiederbelebung und so, aber es könnten eine Menge anderer Sachen passieren.«
»Morgen wirst du aus dem Krankenhaus entlassen«, sagte ich, stand auf und schluckte heftig. »Kümmern wir uns lieber darum, daß du wieder auf die Beine kommst.«
»Na gut.«
Ich warf einen Blick auf meine Armbanduhr; es war bereits nach sieben. »Ich gehe jetzt besser, damit ich rechtzeitig in die Gruppe komme«, sagte ich. »Wir sehen uns später, Liebster.« Ich küßte ihn auf die Wange, und er lächelte.
Ich hielt die Tränen zurück, bis ich am Aufzug war. Dort kauerte ich mich zusammen, mit dem Rücken an der Wand, und überließ mich meinem Kummer. Als der Aufzug endlich kam, betrat ich ihn und war froh, allein zu sein.
Ich kam zu spät in der Henley Street an. Die üblichen Mitglieder waren bereits versammelt, und eine Neue war da, eine aus Lateinamerika stammende Frau namens Maria.
»Hallo«, sagte ich. »Tut mir leid, daß ich zu spät komme.«
»Amen, du lebst«, summte Virgil.

»Kein Problem«, sagte Gary.
Ich setzte mich neben Anthony und drückte seine Hand.
»Alex, das ist Maria Hernandez. Maria, das ist Alex Taylor«, stellte uns Gary einander vor.
»Hallo«, sagte ich. »Eric, mein Verlobter, liegt im Krankenhaus. Ich bin HIV-negativ.«
Maria antwortete: »Ich habe Aids. Mein Ehemann ist tot, meine einjährige Tochter ist positiv, aber meine beiden anderen Kinder sind negativ.«
Ich versuchte, meinen Atem unter Kontrolle zu halten. Bisher war es mir irgendwie gelungen, den Kontakt zu aidskranken Frauen, die Kinder hatten, zu vermeiden.
K sagte: »Maria sucht einen Babysitter für die Zeiten, die sie beim Arzt ist.«
»Vielleicht kann dir das Aids-Projekt helfen«, bot Anthony an. »Ich rede mal mit den Leuten.«
»Danke«, sagte Maria.
»Was ist mit Eric?« stieß ich hervor. »Er bezieht eine Behindertenrente und ist immer zu Hause. Er liebt Kinder.«
»Ist er nicht ziemlich krank?« erkundigte sich Kiki.
»Es geht ihm jetzt besser«, antwortete ich. »Er könnte es machen.«
»Versucht es doch mal«, sagte Gary. »Was brauchst du heute abend, Alex?«
Sie sahen mich an, sieben Menschen, die vom Virus zum Tode verurteilt waren. Ihr Wohlwollen öffnete erneut die Schleusentore zu meinen Tränen. Anthony nahm mich in den Arm, und als ich konnte, sagte ich: »Ich will, daß er lebt. Wird es ein Heilmittel geben?«
»Verdammt, ich will ein wirksames Medikament!« brüllte Kiki. »Kommt, wir beten gemeinsam.«
»Einen Moment«, sagte Anthony und hielt seine schlanke Hand

in die Höhe. »Ich weiß, es ist nicht viel, aber ich habe von einer neuen Kräuterkur gehört, die helfen soll.«
»Jedesmal, wenn ich von einem dieser Schlangenöle höre, stellt sich heraus, daß das Zeug purer Blödsinn ist«, sagte Cat.
Anthony antwortete: »Ich weiß, aber –«
»Herrgott, ich würde alles versuchen«, sagte ich. »Herrgott … vielleicht sollte ich beten.«
»Kommt, laßt uns beten.«
Wir standen auf und hielten uns an den Händen. Es half, auch wenn ich nicht weiß, wieso. Und später, ehe ich ging, zog mich Anthony beiseite und gab mir die Telefonnummer des Naturheilers; es war ein Schritt, der nicht weit von einem Gebet entfernt war.

Während am folgenden Morgen Erics Entlassungspapiere vorbereitet wurden, ging ich zum Münztelefon, um uns bei dem Naturheiler anzumelden. Ich bekam einen Termin für den nächsten Tag, was uns zweihundert Dollar in bar kosten würde.
Nachdem ich Eric nach Hause gebracht und ins Bett gesteckt hatte, wo er sofort einschlief, ging ich in die Apotheke, um seine Medikamente abzuholen. Eine Frau trödelte hinter der Theke herum; ihre Arme waren dicker als meine beiden Oberschenkel zusammen.
»Kann ich Ihnen helfen?« fragte sie.
»Abholung für Moro.«
»Wie viele?«
»Zehn … nein, elf. Elf.«
»Elf?« wiederholte sie.
»Ja«, antwortete ich.
»Verstehe«, sagte sie und drehte sich zu einer Reihe alphabetisch geordneter Gläschen um, die hinter ihr standen.
Während sie suchte, ging ich zu einem Regal in der Nähe. Dort

sah ich Dosen mit einer Flüssigkeit, von der behauptet wurde, man könne damit innerhalb einer Woche an Gewicht verlieren. Jede Dose enthielt 220 Kalorien. Mein Blick wanderte zum Regal nebenan, auf dem Dosen für Gewichtszunahme gestapelt waren. Ich überlegte, ob ich so etwas für Eric kaufen sollte, und las voller Interesse den Aufkleber »220 Kalorien«.

»Hallo«, rief eine Stimme. »Sie da mit den elf Medikamenten für Moro!«

»Ja?« Ich drehte mich um. »Ach ja.« Ich stellte die Dose zurück und ging zur Theke.

»Ich habe erst sieben davon fertig«, sagte sie. »Sie müssen später wiederkommen.«

»Aber sie wurden telefonisch bestellt.«

»Es handelt sich um ziemlich viele Bestellungen.«

»Und er ist ziemlich krank.«

»Das glaube ich Ihnen.«

Sie hatte etwas an sich, mit diesen massigen Armen, ihrem Tonfall und diesem scheußlichen blauen Lidschatten, was mich unfreundlich werden ließ. »Verdammt«, knurrte ich, »geben Sie mir die Medikamente, und zwar alle.«

»Ich habe Ihnen doch gesagt, ich habe erst sieben. Möchten Sie sie haben?«

»Geben Sie sie mir!«

»Sie müssen sie bezahlen.«

»Das weiß ich.«

»Das macht dann einhundertsiebenundfünfzig Dollar und dreiundzwanzig Cent.«

»Es geht auf Krankenkasse.«

»Tatsächlich?«

»Hat man Ihnen das nicht gesagt?«

»Nein. Jetzt muß ich alles noch einmal machen«, sagte sie mit einem erschöpften Seufzen. »Einige davon stehen nicht einmal auf dem Krankenhaus-Formular. Ich muß den Arzt wegen der Freigabe anrufen, und die anderen müssen umgeschrieben werden.«

»Uuuaaaaa!« brüllte ich.

Sie riß die Augen auf und trat einen Schritt zurück.

Ich brüllte noch einmal und ballte die Fäuste vor Frustration und Wut. »Ich möchte nur eines wissen«, zischte ich, »wieso haben die Pulver für Gewichtsabnahme und die für Gewichtszunahme dieselbe beschissene Kalorienzahl?«

Sie zwinkerte. Sie wollte nach hinten laufen, und während sie unterwegs war, schob ich die Dosen, die sowohl Schlankheit als auch Gewichtszunahme versprachen, aus dem Regal, sie fielen unter ohrenbetäubendem Krach auf den Boden. Dann ging ich, und alle starrten mir nach.

Als ich nach Hause kam, hatte Eric sich noch nicht gerührt; ich überprüfte, ob er noch atmete. Dann rief ich im Krankenhaus an und bat den Arzt, die Medikamente in einer anderen Apotheke zu bestellen, wobei ich ihn daran erinnerte, daß Eric in der Krankenversicherung war. »Und übrigens«, sagte ich, »empfehlen Sie diese Pulver zur Gewichtszunahme?«

»Alles, was hilft«, sagte er.

Ich dankte ihm und legte auf.

Es war an der Zeit, zur Arbeit zu gehen. Eric sah so hilflos und zerbrechlich aus, so friedlich und verletzlich, daß ich nur ungern ging, aber es mußte sein. Ich zog das Telefon neben sein Bett, gab ihm einen Kuß auf die Stirn und ging.

Viel zu schnell fuhr ich mit dem »Geölten Blitz« zur Bibliothek, eine Angewohnheit, die täglich schlimmer wurde. In der Damentoilette legte ich meinen roten Lippenstift auf und betrachtete mich im Spiegel. Ich war aschfahl und hatte graue Flecken unter den Augen, die jetzt niemals mehr golden waren, sondern nur braun. In meinem Blond zeigten sich graue Haare, ich benötigte dringend einen Haarschnitt, aber für Körperpflege fand ich im Augenblick keine Zeit.

»Hallo, Alex«, begrüßte mich eine Kollegin aus der Kunstabteilung im Spiegel.

»Hi, Sherry«, sagte ich und schob den Lippenstift wieder in meinen Rucksack.

»Ich gehe jetzt heim«, sagte sie, »also, wenn es dir nichts ausmacht, dann –«

»Kein Problem«, sagte ich.

»Da ist nur noch eins. Ein Typ hat nach so einem Buch über Skulptur und Anatomie oder so etwas gesucht. Der Autor heißt Kolpinski. Ich habe es gefunden, es liegt hinter der Theke, du –«

»Schon verstanden«, sagte ich und schoß aus der Tür. Dann lehnte ich mich heftig atmend gegen die Wand. Kolpinskis Buch, hier in der Bibliothek. Kolpinski, der Anlaß, aus dem ich Eric kennengelernt hatte, der Grund, weshalb ich Eric gezeichnet hatte. Kolpinski – aus einem anderen Leben. Mein Atem ging schnell; ich spürte ein Kribbeln um meine Lippen und an den Fingerspitzen, und ich zwang mich, die Treppe zur Kunstabteilung hinaufzusteigen. Beim Gehen überkam mich ein Gefühl völliger Unwirklichkeit, das die Konturen der Dinge verschwimmen ließ, das die Geräusche dämpfte und alles Licht gleichförmig weiß machte. Ich schaffte es bis zu einem Stuhl am Computer, setzte mich hin und bemühte mich, gleichmäßig zu atmen, ohne zu weinen oder zu schreien. Ich wußte, daß ich auf einem dünnen Drahtseil balancierte.

Als ich mich besser fühlte und die Gegenstände ihre Form zurückgewonnen hatten, stand ich auf und ging zu dem Regal, wo die reservierten Bücher lagen. Dort, mitten unter den harmlosen Bänden über Wandteppiche, griechische Architektur, Rembrandt und anderes, lag Kolpinskis Buch. Es hatte einen roten Einband;

ich nahm es in die Arme. Es war sehr groß und sehr schwer, so plump wie der Autor selbst, und ich hielt es einfach fest und streichelte es eine Weile. Draußen vor den Fenstern war es bereits dunkel, als der junge Mann endlich meine Aufmerksamkeit auf sich ziehen konnte.

»Entschuldigen Sie«, sagte er. »Entschuldigen Sie, Miss?«

»Ja?« Ich blickte auf.

»Tut mir leid, wenn ich Sie störe, aber ich suche nach einem Buch von Kolpinski. Der Titel lautet –«

»Hier«, sagte ich und reichte ihm den Band; er war warm an der Unterseite, wo ich ihn gegen meine Brust gepreßt hatte.

»Danke«, sagte er mit einem Lächeln. »Herzlichen Dank.«

»Nichts zu danken. Bitte bringen Sie es zurück zur Theke, wenn Sie fertig sind.«

»Natürlich«, sagte er und ging.

Als ich später Eric anrief, aß er gerade und sah sich einen alten Film im Fernsehen an.

»Mir geht es gut, arbeite ruhig weiter«, sagte er. »Wir sehen uns dann zu Hause.«

»Na gut. Ich liebe dich.«

»Ich liebe dich«, antwortete er und legte auf.

Schließlich war es halb neun, Zeit zum Schließen. Der junge Mann mit Kolpinskis Buch schlenderte herüber und sah mir zu, wie ich einzuordnende Bücher auf dem Wagen sortierte, ehe er mir den Kolpinski reichte.

Ich drehte mich um. »Danke«, sagte ich. »Sie können es auf die Theke legen.«

Er legte es ab, zögerte dann und sagte: »Sie haben nicht zufällig Zeit, einen Kaffee oder so trinken zu gehen?«

Ich sah ihn an, und es gelang mir, zu lächeln. »Zeit haben, das werde ich vermutlich ziemlich lang nicht mehr«, sagte ich.

»Mein Pech«, sagte er mit einem Achselzucken und ging.

Meine Abteilung war leer; es war Zeit, nach Hause zu gehen. Ich wandte mich dem Buch von Kolpinski zu, das auf der Theke lag, schlug es auf und blätterte zu den Zeichnungen, die Eric darstellten. Eine nach der anderen sah ich sie an und blätterte langsam und liebevoll die Seiten um. Wie ein Schwindelgefühl überfiel es mich: wie Eric ausgesehen hatte, wie er sich angefühlt, gerochen, angehört hatte. Ich konnte ihn vor mir sehen, wie er auf dem Stuhl in meiner Wohnung herumwirbelte, wie er die Jeans über sein nacktes Hinterteil zog, wie er mich dazu brachte, mich für Leidenschaft, Vergnügen, meine Zukunft, mein Leben zu entscheiden.

Was ich als nächstes tat, kann ich nicht erklären. Ich sah mich um, ob auch niemand zusah, und riß dann fein säuberlich Eric aus dem Buch heraus, alle zwölf Abbildungen von ihm, und schob die Seiten sorgfältig in meinen Rucksack. Ich hätte mir das Buch nicht leisten können, aber ich brauchte diese Seiten, jetzt, in diesem Augenblick. Und irgendwie schienen sie mir zu gehören.

34

Am nächsten Tag suchten Eric und ich Anthonys Naturheiler auf, der seine Praxis in einer verstaubten Souterrainwohnung im Süden Philadelphias hatte. An der Tür war kein Schild, und es gab auch keinen Empfang, nur ein paar traurige, ausgebleichte Stühle im Vorraum und eine Tür mit einem Klingelknopf und einem Schild, auf dem stand: FÜR BERATUNG BITTE KLINGELN. Ich klingelte, wir warteten.

Eric setzte sich. Er starrte aus dem halbhohen Fenster durch die schwarzen Gitterstäbe und den jahrealten Schmutz hinaus auf die harte braune Erde und betrachtete die Fußgänger, die vorbeihasteten. Ich klingelte erneut.

»Komme schon!« rief eine fröhliche Stimme. Dann ging die Tür auf, und wir erblickten einen ältlichen Mann mit brauner Haut, einem kahlen Kopf und einem langen weißen Bart. Abgesehen von seiner Kleidung, die aus einer Jeans und einem Arbeitshemd bestand, ähnelte er auf verblüffende Weise Erics Hexenmeister.

Ich wurde rot und wich zurück, als der kleine Mann meine Hand packte und sie zu streicheln und mit seinen Fingern zu massieren begann. »Sie sind gut in Ihrem Körper«, murmelte er mit geschlossenen Augen. »Aber Ihre Seele, die ist gebrochen, braucht Heilung.«

Hinter mir kicherte Eric. »Wir sind nicht meinetwegen gekommen«, sagte ich. »Er ist krank.« Ich deutete auf Eric.

»Ah«, sagte der Mann und trat auf Erics Stuhl zu. Eric hielt seine dunklen Augen, die durch die Krankheit glasig geworden waren, zwei lebendige, tiefliegende Edelsteine, auf den Mann gerichtet.

»Ich bin Torgin, Naturheiler«, sagte der Mann.

»Ich bin Eric.«
In dem Augenblick, als er Erics Hand faßte, fiel Torgin auf die Knie. Sein Gesicht verzog sich vor Sorge und Leid, die Augen waren zusammengekniffen, während er Erics Hand mit seinen beiden Händen zärtlich berührte. »Ach, das ist schlimm«, murmelte Torgin. »Oh, so schlimm.«
»Das wissen wir«, sagte ich. »Können Sie uns helfen?«
»Er hat Aids«, antwortete Torgin und setzte sich nach hinten auf die Fersen.
»Auch das wissen wir«, sagte ich. »Haben Sie ein Untersuchungszimmer?«
Torgin lachte und schüttelte den Kopf, daß der Bart schwang. Er stand auf. »Ich bin kein Arzt. Wenn Sie sterben wollen, gehen Sie zu einem westlichen Arzt. Ich bin Naturheiler.«
»Ich weiß«, sagte ich ärgerlich. »Aber haben Sie nicht –«
Eric erhob sich schwankend und legte Torgin die Hand auf die Schulter. »Gehen wir«, sagte er.
»Gut«, sagte Torgin und führte uns hinein.
Wir traten durch die Tür, aus der Torgin herausgekommen war, und durchquerten einen unbeleuchteten Korridor bis zu einem vollgestopften, fensterlosen Raum voller Regale, auf denen dicht nebeneinander Flaschen und Gläser standen. Am Rand befanden sich auf Tischen zahlreiche Reihen von Pflanzen, über denen Pflanzenleuchten hingen. In dem düsteren hinteren Teil des Raumes, der nicht einsehbar war, konnte ich Stimmen schnell in einer fremden Sprache sprechen hören, und ich roch Rauch und den Duft von gebratenem Fleisch.
Torgin wies uns an, uns auf einen handgeknüpften Teppich zu setzen, der inmitten fleckiger roter Satinkissen auf dem staubigen Boden lag, während er selbst zu einem hölzernen Arbeitstisch schlurfte, auf dem eine Vielzahl von Fläschchen und Dosen mit getrockneten Pflanzen, Blüten, Pulvern und zähen Flüssigkeiten

standen. Wir sahen ihm zu, wie er Mörser und Stößel nahm und an verschiedene Regale eilte, wo er scheinbar zufällig nach Gläsern griff. Aus diesen holte er Prisen pulverisierter Pflanzen und Klumpen klebriger Masse, die er mischte, ständig mischte. Während er arbeitete, grunzte und schnaubte er, zupfte sich am Bart und strich sich wie ein Gnom über die Glatze.

»Ah, hier, bitte schön«, sagte Torgin und überreichte Eric zwei kleine Gläschen, von denen eines ein graues, in dunklem Öl gelöstes Sediment und das andere ein dunkles, braungrünes Pulver enthielt.

Eric hielt die Gläschen voller Bewunderung gegen das Licht und lächelte. »Vielen Dank«, sagte er.

»Puder in Sojamilch auflösen, einen halben Teelöffel voll Puder, Sie verstehen?« fragte Torgin. »Keine Kuhmilch«, mahnte er, schüttelte den Kopf und schwenkte den Finger. »Kuhmilch ist nicht gut.«

»In Ordnung«, sagte Eric, »keine Kuhmilch.«

»Nehmen Sie einen halben Teelöffel, einen am Tag, bis Sie nächste Woche wiederkommen.«

»Und die Flüssigkeit?« fragte ich.

»Flüssigkeit«, sagte Torgin, »ist sehr wertvoll. Sie nehmen sie mit einer Pipette. Eine halbe Pipette in Wermuttee, gekocht, zweimal täglich, bis Sie wiederkommen.«

»Gut«, stimmte Eric zu, und ich stand auf, beugte mich, um ihm zu helfen, und verstaute die Gläschen sorgfältig in meinem Rucksack.

»Kommen Sie wieder zu mir«, sagte Torgin. »Sie werden sich viel besser fühlen.«

»Wann sollen wir wiederkommen?« fragte ich.

»Nächsten Freitag.«

»Das ist der Tag nach Thanksgiving«, sagte ich. »Haben Sie da geöffnet?«

Torgin lachte krächzend und zeigte sein schwammiges, dunkelrotes Zahnfleisch ohne Zähne. »Es ist immer offen, kein Thanksgiving. »Zweihundertfünfzig Dollar bitte, keinen Scheck, keine Kreditkarte, nur Bargeld.«
Ich zog einen Umschlag aus meinem Rucksack und reichte ihn Torgin. »Zweihundert. Das hat man mir gesagt«, erklärte ich.
Torgin nahm den Umschlag, spähte hinein und zählte die Scheine mit seinen trockenen, geschickten Fingern. »Sehr schön«, sagte er. »Für Sie, Sonderpreis«, und er lächelte und drehte sich um.
Wir gingen allein hinaus.

35

Die Kräuter schlugen an. Innerhalb von zwei Tagen, nachdem Eric mit der Einnahme von Torgins Mischungen begonnen hatte, waren seine Energie und sein Appetit wieder normal. Er begann zuzunehmen, und seine Augen wirkten weniger glasig. Die Kosten belasteten uns sehr, aber Torgin machte uns weiterhin einen »Sonderpreis«, und ich arbeitete und lieh mir etwas, wenn es sein mußte.

Oft ging ich in Reformhäuser, um Wermuttee zu kaufen. Eines Nachmittags, als ich mir gerade die Vitamine und Pulver ansah, während ich wartete, bis meine Einkäufe in die Kasse getippt waren, trat ein Mann auf mich zu. Er war außergewöhnlich groß, hatte gelbblondes Haar und einen herabhängenden Schnurrbart von der gleichen Farbe.

»Miss?« sagte er und tippte mir auf die Schulter.

Ich sah auf. »Ja?«

»Der Herr hinter der Theke sagt, Sie suchen Heilmittel gegen Aids.«

Ich nickte.

»Da gibt es etwas Neues, etwas ganz Neues«, fuhr er fort, »so neu, daß noch niemand in Amerika davon gehört hat. Ich bin gerade aus China zurückgekehrt. Ich kann Ihnen sagen, wo Sie es bekommen können.«

»Was ist es?«

»Ich kann Ihnen keine weiteren Informationen geben, wir müßten uns ungestört treffen«, sagte er und spähte umher. »Es ist nicht billig, aber Sie werden geheilt.«

»Geheilt? Es entfernt den Virus?«

»Ja.« Er sah sich erneut um. »Ich kann hier nicht reden. Nehmen Sie meine Karte.«
Er reichte mir eine Visitenkarte und ging auf die andere Seite des Ladens. Bei dem Wort »Heilmittel« hatte ich zu zittern begonnen, und ich folgte ihm. »Entschuldigen Sie«, sagte ich. Er drehte sich um. »Wieviel?« fragte ich.
»Sie müssen nach China reisen. Und dazu kommt noch mein Honorar.«
Mein Herz raste. »Wieviel?« fragte ich noch einmal.
»Mein Honorar beträgt fünfzigtausend.«
Ich war sprachlos.
»Wieviel ist Ihnen Ihr Leben wert?« fragte er. »Rufen Sie mich an.«
»Alex!« rief der Mann an der Kasse. »Deine Sachen sind fertig.«
Ich drehte mich um, sagte zu ihm: »Einen Augenblick noch«, aber als ich mich wieder umsah, war der große Mann verschwunden. Ich preßte seine Karte, in der die Rettung liegen konnte, fest in meiner Hand zusammen.

»Eric!« schrie ich, als ich mit meinen Paketen mit Vitaminen, Tee, Zusatznahrung und Medikamenten durch die Tür stürmte. »Eric!«
»Hier bin ich, Alex«, rief er aus dem Schlafzimmer.
Ich ging zur Schlafzimmertür. »Habe ich dich aufgeweckt?« fragte ich.
»Ist schon in Ordnung. Komm her. Setz dich aufs Bett.«
Ich setzte mich neben ihn; nach dem Schlaf war sein Haar naß vom Schweiß. »Ich hole einen kühlen Waschlappen«, sagte ich und ging ins Badezimmer. Ich ließ das Wasser laufen und rief ihm zu: »Eric, du wirst nicht glauben, was heute passiert ist.« Ich kehrte mit dem Waschlappen zurück und begann damit über seine Stirn, die Wangen und den Hals zu streichen. Er schloß die

Augen. Ich fuhr fort: »Ich habe jemanden kennengelernt, der ein Heilmittel gegen Aids hat.«
Er riß die Augen auf. »Was?«
»Ich weiß, ich weiß. Ich habe es erst auch nicht geglaubt. Aber auf dem Heimweg habe ich darüber nachgedacht. Es wird einiges kosten, und wir müßten dafür nach China fahren.«
»Nach China?«
»Ja, aber dorthin wollte ich schon immer mal, und es wird sowieso Zeit, daß wir Urlaub machen, und für ein Heilmittel lohnt sich das auf jeden Fall, und ich weiß, du würdest –«
»Nein«, sagte er und setzte sich auf. »Es wird Zeit, daß wir miteinander reden.«
»Wir reden doch. Wir reden über ein Heilmittel.«
»Wir reden über Blödsinn, Alex.«
»Es ist eine Möglichkeit«, sagte ich.
»Ich bin noch nie zuvor gestorben, aber ich weiß, was ich nicht will.« Er streckte den Arm aus, und seine Finger teilten mein Haar in Strähnen. Er fuhr fort: »Ich habe nicht vor, die Zeit, die ich noch habe, in Hotels zu verbringen, in einem Land, wo niemand meine Sprache spricht. Außerdem will ich dich nicht völlig verarmt verlassen.«
»Wenn du mich verläßt, werde ich ohnehin völlig verarmt sein«, sagte ich. »Ich brauche dich lebendig.«
»Darüber muß ich mit dir reden«, sagte er. »Ich liebe dich. Ich kann mir nicht vorstellen, ohne dich zu sein, Alex, aber du wirst es aushalten müssen, wenn ich gegangen bin.«
»Nein.«
»Doch, und Sterben ist nicht so schlimm, wie alle denken. Nach einer Weile akzeptiert man es. Am meisten Angst macht die fast würgende Panik, wenn man daran denkt, daß man alles Vertraute verlassen und ins Unbekannte hinübergleiten wird. Aber dann vergeht auch das, und ich werde ein bißchen neugierig.«

»Neugierig?«
Er nickte. »Manche Leute denken ihr ganzes Leben lang darüber nach, was hinterher kommt und ob sie für den Himmel oder die Hölle bestimmt sind. Aber ich werde es bald wissen.« Ein Lächeln huschte über sein Gesicht. Unheimlich und fern.
»Ich lasse dich niemals gehen«, sagte ich und faßte fest seine Hand.
»Ich habe oft gesehen, wie das Leben aufhört, lang bevor jemand stirbt. Laß nicht zu, daß das bei mir zu lang dauert.« Sein Lächeln war verschwunden, und sein Gesicht zeigte Furcht.
»Was möchtest du, Eric?« fragte ich und begann zu weinen.
»Laß mich gehen, wenn es mir kein Vergnügen mehr macht.«
»›Auf ewig vereint‹, das hast du versprochen.«
Er lächelte erneut, diesmal wie der alte Eric. »Ich breche dieses Versprechen nicht, Alex, ich ändere nur die Definition von ›vereint‹.«
Ich konnte nicht mit ihm lächeln.
»Meine Eltern werden nach meinem Tod irgendwelchen katholischen Schwachsinn machen wollen«, sagte er. »Das ist in Ordnung, aber ich will eingeäschert werden.«
»Stirb nicht«, flüsterte ich.
»Verstreu meine Asche aus der Luft über dem Strand, wo wir soviel Spaß miteinander hatten.«
Ich nickte und biß mir auf die Lippen.
Es war still. Ich hatte ihn gehört.

36

Eines Tages hatte Maria aus der Aids-Selbsthilfegruppe einen Arzttermin, daher bot ich an, sie solle ihre drei Kinder zu uns bringen; Eric und ich würden einige Stunden auf sie aufpassen.

»Hallo«, sagte Maria, als ich die Tür öffnete. Sofort drängten sich die älteren Kinder, der siebenjährige Juan und die fünfjährige Elvira, an mir vorbei und liefen in die Wohnung. »Benehmt euch, ihr zwei!« rief Maria und reichte mir die kleine einjährige Maria. »Ich muß mich beeilen«, sagte sie, »ich bin schon spät dran. Hier«, sie gab mir eine Windeltasche, »in einer halben Stunde will sie ihre Flasche, danach muß sie schlafen, und dann bin ich schon wieder da.« Sie lächelte; sie wirkte schwach und ausgelaugt. »Danke«, murmelte sie und ging.

Ich blieb noch stehen und sah ihr nach, wie sie die Treppe hinunterstieg. Marias Beine waren spindeldürre Stecken, die ihr geringes Gewicht kaum tragen konnten; schwer aufs Geländer gestützt, schob sie sich von einer Stufe zur nächsten hinunter. Einmal drehte sie sich um, blickte nach oben und lächelte, und dann war sie verschwunden; ich ging hinein. Elvira und Juan saßen nebeneinander auf dem Sofa und flüsterten; sie blickten auf, als ich eintrat.

»Hallo«, sagte ich. »Wollt ihr etwas essen?« Unisono schüttelten sie die Köpfe.

»Äh ... wie wäre es mit einem Spiel?« fragte ich. Die kleine Maria, die ich noch immer auf dem Arm hielt, wurde unruhig.

»Wer ist dieser Mann?« fragte Elvira.

»Welcher Mann?«

»Der Mann im Bett«, sagte Juan.

»Ach, das ist Eric. Er möchte mit euch spielen.«
»Er sieht schlecht aus«, bemerkte Elvira.
»Er ist nicht zu krank, um zu spielen«, sagte ich. »Ich hole ihn.«
Ich ging ins Schlafzimmer. Die kleine Maria hatte die Augen vor Neugier oder Schreck weit aufgerissen, aber sie weinte nicht. »Eric«, sagte ich, »die Kinder sind da.«
Er setzte sich auf. »Toll«, sagte er und rieb sich den Schlaf aus den Augen.
»Bist du sicher, daß es dir nicht zuviel wird?« fragte ich. »Ich kann mich schon um sie kümmern, wenn du weiterschlafen willst.«
»Kommt nicht in Frage. Ich habe mich schon die ganze Woche darauf gefreut.« Er stand auf und schwankte einen Augenblick. Dann fing er sich und lachte, zog seine Jeans und einen Pullover an und band den Ledergürtel mit einem Knoten um die Taille fest, weil er inzwischen selbst für das letzte Loch zu mager war. Einen Augenblick lang standen wir voreinander, als er mir die kleine Maria abnahm und ihren festen Körper an seinen dünnen drückte. Sie wich vor den Stoppeln an seinem Kinn zurück und lachte dann, weil er eine Grimasse schnitt und seine Nase an ihrer rieb. Ich mußte die Tränen zurückhalten, als ich sah, wie sich ihre rundlichen Ärmchen um seinen Hals legten. Die beiden waren verloren, und es schien, als wüßte das sogar die kleine Maria; sie wollte ihn nicht mehr loslassen.
Ich umklammerte Erics Hand. Wir wußten beide, ohne es uns einzugestehen, daß dieser kurze Nachmittag das einzige war, was wir jemals an Familienleben haben würden.
Wir gingen in das große Zimmer, blieben stehen und beobachteten die älteren Geschwister der kleinen Maria. Sie strotzten geradezu vor Vitalität und Gesundheit, wie sie jetzt mit einem Aufschrei vom Sofa sprangen und versuchten, die Modellflugzeuge zu erreichen, die an der Decke hingen. Eric und ich tauschten

einen Blick, und dann lachte er. Das Geräusch erschreckte die Kinder, und sie erstarrten.

»Kein Problem«, sagte er. »Ich hole sie euch runter. Welches wollt ihr denn?« Die kleine Maria klammerte sich mit einer Hand an Eric fest und streckte die andere zu den Modellen hin aus, während Juan und Elvira warteten und zusahen.

»Hier«, sagte Eric und reichte Elvira einen Doppeldecker, den ich gebaut hatte, als ich ungefähr zehn war. »Und einen für dich«, fuhr er fort, riß ein Düsenflugzeug herunter und gab es Juan, der es ohne zu lächeln nahm.

Ich ging in die Küche, um die Flasche der kleinen Maria zu wärmen. Als ich zurückkam, bauten Eric und die Kinder gerade einen Flughafen aus Ziegelsteinen, Papier, Bilderrahmen, Pinseln, Lehrbüchern und einem Streifen von einem Duschvorhang. Sie kicherten und bauten immer weiter. Sie waren viel zu beschäftigt, um mich zu bemerken. Die kleine Maria saß auf Erics Schoß, griff nach seinem Kinn und lehnte sich an seine Schulter. Er bewegte sich dennoch ohne Schwierigkeiten und hielt sie fest, wenn er sich vorbeugte, um eine Landebahn zu reparieren, einen Turm aufzurichten oder bei einem Startmanöver zu helfen.

»Hier«, sagte ich und reichte Eric die warme Flasche. »Ich hoffe, du hast so etwas schon einmal gemacht, weil ich es nämlich nicht kann.« Mit einem Lächeln blickte er auf, und die kleine Maria packte die Flasche und saugte begierig daran. Wir lachten.

»Ich muß rasch in die Apotheke«, sagte ich. »Kommst du mit den Kindern allein klar?«

»Die eigentliche Frage ist, ob sie mit mir klarkommen«, sagte Eric. Ich lächelte, nickte und nahm meine Jacke, während Elvira und Juan verärgert »Eric! Eric!« riefen, weil er das Spiel einen Augenblick unterbrochen hatte, um mit mir zu sprechen. Ich stand an der Tür und warf einen langen Blick zurück, ehe ich ging. Draußen in der Dezemberluft war ich froh um die Kälte und das

Alleinsein. Der Himmel war grau und wolkenverhangen, der Wind wehte und rauschte um meine Hosenbeine, aber der Spaziergang belebte mich, und diesmal standen die Medikamente sogar bereit, als ich kam. Das war ein guter Tag.
Fünfundzwanzig Minuten später kam ich nach Hause, ein wenig besorgt, weil ich Eric nichts von Marias notwendigem Nickerchen gesagt hatte. Es war still, als ich vor der Wohnungstür stand. Während ich aufsperrte, hörte ich das Heulen der kleinen Maria. Sie brüllte immer wieder, die anderen Kinder waren still.
Es kostete mich all meine Willenskraft, die Tür zu öffnen, und dann sah ich, daß Eric am Boden lag. Sein Körper wand sich, verdrehte sich und zuckte, seine dunklen Augen waren nur mehr weiße Schlitze. Der Flughafen und die Flugzeuge lagen um ihn verstreut, und Marias Flasche war an der gegenüberliegenden Wand verschüttet, wo sich Juan und Elvira in eine Ecke kauerten. Die kleine Maria lag neben Eric und heulte.
Ich holte erschrocken Luft, ließ meine Tasche fallen und rannte zu ihm. »Um Himmels willen!« schrie ich. Meine Hände zitterten vor Angst. Ich packte seinen Kopf, aber er entglitt mir schnell. Meine Hände brannten, so heiß war sein Körper; er war klatschnaß vor Schweiß. Ich versuchte, seine Arme festzuhalten, aber sie drehten sich mit einer Kraft, die ich Eric nie zugetraut hätte, nach außen, schlugen nach mir und vertrieben mich.
»Ruf den Notarzt«, sagte eine Kinderstimme. Es war Juan. Ich rannte zum Telefon und wählte.
Nachdem ich den Notarzt gerufen hatte, schien es lange zu dauern, bis er kam. Die ganze Zeit wand sich Eric zuckend am Boden. Ich versuchte, die Kinder ins Schlafzimmer zu bringen, aber sie schrien, wenn ich sie allein ließ, und ich wollte auch Eric nicht allein lassen. So standen wir alle da und sahen ihm zu, sahen ihm einfach nur zu.
Das Dröhnen der Sirene verkündete Erlösung, und bald spritzten

die Notärzte Eric etwas, das die Zuckungen beendete. Er war so bewegungslos, daß ich schon glaubte, sie hätten ihn umgebracht. Dann sah ich, wie seine magere Brust sich in schmerzlicher Regelmäßigkeit hob und senkte, was verriet, daß er lebte.

Sie trugen ihn davon, die Treppe hinunter. Es zerriß mich innerlich, daß er ohne mich fahren mußte, aber ich konnte die Kinder nicht allein lassen. Ich raufte mir die Haare, ich marschierte hin und her, ich weinte, ich machte mir Sorgen und wartete. Schließlich schliefen die Kinder ein.

Das schrille Klingeln des Telefons erschreckte mich. »Hallo?« sagte ich. »Geht es ihm gut?«

»Alex?« fragte eine Frau.

»Ja! Ja, hier ist Alex Taylor. Bitte sagen Sie mir, daß er lebt.«

»Hier ist Maria.«

»Geht es ihm gut?«

»Geht es dir gut?«

»Maria! Ach, Maria, Maria mit den Kindern. Du rufst gar nicht aus dem Krankenhaus an.«

»Doch, schon. Sie haben mich eingewiesen. Ich werde blind.«

Ihre Worte versetzten mir einen Stich. »Ich ... ich ... ich ...«, stammelte ich.

»Kannst du Juan und Elvira zu meiner Mutter bringen?« fragte Maria.

»Eric hatte einen Anfall«, sagte ich und fing an zu weinen. »Der Krankenwagen hat ihn mitgenommen. Ich warte darauf, daß jemand anruft. Ich habe auf dich gewartet, damit du die Kinder holst. Ich mache mir solche Sorgen.«

»Setz Juan und Elvira in ein Taxi. Hol einen Stift, ich gebe dir die Adresse und die Telefonnummer meiner Mutter.«

»Gut. In Ordnung.« Ich holte einen Stift und einen Zettel. »Ich bin bereit«, sagte ich und griff wieder nach dem Hörer. Sie gab mir die Adresse und ihre Zimmernummer im General Hospital.

Als ich auflegte, drehte ich mich um. Da standen Juan und Elvira und beobachteten mich schweigend. Sie wußten zuviel.
Erst als ich die beiden in einem Taxi zu Marias Mutter geschickt hatte, fiel mir die kleine Maria wieder ein: Sie war noch oben in der Wohnung! Drei Stufen auf einmal nehmend, rannte ich hinauf und stürmte wieder durch die Tür. Die kleine Maria schlief fest auf dem großen Bett. Sie atmete geräuschvoll durch ihre winzigen Nasenlöcher, und etwas angetrocknete Milch klebte auf ihrer rundlichen Wange. Ich versuchte, Maria im Krankenhaus anzurufen, aber sie hatte kein Telefon im Zimmer, und im Schwesternzimmer ging trotz ständigem Klingeln niemand an den Apparat. Dann versuchte ich es bei Marias Mutter, aber sie sprach kein Englisch und ich kein Spanisch. Mit Tränen in den Augen legte ich wieder auf, und augenblicklich klingelte das Telefon, so daß mein Herz zu klopfen begann.
»Hallo?« sagte ich beinahe flüsternd.
»Alex Taylor?«
»Was ist los?«
»Mein Name ist Dr. Harland. Ich rufe wegen Eric Moro an. Wir müssen ihn wegen einer Untersuchung hierbehalten.«
»Was hat er denn?«
»Wir wissen es nicht genau. Vielleicht Toxoplasmose, vielleicht etwas anderes.«
»Toxo? *Toxo-gondii*?«
»Das stimmt. *Toxoplasma gondii.* Sind Sie Ärztin?«
»Nein, ich habe Eric nur beim Lernen geholfen, als er Medizinstudent war.«
»Ach.«
»Ist es in seinem Gehirn?«
»Wir glauben schon.«
»O Gott.«
»In den meisten Fällen ist das behandelbar ...« Dr. Harland

redete weiter, aber ich hörte nicht mehr zu. Gerade hatte ich wieder hoffen gelernt und auf die Kräuter gesetzt, hatte einfach versucht zu überleben, und plötzlich fraß sich ein Parasit, den Eric sich vor so vielen Jahren eingepaukt hatte, durch sein Gehirn. Was konnte das, was dieser Arzt sagte, daran schon ändern?

»Wo ist er?« unterbrach ich Dr. Harland.

»Im zwölften Stock, auf der Aids-Station.«

»Danke.«

»Keine Ursache. Viel Glück.«

Ich legte auf und wußte, daß ich mehr als Glück brauchte.

Ich dachte nicht darüber nach, ich wählte nur automatisch die Nummer. Und als sie antwortete, sagte ich: »Mom? Ich brauche einen Gefallen. Bitte, sag einfach ja.« Sie tat es, und innerhalb von dreißig Minuten war die kleine Maria in ihren liebevollen Armen.

Als ich zu Eric kam, war er noch immer völlig erschöpft. Ich war so erleichtert, ihn lebend anzutreffen, daß es mir fast egal war, ob er sprechen und sich bewegen konnte, solange noch das Blut durch seinen Körper strömte und ich seinem Atem lauschen konnte. Dieser Vorfall machte mir klar, daß ich mich mit fast allem abfinden konnte, solange ich noch den dünnen Hoffnungsfaden umklammert hielt, den mir schon ein winziges Lebenszeichen gab. Ich hielt seine Hand; ich fuhr mit dem Finger sein Profil nach. Ich versuchte mir jede Einzelheit von ihm einzuprägen, die sich noch nicht verändert hatte: seine Haut, den Schwung seiner Nase, die Form seiner Ohren, die Farbe seines Haars, das Gefühl seiner Brustwarzen an meiner Wange, den Haarbusch über seinem Nabel, seine Kniescheiben. So viele Dinge hatten sich nicht verändert, wenn man sich nur die Mühe machte, genau hinzusehen, so viele einzigartige Dinge, die man so leicht verlieren konnte.

»Geh nicht«, flüsterte ich. Er antwortete nicht.

Ich erspähte eine an die Wand gelehnte Plastiktüte mit der

Aufschrift Eigentum des Patienten und griff danach. Seine Kleider befanden sich darin, die Jeans und der Pullover, der zu lange Gürtel, seine Jeansjacke, keine Unterwäsche, keine Socken und nicht einmal Schuhe. Ich hob die Jeansjacke heraus, und mir fiel ein, wie ich sie in Panik über ihn geworfen hatte, als die Sanitäter die Trage anhoben, um ihn die Treppe hinunterzutragen. Sein Gesicht war ausdruckslos gewesen, so bleich wie die winterliche Luft. Ich roch an der Jacke; das war Eric. Ich begrub mein Gesicht darin und schluchzte.

Als ich schließlich ging, um mit dem Bus zu meinen Eltern zu fahren, war ich überrascht, im Korridor vor Erics Zimmer Kiki und Gary zu begegnen.

»Hallo, Alex«, sagte Gary. Wir umarmten uns, und ich begann zu weinen. Er strich mir über den Kopf, und ich hörte Kiki sagen: »Dann weißt du es vermutlich schon.«

»Ihr wißt es«, sagte ich.

»Von Anthony«, sagte Gary.

Ich löste mich und sah die beiden an, während ich mir über die Augen wischte. »Von Eric«, sagte ich. »Von Maria.«

Ihre Gesichter schienen einzufallen und länger zu werden. »Das tut mir so leid«, sagte Gary.

»Er hat Krämpfe«, sagte ich. »Eine zerebrale Schädigung.«

»Und Maria?« erkundigte sich Kiki.

»Sie verliert ihr Augenlicht. Sie liegt im General Hospital.«

»Ach.« Wir sahen einander an. Wir waren jung, alle unter fünfunddreißig, und trafen uns zufällig an einem Wochenende nachts um elf Uhr auf dem Korridor eines Krankenhauses, um über Parasiten und Viren zu sprechen, und kannten Wörter, die nur auf die Lippen eines Arztes gehörten. Während andere Wein tranken und zu weichen Rhythmen tanzten, lernten wir immer wieder den Tod kennen, von innen und von außen.

»Und Anthony?« fragte ich.

»Er hat uns verlassen«, sagte Kiki.
»Uns verlassen?« wiederholte ich. »Doch nicht Anthony ...« Die beiden nickten traurig. Augenblicklich begann ich zu weinen, um den freundlichen Anthony mit der zarten Stimme und dem großzügigen Herzen, der mir Ratschläge gegeben und mir beim Überleben geholfen hatte und der sich nicht von mir verabschiedet hatte. Kiki und Gary standen trockenen Auges daneben, sie hatten ihre Tränen längst vergossen. Innerhalb weniger Stunden war unsere Selbsthilfegruppe nur mehr halb so groß.
Während wir uns verabschiedeten und ich langsam davonging, hoffte ich, sie würden sich nicht nach Marias Kindern erkundigen. In dieser Nacht wollte ich die kleine Maria bei mir haben; ich brauchte ihren warmen Körper neben mir, mußte ihren sanften Atem hören.

Am nächsten Tag erwachte die kleine Maria im Morgengrauen und schrie nach ihrer Flasche; eine Stunde später betrat ich Erics Krankenzimmer. Er lächelte, als er mich sah.
»Du siehst besser aus«, sagte ich und beugte mich über ihn, um ihn auf die Stirn zu küssen.
»Mach die Augen zu«, sagte er. Ich tat es. Ich spürte, wie er den Reißverschluß meiner Jacke öffnete und mein Hemd aufknöpfte.
»He«, sagte ich und schlug die Augen auf.
»Laß sie zu«, befahl er. Ich schloß sie wieder und fühlte, wie er seine Finger unter meinen Büstenhalter schob und über meine Brust strich. Er zog mich an sich, und ich spürte seine warmen Lippen und seine Zunge an meiner Brustwarze. Mit geschlossenen Augen konnte ich mir beinahe vorstellen, daß wir uns weit weg, an einem völlig anderen Ort befanden: an einem windverwehten Strand, auf einer heißen Wiese, in einem heruntergekommenen Hotelzimmer oder in einem Zelt auf einem Eisfeld. Die Tränen zwangen mich dazu, meine Augen zu öffnen; er sah mich

an. Ich seufzte und setzte mich seitlich aufs Bett. »Vielleicht später«, sagte er. Ich nickte und knöpfte mein Hemd zu.

Dr. Harland kam herein. Er hatte ein pausbäckiges Gesicht, das von blonden Locken umrahmt wurde, und sein weißer Mantel spannte sich über seinem runden Bauch. »Guten Morgen«, sagte er. »Gab es heute nacht irgendwelche Probleme?«

»Gar keine«, antwortete Eric. »Dr. Harland, das ist Alex Taylor. Alex, Dr. Harland.«

»Freut mich«, sagte er und streckte die Hand aus.

»Ebenfalls«, antwortete ich.

»Nun, wegen diesen zerebralen Schädigungen«, wandte sich Dr. Harland an Eric, »wir behandeln Sie vier oder fünf Tage lang gegen Toxoplasmose. Wenn es dann nicht besser oder sogar schlimmer wird, brauchen wir eine Biopsie.«

»Eine Biopsie?« fragte ich. »Wovon?«

»Den zerebralen Schädigungen.«

»Sie machen seinen Kopf auf?«

»Das müssen wir.«

Ungläubig sah ich Eric an, aber er nickte nur.

Als der Doktor gegangen war, sagte ich: »Du meinst, die Kräuter und Vitamine und –«

»Wir haben es versucht, Alex. Wir haben getan, was wir konnten.«

»Es gibt kein Heilmittel gegen diese beschissene Krankheit, oder?« Er nahm meine Hand und küßte sie. »Man kann die Infektionen behandeln.«

»Eine Weile lang.«

»Ja.«

»Und dann? Was ist mit den Krämpfen, den Anfällen?«

»Ich bekomme Medikamente dagegen.«

»Werden sie wiederkommen?«

Er zuckte die Achseln und wandte den Blick ab, sah durchs Fenster auf den farblosen Himmel. Ich hielt ihn umarmt, seine harten Knochen fest an mich gedrückt.

Später an diesem Vormittag fuhr ich zurück zum Haus meiner Eltern, packte die Windeltasche der kleinen Maria und machte mich auf den Weg zum General Hospital. Mit dem Bus mußte ich dreimal umsteigen, ehe ich in dem Stadtviertel war.

Alter und Größe dieses Krankenhauses waren eindrücklich. Die Korridore waren voll mit stöhnenden armen Leuten und quietschender, uralter Einrichtung. Ich weiß nicht, wie ich Maria fand, aber ich weiß, daß ich eine Menge Treppen steigen mußte.

»Hallo«, sagte ich leise, als ich an ihr Bett trat, einem von sechs in einem braungrauen Raum mit fleckigen Vorhängen und schmutzigen Fenstern.

»Bist du das, Alex?« fragte sie, wandte mir den Kopf zu und setzte sich mühsam auf.

»Ja, und die kleine Maria.«

»Maria!« rief sie und streckte die Arme nach dem Kind aus. Ich reichte ihr die kleine Maria, stellte die Windeltasche ab und zog einen wackligen Stuhl heran. Ich war froh, nach all den Treppen endlich sitzen zu können.

»Wie war sie?« fragte Maria, während sie versuchte, der kleinen Maria neben sich Platz zu schaffen, ohne daß sie an die Infusionsschläuche und das Bettgeländer stieß.

»Toll«, sagte ich. »Sie ist so ein süßes Kind.«

Maria lächelte und begann, mit ihrer Tochter zu spielen. Eine Weile beobachtete ich die beiden schweigend, und dann sagte sie: »Danke, daß du auf sie aufgepaßt hast.«

»Nichts zu danken.«

»Meine Mutter war vorhin mit Juan und Elvira da. Es geht ihnen gut.« Ich nickte, während sie fortfuhr: »Die Ärzte sagen, ich werde blind. Danach sterbe ich.«

»Ach, Maria. Das tut mir so leid.«

Sie weinte nicht; sie beugte sich vor, um die kleine Maria zu küssen, und sagte: »Ich werde sie vermissen.« Tränen traten mir in die Augen und tropften auf meine Hände, die in meinem Schoß fest ineinander verschränkt waren.

»Du kannst gut mit ihr umgehen«, sagte sie. »Sie mag dich.« Sie reichte mir die kleine Maria wieder, schloß die Augen und sank aufs Kissen. Sie flüsterte: »Kümmere dich um sie. Sie mag dich.«

»Aber Maria –«

»Meine Mutter wird Juan und Elvira adoptieren. Ihr Vater wird sie besuchen und Geld schicken. Und die kleine Maria ...« Sie schlug die Augen auf und sah ihr Kind an, ehe sie fortfuhr: »Marias Vater ist tot. Er ist an Aids gestorben.«

»Aber deine Mutter wird sich doch um sie kümmern«, sagte ich.

»Maria ist HIV-positiv. Meine Mutter will sie nicht.«

»Nein«, sagte ich und schüttelte den Kopf. »Das kann doch nicht wahr sein.«

»Doch«, sagte sie und öffnete die Augen. »Nimm du sie. Niemand sonst will sie.« Es fiel mir schwer, ihre Worte zu hören, aber für eine Mutter mußte es noch viel schwerer sein, sie auszusprechen. Sie drangen wie ein Stich tief in mein Herz.

Ich stand auf, hob die kleine Maria auf meine Hüfte, gab ihrer Mama einen Kuß auf die Stirn und ging zur Tür. Maria begann erst zu weinen, als sie glaubte, ich könnte sie nicht mehr sehen. Welchen Schmerz sie empfinden mußte, konnte ich nur erahnen. Ich konnte das kleine Kind nicht behalten, auch wenn ich nichts dagegen hatte, wenn Maria glaubte, ich würde es tun. Ich steckte schon viel zu tief in all dem und sank schnell. Ich rief Gary an, um mir Rat zu holen, und zu meiner Erleichterung war er einverstanden, Marias Sozialbetreuerin anzurufen und mit ihr zu besprechen, ob er Maria in Pflege nehmen konnte.

Als ich das kleine Kind an diesem Nachmittag in der Henley

Street absetzte, schlief es. Meine vierundzwanzigstündige Elternschaft näherte sich rapide ihrem Ende. Ich stellte mir vor, wie die kleine Maria auf Garys blauen Teppich pinkelte und Apfelsaft über seinem blaugrünen Sofa ausgoß. Sie würde Garys blaue Welt für kurze Zeit lebendig machen. Gemeinsam würden sie überleben, eine Weile lang.

Nach dem Mittagessen hatte ich einen Termin bei Hank Brown im Aids-Projekt. Er hatte mich angerufen, um Eric auf seine Aussage vorzubereiten; der Prozeß begann nächste Woche.

»Guten Tag«, sagte ich.

»Herrgott! Wo sind Sie gewesen? Wir müssen uns auf den Prozeß konzentrieren!«

»Ich weiß. Ich –«

»Sie wollen aufgeben?«

»Nein. Ich ... Hank ... ach, Scheiße.« Ich begann zu weinen und verfluchte mich selbst dafür. Es kam mir vor, als hätte ich zur Zeit eine unerschöpfliche Tränenquelle, die mein Leben überflutete.

Hank schob sich in seinem Rollstuhl zur Tür und schloß sie, was er noch nie getan hatte. Dann wandte er sich zu mir um. »Erzählen Sie«, sagte er.

Meine Erzählung war von Tränen und Schluchzen durchsetzt. Ich berichtete von Eric, von Maria, der kleinen Maria, von Anthony, Darryl und all den anderen HIV-Infizierten, die ich kennengelernt hatte. Schwer lastete die Traurigkeit auf meinem Leben, ein Gewicht, das mir die Luft nahm und von dem ich mir nicht vorstellen konnte, wie ich es je wieder loswerden sollte. Hank hörte mir zu, ohne etwas zu sagen. Er war so still, daß ich schon glaubte, er sei eingeschlafen. Ich warf ihm einen Blick zu, und er nickte voller Mitgefühl.

»Hank«, sagte ich, »drei Jahre, fünfzehn Jahre, fünfundzwanzig Jahre – das ist doch viel zu kurz für ein Leben.«

»Es ist ungerecht, stimmt's?«
»Ja.«
»Wie lange ist denn genug?« fragte Hank.
»Das ist egal. Nur mehr.«
»Aber der Wunsch nach mehr wird immer dasein, ob man jetzt sechs oder sechsundneunzig ist.«
»Aber sechsundneunzig genügt doch«, protestierte ich.
»Wenn man weit davon entfernt ist. Die Ewigkeit gibt es für niemanden von uns. Sie ist unerreichbar. Ganz egal, wieviel von der Ewigkeit man haben möchte, es ist unausweichlich, daß sie aufreißt, und durch diesen Riß fällt man.«
»Ich verlange nicht die Ewigkeit, Hank. Nur was vernünftig ist, vielleicht dreißig, vierzig Jahre.«
»Und dann würden Sie ihn gehen lassen?«
»Na ja … es wäre einfacher.«
Er schüttelte den Kopf. »Nein, das stimmt nicht. Wir können immer nur in der Sekunde leben, die gerade ist. Wir können nicht in der Vergangenheit leben oder in der Zeit, die vor uns liegt. Wenn Sie jetzt dreißig Jahre sagen, dann nur deshalb, weil das so weit weg ist, daß Sie es sich gar nicht wirklich vorstellen können – es kommt Ihnen wie eine Ewigkeit vor.«
»Ich würde mich auch mit zehn zufriedengeben.«
»Aber auch in zehn Jahren würden Sie sich betrogen vorkommen, genau wie jetzt. Dann wollen Sie weitere zehn Jahre.«
»Also sollte ich es einfach akzeptieren?«
»Haben Sie eine andere Wahl?«
»Vermutlich nicht.«
»Tod und Verlust sind immer schwer zu ertragen, Alex. Das wird mit dem Alter nicht leichter. Auch das Leben wird nicht leichter, aber etwas anderes haben wir nicht.«
»Wenn wir Glück haben«, sagte ich.
»Wenn wir Glück haben«, stimmte er zu.

»Gerade jetzt könnte ich ein bißchen Glück brauchen.«
»Wir brauchen mehr als nur Glück, um diesen Prozeß zu gewinnen. Wir brauchen Erics Aussage. Ich bin der Meinung, wir sollten sie auf Video aufzeichnen.«
»Aber wäre es nicht besser, wenn er in den Gerichtssaal kommt, damit die Leute ihn sehen können?«
»Ja, aber das ist zur Zeit nicht mehr möglich.«
»Oh.«
»Kommen Sie nächste Woche zum Prozeß?«
»Ich werde es versuchen.«
Wir wechselten einen Blick durch seine glänzenden Brillengläser, zwei runde Linsen, die zwischen mir und der Weisheit standen.

Der Termin für den Prozeßbeginn fiel auf den Tag, an dem wir erfuhren, daß Eric gar keine Toxoplasmose hatte. Er hatte etwas Schlimmeres: ein Gehirnlymphom. Aids war nicht genug; er mußte auch noch Krebs bekommen.
An Diskriminierung dachte ich an diesem Tag am allerwenigsten; es war schwer, wegen einer verpaßten Möglichkeit wütend zu sein, wenn Eric langsam von Parasiten, Viren, Bakterien, Pilzen und jetzt auch noch von wuchernden, außer Kontrolle geratenen Zellen aufgefressen wurde. Nichts konnte das wieder in Ordnung bringen oder auch nur besser machen. Weder das Rechtssystem noch die Medizin, ob östlich oder westlich, noch Gerechtigkeit, Fairneß oder Gott selbst. Diese Fachausbildungsstelle für Eric zu bekommen war für mich ein Synonym für Hoffnung gewesen, etwas, wofür er leben und kämpfen konnte, eine Zukunft. Aber nun standen die Dinge so schlecht, daß es keine Hoffnung mehr gab. Lediglich aus Respekt vor Hank Brown kam ich noch in den Gerichtssaal.
»Guten Morgen«, sagte er.
»Es handelt sich um Krebs, Hank«, sagte ich leise.

»Das kann man behandeln.«
»Damit zögert man es nur hinaus.« Ich wartete, daß er mir widersprach. Er tat es nicht.
»Das betrifft den Prozeß nicht«, sagte er. »Wir haben die Videoaufzeichnung von Erics Aussage, und wir werden für ihn gewinnen.«
Ich begrub mein Gesicht in meinen Händen. »Wir können ihm sein Leben nicht zurückgeben. Nur das wollte ich, und das habe ich verloren.«
Ich spürte Hanks Hand kraftvoll und zärtlich auf meinem Nacken.
»Aber indem wir diesen Fall gewinnen, geben wir jemand anderem das Leben, jemandem wie ihm, einem HIV-infizierten Arzt.«
»Ich wollte, daß Eric diese Stelle bekommt.«
»Aber deshalb sind Sie jetzt nicht hier.«
»Ich weiß nicht, warum ich hier bin«, sagte ich und bemühte mich mit aller Kraft, vor so vielen Leuten nicht in Tränen auszubrechen.
»Doch, das wissen Sie«, sagte er. »Schauen Sie einfach zu.«
Der Prozeß begann.

37

Ich war mir nicht sicher, ob Erics Eltern ihn liebten oder ob sein Tod nur eine weitere Enttäuschung für sie sein würde, aber wenn wir darauf eine Antwort finden wollten, mußte die Frage bald gestellt werden. Und Eric fragte nicht.

Ich rief die Moros an diesem Abend an, von einem Münztelefon im Krankenhaus.

Als Mr. Moro antwortete, sagte ich: »Hallo, hier ist Alexandra.«

»Was verschafft mir das seltene Vergnügen?« fragte er.

»Es geht um Eric. Er ist im Krankenhaus.«

»Hat er einen Unfall gehabt?«

»Nein.«

»Was ist es dann?«

»Er ist krank, Mr. Moro. Er ist schon eine ganze Weile lang krank.«

Düsteres Schweigen. Ich lauschte einen Augenblick und fügte dann hinzu: »Er wollte es Ihnen nicht erzählen, aber er hat Aids.«

Eine Pause trat ein, und dann legte er auf.

Ich blieb in dieser Nacht in Erics Zimmer. Er schlief, während ich mich ruhelos hin und her wälzte und ihm beim Atmen zusah. Es war dunkel, und ich war verwirrt, als die Tür aufging und einen blendendweißen Lichtstrahl in den Raum schickte. Zwei Silhouetten zeichneten sich auf der Schwelle ab, waren aber nicht zu erkennen.

»Wer ist da?« flüsterte ich.

»Kommen Sie bitte in den Korridor«, sagte ein Mann.

Ich rappelte mich von meinem Feldbett auf und schlitterte in Socken über den Fußboden. Dabei kniff ich die Augen zusammen

und schirmte sie gegen das Licht ab. Ich schloß die Tür hinter mir, um Eric nicht aufzuwecken.
»Das ist sie«, sagte jemand.
»Was?« fragte ich. »Oh!« Ich holte erschrocken Luft, als ich Mr. Moro sah.
»Ich bin Mr. Cochran, der Verwaltungsleiter des Krankenhauses«, sagte der Mann und reichte mir die Hand. Ich schüttelte sie zögernd, während er fortfuhr: »Mr. Moro hat mich vor wenigen Stunden angerufen und mir erzählt, er habe nicht gewußt, daß sein Sohn krank sei. Er sagt, man habe ihm diese Information vorenthalten.«
Beide sahen mich an. Ich trug einen Krankenhauspyjama und ein Paar dicke Socken. »Vielleicht sollten Sie mit Ihrem Sohn sprechen«, schlug ich vor.
»Ist der Patient zurechnungsfähig?« fragte Mr. Cochran.
»Nein«, sagte Mr. Moro im selben Moment, als ich »ja« sagte.
»Ich hole das Krankenblatt«, beschloß Mr. Cochran und ging.
Mr. Moro und ich blieben zurück, traten von einem Fuß auf den anderen und wußten nicht, wo wir unsere Hände lassen sollten.
Schließlich sagte er: »So etwas habe ich mir bei Ihnen schon an jenem Weihnachtsfest gedacht.«
»Was?«
»Nicht sauber.«
»Sauber?« Mir blieb die Luft weg. »Sie glauben, ich hätte ihn angesteckt?«
»Lügen Sie nicht auch noch, nach all Ihren anderen Sünden.«
Ich sah, daß Mr. Cochran mit Erics Krankenblatt den Korridor entlangkam. Ich platzte beinahe vor Wut, aber ich schwieg. Ich wollte mich nicht zu einer Auseinandersetzung zwingen lassen, bei der ich leugnen mußte, schmutzig und befleckt zu sein – denn damit hätte ich diese Eigenschaften Eric zugeschrieben.
»Soweit ich aus den Unterlagen ersehen kann, Mr. Moro«, be-

gann Mr. Cochran, als er zu uns trat, »ist Ihr Sohn geistig voll zurechnungsfähig.«
»Er zeigt sehr wenig Einsicht«, sagte Mr. Moro.
»Wenig Einsicht?« fragte ich.
»Er hätte uns sagen sollen, daß er Hilfe braucht. Wir können uns um ihn kümmern«, sagte Mr. Moro.
»Dann sollten wir wohl einen Psychiater kommen lassen«, sagte Mr. Cochran.
»Warum?« fragte ich. »Eric ist in Ordnung.«
Sie warfen mir beide einen kurzen Blick zu, ehe sie wieder ins Krankenblatt spähten. Schließlich wurde es zugeklappt.
»Gut, dann machen wir das«, entschied Mr. Cochran. »Wir lassen morgen früh jemanden vom psychiatrischen Dienst kommen. Danach werden wir wissen, wie wir weiter verfahren müssen.«
»Gut«, stimmte Mr. Moro zu.
»Weiter verfahren?« fragte ich. »Wie meinen Sie das?«
»Wir reden morgen früh darüber. Schlafen Sie weiter«, sagte Mr. Cochran, und die beiden gingen.
Ich ging zurück ins Zimmer, setzte mich neben das Bett und wartete, bis sich meine Augen wieder an die Dunkelheit gewöhnt hatten. Als es soweit war, sah ich Eric an, bis er die Augen aufschlug. Er blinzelte und drehte sich zu mir um.
»Hallo«, sagte er und faßte meine Hand.
»Ich habe deine Eltern angerufen, Eric. Dein Vater ist hier. Was mit deiner Mutter ist, weiß ich nicht.«
»Mein Vater ist nach Philadelphia gekommen? Warum?«
»Weil du krank bist. Ich habe ihm von deiner Krankheit erzählt.«
»Was hat er gesagt?«
»Du hättest dich um Hilfe an sie wenden sollen. Sie könnten sich um dich kümmern.«
»Sich um mich kümmern?«

»Ja. Mr. Cochran, der Verwaltungsleiter des Krankenhauses, war auch da. Dein Vater behauptet, du wärst nicht zurechnungsfähig. Ich glaube, ich habe es wirklich vermasselt.«

»Das ist das Ende meiner Unabhängigkeit«, sagte Eric leise, als resigniere er endgültig. Ich konnte den Umriß seiner Hand sehen, wie er sich mit den Fingern durchs Haar fuhr und sich auf der Suche nach einem Ausweg die Kopfhaut kratzte. Ich überlegte, wie tief die Gehirnschädigung wohl lag.

»Tut mir leid«, sagte ich.

»Laß nur. Ich hätte es ihnen wohl früher sagen sollen. Dann würden sie vielleicht nicht so einen Aufstand machen.«

»Aber was können sie unternehmen?«

»Sie sind meine nächsten Angehörigen, Alex. Wenn sie mich für unzurechnungsfähig erklären lassen, dann können sie mich mit nach Hause nehmen und Entscheidungen für mich treffen.«

»Aber du bist nicht unzurechnungsfähig.«

»Jetzt nicht.«

»Ich versuche, tapfer zu sein, Eric, aber ... wenn ich deine Stellvertreterin im Willen werde, dann heißt das, ich muß dich gehen lassen. Ich will dich nicht verlieren.«

»Es ist schwer.«

Ich hielt seine knochige Hand und wünschte mir, stark zu sein, aufzustehen und die Kontrolle zu übernehmen, aber es gab etwas, das ich mir noch mehr wünschte, und das war, daß Eric lebte. Wenn ich seine Stellvertreterin im Willen wurde, waren Wunder nicht mehr möglich. Natürlich war es nur eine Illusion, aber es war alles, was mir noch blieb.

Wir sahen zu, wie der erste zarte Anflug von Weiß den Himmel hinter dem eiskalten Glas des Krankenhausfensters färbte, das Erics schwarze Augen aufleuchten ließ, ehe sie sich wieder schlossen und er einschlief.

Lautlos verließ ich das Zimmer und ging durch die leeren Gänge des Krankenhauses, wo dünne blaue Teppiche die verschiedenen Krankenzimmer verbanden. Am liebsten wäre ich vor dem Tod, vor dem Leiden, der Traurigkeit und der Trauer davongelaufen, so schnell ich konnte, doch ich spürte, wie mir das alles unter die Haut kroch, den Nacken hinauf und hinter meine Augen, und sich in tiefen, geheimen Plätzen in meinem Inneren einnistete. Die Dunkelheit begann mit mir zu verschmelzen.

Das Krankenhaus regte sich in den frühen Morgenstunden, und ich war nicht mehr allein in den Korridoren. Ich begegnete Verwaltungsangestellten, Röntgentechnikern und Krankenschwestern beim Schichtwechsel, und als ich zu Eric zurückkehrte, war sein Frühstück schon da. Und seine Mutter und sein Vater ebenfalls.

Erics Tür stand offen, und ich blieb unbemerkt direkt davor stehen, wo sie mich hätten sehen können, wenn sie sich umgeblickt hätten. Mr. und Mrs. Moro befanden sich auf der mir zugewandten Seite des Bettes, in dem der jetzt wache und lauschende Eric lag.

»Es ist wichtig für dich, daß du gut versorgt wirst«, sagte Mr. Moro.

»Ich werde hier gut versorgt.«

»Ich bin nicht glücklich mit diesen Ärzten und ihrer Diagnose.«

»Ich habe Aids, Dad.«

»Du hast ein Lymphom. Das ist Krebs«, sagte Mrs. Moro. Sie hielt Erics Hand und streichelte sie.

Eric seufzte, und sein Vater fuhr fort: »Sie behandeln dich hier wie jemand, der von der Fürsorge lebt, aber vergiß nicht, daß du unser Sohn bist. Wir kennen in Chicago genug Leute, einflußreiche Leute. Dort kümmern sich die Ärzte besser um dich.«

»Ich bleibe hier bei Alex.«

»Du gehörst zu mir und deiner Mutter. Jetzt ruh dich aus, wir reden später weiter.« Mrs. Moro beugte sich vor, um ihrem Sohn

einen Kuß zu geben, während Mr. Moro sich zum Gehen umdrehte, wobei er mir plötzlich auf der Schwelle gegenüberstand. Einen Augenblick war er verblüfft; dann nickte er Eric zu und schob sich an mir vorbei.
»Ich bringe ihn nach Chicago«, murmelte er leise, als er an mir vorbeiging. »Merken Sie sich das.« Mrs. Moro folgte ihm, ohne mich anzusehen.
»Sie wollen mich nach Hause bringen«, flüsterte Eric, sah mich an und wandte sich dann ab.
»Ich weiß«, sagte ich. Ich trat neben das Bett und betrachtete sein Profil, das sich vor der weißen Krankenhauswand scharf abzeichnete.
»Ich habe ihnen erklärt, daß ich dich nicht verlasse«, sagte er.
Ich kniete mich auf den Boden, legte meine Lippen an seine Hand und spürte die Sehnen, die durch seine Magerkeit hervortraten.
»Du wirst mich nie verlassen, oder?« fragte ich.
»Für sie nicht.«
Erleichterung durchströmte mich und gab mir einen Augenblick Trost.
Er streichelte zärtlich mein Haar und lächelte abwesend, ohne etwas zu sagen.
Ich stieg zu ihm ins Bett, damit er mich wahrnehmen mußte, meinen Körper, mein Fleisch, mein schlagendes Herz. »Nimm mich mit«, flüsterte ich ihm ins Ohr. »Ich will ohne dich nicht hierbleiben.«
Ich fühlte, wie er den Kopf schüttelte, und dann ließ ich meinen Tränen freien Lauf. Sie flossen über meinen Nasenrücken und fielen auf sein Kopfkissen. Ich fragte mich, wie viele Tränen das Kissen im Lauf seines Lebens schon gesehen hatte und wie viele noch kommen würden.

Als am Nachmittag der Psychiater zu Eric kam, wurde ich gebeten zu gehen. Ich ging ins Gericht, um Hank zu treffen.
»Guten Tag«, sagte ich, als ich mich während einer Pause zu ihm schlich.
»Hallo, Alex. Wie geht es Eric?« fragte er.
»Der Psychiater ist jetzt bei ihm, auf Verlangen seines Vaters. Er soll prüfen, ob Eric geistig zurechnungsfähig ist und entscheiden kann, daß er bei mir bleiben und nicht mit seinen Eltern nach Chicago fahren will.«
»Ich verstehe.«
»Wie läuft der Prozeß?«
»Wir haben Probleme.«
»Ach ja?«
»Sally, die Sekretärin von Dekan Valois, hat sich gedrückt.«
»Ich dachte, sie wollte aussagen, daß sie das Telefongespräch mitgehört hat, bei dem der Dekan bezüglich der Ausbildungsprogramme von Erics HIV-Infektion erzählt hat.«
»Ja, aber das war inoffiziell, und jetzt hat sie gesagt, sie könnte sich nicht erinnern.«
»Warum hat sie gelogen?«
»Ich bin sicher, der Dekan hat damit gedroht, sie hinauszuwerfen, obwohl sie das mir gegenüber nicht zugeben wollte.«
»Aber dafür kann er sie doch nicht hinauswerfen! Er hat die Tür offengelassen.«
»Ich habe ihr erklärt, daß sie geschützt ist, wenn sie sich deshalb Sorgen macht, aber Sie und ich, wir wissen doch, daß er sie hinauswerfen wird, wann immer er will.«
»Also, was können wir jetzt tun?«
»Wir brauchen ihre Zeugenaussage.«
»Wir werden verlieren, stimmt's, Hank?«
»Nicht unbedingt. Man weiß nie, wie die Geschworenen urteilen werden.«

Eine kurze Pause entstand, dann sagte ich: »Tut mir leid, daß ich nicht öfter hier war. Ich –«

Er hob die Hand. »Nicht nötig, ich verstehe schon. Übrigens, haben Sie sich schon entschieden, ob Sie Erics Stellvertreterin im Willen sein wollen?«

»Ich möchte schon ...«

»Aber?«

»Es ist schwer.«

»Alle Entscheidungen, die wichtig sind, sind schwer.«

Ich starrte ihn an und seufzte. »Das hieße, ihn gehen zu lassen. Ich wünsche mir nichts mehr, als daß er lebt und bei mir bleibt.«

»Ja.« Seine braunen Augen betrachteten mich prüfend, über seine Brille hinweg.

»Ich weiß, was Sie denken. Wenn ich es nicht tue, dann könnte ihn sein Vater nach Chicago mitnehmen.«

»Die Psychiater stellen jetzt vermutlich fest, daß Eric geistig zurechnungsfähig ist, aber –«

»Könnten nicht Sie sein Stellvertreter im Willen werden, Hank? Sie kennen Eric doch.«

»Er hat Sie dazu bestimmt, nicht mich.«

Ehe ich antworten konnte, wurde der Prozeß mit einem lauten Schlag fortgesetzt.

»Bis später«, flüsterte Hank.

»Bis später«, antwortete ich und eilte davon.

Ich kam zu Erics Zimmer, als die Psychiaterin Dr. Kilkea gerade aufstand, um zu gehen, und Eric die Hand schüttelte. »Sind Sie Alex?« fragte sie, als sie mich sah.

Ich nickte.

»Schön«, sagte sie. »Wenn ich darf, würde ich gern allein mit Ihnen reden.«

»Okay«, sagte ich und warf Eric einen Blick zu. Er sah so zurechnungsfähig aus wie immer.

Ich ging hinter Dr. Kilkea her in ein kleines Besprechungszimmer, wo es nach Kaffee und abgestandenem Zigarettenrauch roch. Sie mußte eine Krankenschwester zum Gehen auffordern, damit wir allein sein konnten.

»Bitte setzen Sie sich«, sagte sie.

Ich setzte mich ihr gegenüber auf einen Stuhl an dem unaufgeräumten Tisch, und wir sahen einander an. Sie erblickte eine ungeduschte und ungekämmte Schlampe. Ich erblickte eine Frau in smaragdgrüner Seide mit glatten dunklen Haaren, die ihr bis zur Taille reichten, und grauen Augen, um die sich erste Falten zeigten.

»So«, sagte sie.

»Sie nehmen mir das Wort aus dem Mund«, bemerkte ich.

Sie lachte ein wenig und entblößte einen rosa Lippenstiftfleck auf ihrer oberen Zahnreihe. »Was halten Sie von Erics Vater?« fragte sie.

»Er kümmert sich nicht darum, was Eric will.«

»Und was will Eric Ihrer Meinung nach?«

»Hierbleiben, bei mir.«

»Und?«

»Und?«

»Was ist mit seiner Krankheit? Haben Sie Angst?«

»Angst? Wieso?«

»Das hört sich an, als wären Sie wütend.«

»Wären Sie das nicht? Manchmal glaube ich, es ist leichter, krank zu sein.«

»Wollen Sie damit sagen, Sie wären lieber diejenige mit der HIV-Infektion?«

»Vermutlich nicht, aber manchmal wünsche ich mir, ich hätte seinen HIV-Virus, etwas, das ich behalte, wenn er weg ist … Du meine Güte, Sie halten mich bestimmt für verrückt.«

»Nein.«

»Stellen Sie mir diese Fragen, um festzustellen, wer sich besser um Eric kümmern kann, ich oder sein Vater?«

Sie lächelte und schüttelte den Kopf. »Darüber habe ich mit Eric geredet. Er bat mich, mit Ihnen zu sprechen.«

»Warum?«

»Er macht sich Sorgen um Sie. Er will, daß Sie weiterleben –«

»Und ich wünsche mir, daß er weiterlebt, aber er wird es nicht tun.«

»Machen Sie ihm Vorwürfe, weil er stirbt?«

»Das wäre nicht fair.«

»Aber es wäre verständlich.«

»Wirklich?«

»Alles, was Sie fühlen, ist in Ordnung. Es ist nur wichtig, es zuzulassen, es nicht zu leugnen und nicht in einer Weise herauszulassen, die Ihnen oder Eric schaden könnte.«

Ich begann zu weinen. »Ich würde alles für ihn tun. Wenn es nur irgend etwas gäbe, was ich tun könnte.«

Dr. Kilkea nickte. »Es gibt etwas. Hören Sie auf ihn. Und passen Sie auf sich auf.«

Durch den Schleier meiner Tränen nahm ich sie nur verschwommen wahr, als sie aufstand und mir mit einer Hand ein weißes Taschentuch und mit der anderen ihre Visitenkarte reichte. Ich konnte unter meinem Kinn ihre manikürten rosafarbenen Fingernägel sehen.

»Rufen Sie mich an, wenn Sie möchten«, sagte sie. »Für sich selbst.« Sie zögerte, während ich mir die Nase putzte, und sagte dann: »Eric braucht Sie, nicht mich.« Ich spürte ihre Hand auf meiner Schulter, ehe sie ging.

Zwei Psychiater des Krankenhauses erklärten Eric für geistig zurechnungsfähig, aber die Moros wollten noch immer nicht aufgeben. Sie versuchten, weitere Meinungen einzuholen, bis sie eine hatten, die ihnen paßte und mit der sie das Recht auf ihre Seite bekamen, damit sie ihren Sohn gegen seinen Willen nach Chicago mitnehmen konnten.

Sowohl Eric als auch ich wußten, daß er zurechnungsfähig war und daß jeder Psychiater das auch feststellen würde. Allerdings wußten wir nicht, daß Mr. Moro einen Freund hatte, der Psychiater war. Es war ein so enger Freund, daß er sich bereit erklärte, die weite Strecke von Chicago herzufliegen, um Eric zu untersuchen.

Diesen Psychiater traf ich am nächsten Morgen, als ich zu Eric ins Krankenhaus kam.

»Entschuldigung«, sagte ich, als ich den Arzt sah.

»Morgen, Alex«, sagte Eric. »Das ist Dr. Harper.«

Der Arzt drehte sich auf seinem Stuhl um und sah mich an. »Sie müssen Alexandra sein«, sagte er.

»Genau«, sagte ich. Er sah mir zu, während ich meine Sachen abstellte und mich vorbeugte, um Eric einen Kuß zu geben.

»Dr. Harper ist ein Psychiater aus Chicago«, sagte Eric.

Ich richtete mich auf. »Deine Eltern wollen noch eine dritte Meinung einholen?« fragte ich. »Weshalb denn?«

Dr. Harper drehte den Notizblock auf seinem Schoß um. Er klopfte ungeduldig mit dem Fuß. »Wir sollten weitermachen«, sagte er.

Ich blieb neben Eric stehen, verblüfft über diese Wendung der Dinge und unsicher, was das bedeutete. »Na gut«, sagte ich, »machen Sie weiter«

»Diese Untersuchung ist vertraulich«, sagte Dr. Harper.

Ich warf Eric einen Blick zu, er gab mir einen Wink. Ich war noch immer nicht sicher. »Willst du, daß ich bleibe?« fragte ich ihn.

»Das ist schon in Ordnung, Alex«, antwortete er. »Wann können wir fertig sein, Dr. Harper? In dreißig Minuten?«

»Ich brauche heute noch ungefähr eine Dreiviertelstunde. Morgen werde ich meine Untersuchung abschließen.«
»Was möchtest du, daß ich mache, Eric?« fragte ich.
»Gib mir noch einen Kuß und warte im Besuchszimmer auf mich.«
»Okay«, stimmte ich zu, küßte ihn, warf Dr. Harper einen Blick zu und ging zur Tür.
»Bitte schließen Sie die Tür«, rief Dr. Harper.
Ich tat es und machte mich auf den Weg durch den Korridor, während ich versuchte, die Furcht, die in mir aufstieg, zu unterdrücken. Ich ging in Richtung Besucherzimmer, war aber schon vorbeigegangen, als ich ein Geräusch hörte, etwas zwischen einem Zischen und einem Knurren. Ich fuhr herum. Ich weiß nicht, ob Mr. Moro diesen Ton ausgestoßen hatte, aber da stand er auf der Schwelle des Besucherzimmers und beobachtete mich.
Einige Augenblicke blieben wir so stehen und starrten einander an. Seine Augen blickten streng und zornig, aber etwas darin erinnerte mich an Eric.
»Mr. Moro«, sagte ich und trat auf ihn zu, »wir lieben Eric doch beide. Warum können wir ihn nicht selbst entscheiden lassen?«
»Ihr beide habt ein schreckliches Chaos angerichtet. Es ist meine Aufgabe, das wieder in Ordnung zu bringen.«
»Aber das ist kein Chaos, es ist eine Krankheit. Eric muß behandelt werden, aber vor allem braucht er Liebe und Zuneigung.«
»Er ist mein Sohn.«
»Ja, aber –«
»Er kommt mit mir und seiner Mutter nach Chicago.«
»Warum können Sie nie das Richtige machen, selbst jetzt nicht?«
»Das Richtige? Woher wollen Sie denn wissen, was richtig ist?«
»Ich –«
»Ich hätte die Zügel schon vor Jahren fester anziehen sollen. Jetzt zahlen wir alle dafür.«

»Er ist derjenige, der zahlt, verstehen Sie das nicht? Wenn Sie ihn mitnehmen, wird er darunter leiden! Haben Sie denn nicht wenigstens soviel Liebe für ihn?«

»Sie wissen doch nichts von der Liebe eines Vaters zu seinem Sohn.«

»Wissen Sie es denn?«

Mr. Moro drehte sich um, ging zurück ins Besucherzimmer und ließ mich im Korridor stehen. Ich folgte ihm. Er setzte sich und begann in einem *Time Magazine* zu blättern.

Ich betrachtete ihn. Sein Gesicht zeigte keine Regung. Ich fragte: »Kennt Eric denn die Liebe eines Vaters zu seinem Sohn?« Er antwortete nicht und blätterte weiter. »Kennt er sie?« beharrte ich.

Als er aufblickte, war sein Blick eiskalt. Er sagte: »Mein Sohn kommt mit mir nach Chicago. Sie sind in meinem Haus nicht willkommen.«

Die Worte wirkten wie ein Schlag, der mir die Luft nahm. »Aber warum?« fragte ich.

»Ich hätte die Zügel schon vor Jahren fester anziehen sollen«, wiederholte er. In seiner Stimme und in seinem langsamen Kopfschütteln lag so etwas wie Bedauern, aber die leise Andeutung verflüchtigte sich. Er senkte den Blick erneut auf die Zeitschrift.

Ich war mir nicht sicher, was er mit »die Zügel fester anziehen« meinte, aber ich wußte, daß dies mich und vielleicht alles, was Eric sich wünschte, ausschloß. Doch nicht dieser Ausdruck war es, der mir am meisten Angst machte, es waren die Worte »schon vor Jahren«. Eric war geistig zurechnungsfähig, aber er wurde zunehmend abhängiger, er verlor seine Selbständigkeit, entwickelte sich zurück. Ich hatte die Befürchtung, seine Eltern könnten ihn entmündigen.

Ich trat langsam zurück, drehte mich dann um und rannte aus dem Zimmer zum Aufzug, wo ich mit der Faust auf den Knopf schlug, immer wieder. Dann lief ich, so schnell ich konnte, zur Treppe, rannte die zwölf Stockwerke nach unten in die Eingangshalle und stürmte ohne Mantel, ohne Stiefel oder Mütze hinaus auf die eiskalte Straße. Mit aufgerissenen Augen und keuchend kam ich in Hanks Büro an.

»Hank!« schrie ich.

»Was ist los, Alex?« fragte er, als er mich sah. »Ich muß in fünfzehn Minuten im Gerichtssaal sein.«

»Ich mache es.«

Er schloß die Tür und hieß mich Platz nehmen. Ich setzte mich.

»Schnaufen Sie erst einmal aus«, sagte er.

»Geben Sie mir das Dokument.«

»Was ist passiert?«

»Erics Vater hat einen Psychiater aus Chicago besorgt. Er wird feststellen, daß Eric nicht zurechnungsfähig ist, und dann können sie ihn mitnehmen.«

»Das kann vor Gericht angefochten werden.«

»Aber in der Zwischenzeit können ihn seine Eltern nach Chicago mitnehmen.«

»Vielleicht, aber Sie können vor Gericht gehen, um ihn zurückzuholen.«

»Wie lange dauert das?«

»Das könnte eine Weile dauern.«

»Ich habe keine Zeit mehr.«

»Also deshalb sind Sie jetzt einverstanden, seine Stellvertreterin im Willen zu werden?«

»Was für eine Wahl habe ich noch? Ich werde mein Bestes tun, mehr kann ich nicht sagen. Es muß besser sein als das, was seine Eltern tun können.«

Hank sah mich eindringlich an, nahm die Brille ab und rieb sich die Augen, die schon müde waren, obwohl der Tag erst angefangen hatte. »Da gibt es nur ein kleines Problem«, sagte er.

»Was denn jetzt noch?«
»Wenn ihm die Zurechnungsfähigkeit abgesprochen wird, dann gilt das auch für alles, was er jetzt unterschreibt.«
»Dann bin ich zu spät dran.«
Hank setzte die Brille wieder auf und sah mich an.
»Verdammt«, sagte ich, stand auf und ging hin und her. »Verdammt.«
»Sie brauchen keinen Rechtsanwalt, damit das Dokument rechtsgültig wird.«
»Ich weiß. Ich hätte es schon vor Monaten machen sollen, Hank.«
»Möchten Sie das Formular sehen?« Hank reichte mir zwei Blatt Papier, die von einer Heftklammer zusammengehalten wurden.
Ich betrachtete das Papier einige Augenblicke, dann fragte ich: »Er war doch zurechnungsfähig, als er das Patiententestament unterschrieben hat. Das ist unanfechtbar, oder?«
»Ja.«
»Wann hat er das unterschrieben?«
Hank suchte in seinem Aktenschrank. »Am 2. Juli 1992«, sagte er.
»Das war gleich nach der ersten Lungenentzündung.«
»Stimmt.«
»Hank?«
»Ja?«
»Was, wenn –«
»Wenn Sie damals einverstanden gewesen wären, hätten Sie jetzt nicht diese Schwierigkeiten.«
»Was wäre also, wenn … wenn er zwar jetzt unterschreiben würde, aber –«
»Ich höre gar nicht, was Sie da sagen. Das habe ich nicht gehört«, sagte Hank, nahm seinen Mantel, die Aktenmappe und seinen Hut.

Ich ging hinter ihm ins Vorzimmer. »Was wäre, wenn –«
Er legte die Hände auf die Ohren, aber dabei hätte ich schwören können, daß er mir zuzwinkerte.
Ich rannte den ganzen Weg zurück zum Krankenhaus, die beiden Blätter Papier, die meine Hoffnung waren, fest gegen die Brust gepreßt. Als ich zu Eric kam, schlief er, bleich und schön. Ich setzte mich auf seinen Bettrand und las.
Es stand geschrieben, daß das Formular von Eric und zwei Zeugen unterzeichnet und datiert werden mußte; nur einer der Zeugen durfte mit ihm verwandt sein. Ich füllte den Teil aus, in dem ich als seine Stellvertreterin im Willen benannt wurde; da gab es keine Lücke für ein Datum. Als ich fertig war, stopfte ich das Formular in meinen Rucksack. Ich beugte mich nach hinten, legte den Kopf aufs Bett, schloß die Augen und dachte nach. Ich dachte nach über Ehrlichkeit, Rechtschaffenheit und das Gesetz. Ich dachte nach über Gerechtigkeit und Wahrheit und über Mr. Moros Worte: »Woher wollen Sie denn wissen, was das Richtige ist?« Aber ich wußte, was richtig war. Richtig war, was Eric wollte und brauchte, daß er in Philadelphia blieb, bei mir, zu Hause.
Ich stand auf und ging zum Münzfernsprecher, um Pammy anzurufen. Sie war nach der Abschlußfeier in Philadelphia geblieben, um Eric nahe zu sein, und arbeitete bei einem Juwelier im ausgeflipptesten Viertel der Stadt, wo sie mit ihren Nasenringen und dem rasierten Kopf gut hineinpaßte.
»Hallo, Alex«, sagte sie. »Wie geht's Eric?«
»Besser. Hör mal, ich muß dich um einen Gefallen bitten.«
»Schieß los.«
»Weißt du, was ein Stellvertreter im Willen ist?«
»Ist das jemand, den man benennt, damit er für einen entscheidet, wenn man dazu nicht mehr in der Lage ist?«
»Oder wenn man für unzurechnungsfähig erklärt wurde.«

»Darüber stand vor zwei Monaten etwas im Rundschreiben des Aids-Projektes. Will Eric, daß ich das für ihn mache?«

»Er will, daß *ich* es mache.«

»Gut.«

»Würdest du seine Unterschrift bezeugen?«

»Na klar.«

»Das ist allerdings nicht der eigentliche Gefallen.«

»Ich höre.«

»Du müßtest es auf den 2. Juli 1992 datieren. Sonst könnten deine Eltern –«

Pammy lachte. »Gar kein Problem«, sagte sie. »Wann soll ich unterschreiben?«

»Sagen wir, heute abend um sieben? In meiner Wohnung?«

»Ich werde pünktlich erscheinen.«

»Danke. Bis dann.«

»Tschüs.«

Ich rief Gary an. Er war einverstanden, als Zeuge zu fungieren, und sagte, er werde heute abend um sieben kommen.

Eric war wach, als ich wieder in sein Zimmer trat; eine Krankenschwester maß seinen Blutdruck und die Temperatur. Ich versteckte das Formular hinter meinem Rücken.

»Was ist los?« fragte er, als die Krankenschwester gegangen war.

»Wie kommst du darauf, daß etwas los sein könnte?«

»Dein Lächeln.«

»Ich lächle doch immer.«

»In letzter Zeit nicht.«

Ich machte die Tür zu.

»Jetzt weiß ich sicher, daß etwas los ist«, sagte er.

»Ich habe hier das Formular, durch das du mich zu deiner Stellvertreterin im Willen machst.« Ich zog die Blätter hinter meinem Rücken hervor.

»Das wir nie unterschrieben haben.«

»Unterschreib.«
»Warum jetzt?«
»Es ist nicht jetzt. Du hast es im letzten Juli unterschrieben, weißt du nicht mehr?«
»Alex –«
»Unterschreib einfach und datiere das verdammte Ding. Das Datum ist der 2. Juli 1992, falls dein Gedächtnis etwas nachgelassen hat.«
»Das ist nicht legal.«
»Niemand wird es erfahren.«
»Was ist mit den Zeugen?«
»Pammy und Gary. Sie machen sich deshalb keine Sorgen.«
»Hör zu, Alex, ich bin zurechnungsfähig. Dieser Harper kann nichts beweisen.«
»Hast du auch nur den geringsten Zweifel daran, daß dein Vater nicht bekommt, was er will?« Tränen standen in meinen Augen, obwohl ich mir geschworen hatte, Haltung zu bewahren und keine Zweifel an meiner Zuversicht aufkommen zu lassen.
»Ich möchte auf keinen Fall, daß du wegen so einer Sache Schwierigkeiten bekommst«, sagte er.
»Und ich möchte auf keinen Fall, daß sie dich wegholen.«
»Letzte Woche hast du noch gesagt, du glaubst nicht, daß du es schaffst.«
»Ich bin reifer geworden.«
»Du bist unter Druck.«
»Wirst du jetzt unterschreiben, oder muß ich deine Unterschrift fälschen?«
»Das würdest du nicht tun.«
»Nur, wenn du mich dazu zwingst.«
Er zögerte und betrachtete mich einen Augenblick, ehe er sagte: »Gib mir einen Stift.«

Das unterschriebene, bezeugte und datierte Formular nahm ich zusammen mit Erics Kopie seines Patiententestaments am folgenden Morgen mit ins Krankenhaus, aber ich hatte nicht vor, es zu verwenden. Trotz meiner euphorischen Stimmung am Abend zuvor, unterstützt von zwei Flaschen Chianti, die ich mit Pammy und Gary geleert hatte, ließen das helle Tageslicht und mein Kater die Handschrift beim Datum »2. Juli 1992« eigentümlich glänzen. Ich fand, sie wirkte auffällig, da die Tinte viel zu frisch aussah. Jeder konnte erkennen, daß es eine Fälschung war, und falls die Tat entdeckt wurde, würden meine Chancen drastisch sinken, daß ein Gericht Eric, falls man ihn für unzurechnungsfähig erklärte, bei mir bleiben ließ, von den persönlichen Folgen für mich ganz zu schweigen. Ich hatte schwache Knie, während ich, die Papiere im Rucksack, mit dem Aufzug nach oben fuhr.

Zu meiner Überraschung war Dr. Harper mit seiner Untersuchung bei Eric bereits fertig, als ich ankam. Mr. und Mrs. Moro waren ebenfalls da. Ich sah die drei im Korridor stehen, im Gespräch über Erics Krankenblatt gebeugt, als ich zu Erics Zimmer ging.

Eric war angezogen und saß auf seinem Bett. »Wo zum Teufel warst du?« fragte er. »Ich habe die ganze Zeit versucht, dich zu erreichen.«

»Ich war auf dem Weg hierher. Was ist passiert?«

»Genau das, was wir befürchtet haben.«

»Das Krankenhaus hat dich bereits entlassen?«

»Ja. Meine Eltern und Harper treffen Vorbereitungen, mich nach Chicago mitzunehmen.«

»Aber das können sie doch nicht machen!«

»Wie soll ich sie davon abhalten?«

»Weigere dich. Sag einfach nein.«

»Der Psychiater kann mir Beruhigungsmittel geben, weißt du.«

»Einfach so? Ohne deine Zustimmung?«

»Meine Eltern sind entscheidungsbefugt, Alex. Das Krankenhaus erkennt sie als meine nächsten Angehörigen an.«
»Sie würden doch nicht –«
»Alexandra, ich muß Sie bitten zu gehen.«
Ich drehte mich um. Es war Dr. Harper, und hinter ihm standen Mr. und Mrs. Moro.
»Ich gehe nirgendwohin«, sagte ich.
»Ich bin hier mit Erics Eltern, seinen nächsten Angehörigen –«
»Ich gehe ebenfalls nirgendwohin«, sagte Eric und versuchte aufzustehen. Ich wollte ihn zurückhalten.
»Bleib sitzen, Eric«, sagte ich.
»Nein«, antwortete er. »Dad, Mama, warum kommt ihr nicht herein, anstatt euch hinter Dr. Harper zu verstecken?«
Mr. Moro trat vor, wobei er den Arzt sanft zur Seite schob. Mrs. Moro hielt sich hinter ihrem Ehemann.
»Ich muß mich nicht verstecken«, erklärte Mr. Moro. »Es ist an der Zeit, daß du aufhörst, dich so kindisch zu benehmen, Eric. Als dein Vater und angesichts deines gegenwärtigen geistigen Zustands habe ich jedes Recht, dich mit nach Hause zu nehmen. Bring mich nicht dazu, daß ich Maßnahmen einleiten muß, um dich zur Kooperation zu zwingen.«
»Es gibt keine Maßnahmen, mit denen du mich zwingen kannst, Alex zu verlassen.« Eric begann zu schwanken und stützte sich auf mich.
»Setz dich doch, Eric«, sagte ich. »Bitte.«
»Wir sollten hier keine Aufregung auslösen, indem wir den Sicherheitsdienst des Krankenhauses rufen«, sagte Dr. Harper.
»Ich gehe nicht mit«, sagte Eric.
»Das ist verrückt«, sagte ich. »Sehen Sie denn nicht, daß er zu schwach ist? Hören Sie nicht, daß er nicht mitkommen will?« Ich dachte an die Papiere, warf einen Blick auf meinen Rucksack am Boden und sah schnell wieder beiseite.

»Verstehen Sie nicht, daß es nicht wichtig ist, was er will? Es geht darum, was er braucht«, sagte Mr. Moro. Mrs. Moro nickte eindringlich.
»Aber das ist doch dasselbe!« heulte ich laut.
Einen Augenblick lang waren alle sprachlos, während der Ton meiner Stimme noch klagend in dem kleinen Raum nachhallte. Dann waren Dr. Harper und Mr. und Mrs. Moro auf einmal verschwunden, und die Stille, die sie hinterließen, war noch tiefer.
Eric ließ sich aufs Bett sinken und legte sich dann auf den Rücken. Seine Jeans wirkten geradezu grotesk weit, das T-Shirt ähnelte auf seinem ausgemergelten Körper einem Zelt.
Ich hob meinen Rucksack auf und zog die Papiere heraus.
»Nein«, sagte Eric. »Das ist zu risikoreich.«
»Was ist schon ohne Risiko?« fragte ich, und Tränen standen mir in den Augen.
Er packte meine Hand, zog mich neben das Bett und drückte meine Hand gegen seine Lippen. »Ich liebe dich«, sagte er. »Versau dir wegen so einer Sache nicht dein Leben.«
»Das werde ich bestimmt nicht tun«, sagte ich, hängte mir den Rucksack über die Schulter, gab ihm einen Kuß und ging.
Dr. Harper stand am Ende des Korridors am Telefon, redete, gestikulierte mit der Hand und spähte immer wieder über seine Brille auf Mr. Moro, der gespannt lauschte. Mrs. Moro saß auf einem Stuhl und wischte sich über die Augen. Ich näherte mich ihnen. Noch nie hatte ich mein Herz so laut schlagen gehört; es klopfte wie wahnsinnig und schien mich mit jedem Schlag vorwärts zu schieben. Beim Gehen strich ich die Papiere mit meinen zitternden Händen glatt, bis ich an Mrs. Moro vorbei war und die beiden Männer erreicht hatte, die mir den Rücken zuwandten.
»Der junge Mann weigert sich. Ich habe die Eltern hier bei mir. Der Sohn ist aus dem Krankenhaus entlassen. Ich glaube –«
Ich tippte Dr. Harper auf die Schulter; Mr. Moro erspähte mich

aus dem Augenwinkel und drehte sich um, erst verblüfft und dann ungeduldig.

»Entschuldigen Sie mich bitte einen Moment«, sagte Dr. Harper ins Telefon, bedeckte die Sprechmuschel und sah mich an. »Alexandra, mir ist klar, daß Sie sich um Eric sorgen, aber Sie machen alles nur noch –«

»Das sollte die Sache klären«, sagte ich und reichte ihm das Dokument.

»Was? Was ist das?« fragte Dr. Harper.

Mr. Moro riß mir das Formular aus der Hand. Mir stockte der Atem, denn ich hatte heute morgen keine Zeit mehr gehabt, eine Fotokopie zu machen, und plötzlich wurde mir klar, daß er das einzige Exemplar in der Hand hielt.

Er sah die Papiere rasch durch.

»Bleiben Sie am Apparat«, sagte Dr. Harper ins Telefon und fügte dann, nachdem er den Kopf des Dokuments gelesen hatte, hinzu: »Ich rufe Sie zurück.« Damit legte er auf.

»Es gibt einen Stellvertreter im Willen?« fragte Dr. Harper. »Laß mich mal sehen, Roberto.«

Mr. Moro reichte dem Arzt das Formular und sagte: »Das ist ein Trick.« Mrs. Moro war aufgestanden, sie trat neben ihren Ehemann und faßte ihn am Arm.

Ich wartete, während Dr. Harper seine Brille auf der Nase nach oben schob und das Dokument betrachtete. Er studierte es eingehend, insbesondere die Unterschriften und die Daten. Dann nahm er die Brille von der Nase und hielt sich die Seite mit den Unterschriften ganz nah vors Gesicht. Ich war davon überzeugt, daß er die frische Tinte riechen mußte.

Sekunden wurden zu einer Ewigkeit, während ich mit heißem Gesicht zusah und das Schuldbewußtsein wie Feuer in mir brannte. Je länger es dauerte, desto stärker wurde mein Wunsch, ihm die Papiere wieder zu entreißen und zu sagen: »Vergessen Sie das

Ganze.« Aber das ging nicht. Ich hatte den Schritt in den Abgrund bereits getan.

Schließlich drehte sich Dr. Harper zu mir um und starrte mich an. Er gab mir das Formular nicht zurück, sondern reichte es stattdessen Moro, der es faltete und in die Innentasche seines Jacketts schob. Ich war mir sicher, daß mir der Betrug ins Gesicht geschrieben stand; Mr. Moro würde das ganz bestimmt erkennen, und Dr. Harper war schließlich Psychiater, er sollte wohl Gedanken lesen können! Am liebsten wäre ich davongerannt, aber ehe ich das konnte, ergriff Dr. Harper das Wort.

Er sagte: »Eigentlich sollte eine Kopie dieses Dokuments beim Krankenblatt sein.«

Ich holte tief Luft.

Mr. Moro sagte: »Du wirst doch nicht behaupten, daß das gültig ist, Paul?«

»Offenbar ist es gültig. Es sei denn, die Zeugen sind nicht glaubwürdig oder die Unterschrift deines Sohnes ist eine Fälschung.«

»Wer sind denn diese Zeugen?« fragte Mr. Moro. Eine Vene trat auf seiner Stirn hervor, als er das Papier wieder aus seiner Tasche holte und es dem Arzt reichte.

»Pamela Moro ist eine davon«, sagte Dr. Harper.

Mrs. Moro schnaufte.

»Sie ist labil, dafür kann ich den Nachweis erbringen«, sagte Mr. Moro.

»Und Gary Kane«, sagte ich. »Ich kann ihn herbringen, wenn Sie möchten. Er ist ein Freund von Eric.«

»Roberto«, sagte Dr. Harper, seufzte und schüttelte den Kopf. »Ich würde dir ja gern helfen, aber mit diesem Dokument … ich meine, solche Dinge fallen nicht in mein Fachgebiet. Wenn du einen Handschriftenexperten beiziehen und die Zeugen überprüfen möchtest, dann kannst du das tun. Aber … ich glaube nicht, daß das anfechtbar ist.«

»Natürlich ist es das!« sagte Mr. Moro. »Das paßt alles viel zu gut. Die Sache stinkt doch.«
»Vielleicht«, sagte Dr. Harper, »aber das mußt du beweisen. Es handelt sich um ein rechtsgültiges Dokument.« Dr. Harper reichte mir das Formular. »Machen Sie davon eine Kopie für das Krankenblatt«, sagte er.
Ich nahm das Dokument und entfernte mich langsam. Ich konnte es noch gar nicht glauben. Ich ging weiter, bis ich vor Erics Zimmer stand, und trat ein. Er saß auf dem Bettrand und wartete.
»Scheiße«, sagte er, als er mich erblickte.
Ich starrte ihn an. »Nein«, sagte ich, »es ist alles in Ordnung. Du bleibst.«
»Es hat funktioniert?«
»Pssst. Es ist ein rechtsgültiges Dokument, das ist alles. Das haben sie anerkannt.«
»Sie haben akzeptiert, daß ich nicht mitkomme?«
»Ich weiß nicht.«
»Mein Vater gibt nie im Leben auf.«
»Er hat nur gesagt, daß Pammy labil ist, womit er andeuten wollte, daß sie als Zeugin nicht geeignet ist. Und sie haben sich gefragt, ob deine Unterschrift vielleicht gefälscht ist.«
»Nichts wegen dem Datum?«
»Hör auf, davon zu reden.«
»Er wird jeden Augenblick hiersein und einen Tanz aufführen. Warten wir es ab.«
Wir saßen da. Wir warteten. Schließlich näherten sich Mr. und Mrs. Moro und Dr. Harper tatsächlich, aber sie kamen nicht in Erics Zimmer. Statt dessen sahen wir, wie sie vor der Tür stehenblieben und miteinander flüsterten. Dann gingen sie den Korridor hinab zum Aufzug und waren verschwunden.

Es vergingen noch einige Stunden, ehe wir das Krankenhaus verließen. Wir warteten noch den Besuch der Sozialarbeiterin ab.

»Es werden nur vier Stunden täglich bezahlt«, erklärte die Sozialarbeiterin.

»Aber ich muß arbeiten, und er braucht ständige Pflege«, protestierte ich.

»Das brauche ich nicht«, sagte Eric. »Mach dir nicht so viele Sorgen, Alex.«

»Die Krankenkasse zahlt nicht mehr«, sagte die Sozialarbeiterin. »Ich weiß, das ist nicht viel, aber Pflege zu Hause ist teuer.«

»Was ist, wenn er Anfälle bekommt, während ich bei der Arbeit bin?« wollte ich wissen.

»Es ist nicht meine Entscheidung«, sagte sie. »Ich kann Ihnen eine Rund-um-die-Uhr-Pflege beschaffen, aber die müßten Sie bezahlen.«

»Ich will keine Rund-um-die-Uhr-Pflege, sondern nur zwölf Stunden, meinetwegen auch acht.«

»Sie müßten trotzdem selbst zahlen. Glauben Sie mir, jeder muß es irgendwie schaffen.« Sie stand auf.

»Danke«, sagte ich, und sie ging.

»Mach dir keine Sorgen«, sagte Eric. »Ich werde ein braver Junge sein.«

»Das befürchte ich ja.«

Er lachte, und dann lachte ich. Wir lachten beide gleichzeitig; das fühlte sich gut an.

Am Nachmittag rief ich von unserer Wohnung aus Gary an.

»Alex, hallo«, sagte er. »Warte mal, da ist jemand, der mit dir reden will.« Ich lauschte: Schweigen und heftiges, schnelles Atmen. Was war das? Dann hörte ich ein blubberndes, unverständliches Gemurmel. Die kleine Maria!

»Wie findest du das?« fragte Gary. »Sie hat deinen Namen erkannt.«
»Wenn du das sagst. Hör zu, ich brauche noch einmal deine Hilfe.«
»Gibt es wieder Probleme mit der Stellvertretung und mit Erics Vater?«
»Nein, ich glaube, das hat sich vorläufig erledigt, dank dir und Pammy. Aber ich habe Angst, Eric allein zu lassen, während ich bei der Arbeit bin. Was passiert, wenn er wieder einen Anfall bekommt?«
»Was bekommt ihr denn von der Krankenkasse? Diese Vierstundenscheiße?«
»Ja.«
»Vergiß die vier Stunden. Wir kümmern uns darum.«
»Wer?«
»Diejenigen, die das schon einmal durchgemacht haben, und eine Menge anderer, die mehr Glück hatten.«
»Du meinst, Leute vom Aids-Projekt?«
»Und andere. Wie viele Stunden brauchst du?«
»Acht oder zwölf Stunden an den Tagen, an denen ich arbeite.«
»Kein Problem.«
»Kein Problem? Einfach so?«
»Alex, Leute, die helfen können, tun das auch.«
Ich begann zu weinen, so sehr, daß ich weder danken noch mich verabschieden konnte, als ich auflegte. Aber Gary verstand. Er verstand auch etwas anderes. Es waren nicht die Anfälle, vor denen ich Angst hatte; es war der einsame, kalte Tod.

38

Nach dem harten Winter kam der Frühling, und bei uns hatte sich eine gewisse Alltagsroutine eingespielt. Ich arbeitete in der Bibliothek, während verschiedene Leute bei Eric blieben. Mit Pammy, Mom und Daddy, gelegentlich Cindy und Harry und den netten Männern und Frauen, die Gary besorgt hatte, war Eric nie allein. In der Zwischenzeit wurde er massiv bestrahlt, was ihn erstaunlich geistesgegenwärtig machte und am Leben erhielt.

Es war Anfang April, die Erde war noch immer gefroren und winterlich braun, die Blätter zeigten sich lediglich als hellgrüne Knospen an den dunklen Ästen, als uns Hank mit einem Auflauf besuchte. Ich empfing ihn an der unteren Eingangstür; in unserem Haus gab es keinen Aufzug.

»Hallo«, sagte er.

»Hank, schön, dich zu sehen«, sagte ich und trat vor, um die Auflaufform in Empfang zu nehmen. »Danke, das ist nett von dir«, fügte ich hinzu.

»Von meiner Schwester. Sie hat sich nach Eric erkundigt.«

»Kennt sie ihn?«

Er schüttelte den Kopf. »Nein, aber sie verfolgt all meine Prozesse. Sie erinnert sich vor allem an die, die ich verloren habe.«

»Das war nicht deine Schuld, Hank. Wir sind immer noch davon überzeugt, daß du großartig warst. Ich –«

Er hob die Hand. »Ich bin eigentlich gekommen, weil ich Eric etwas fragen wollte.«

»Ich würde dich gern hinaufbitten, aber –«

»Ich weiß, mit dem Rollstuhl würde ich es nie schaffen. Das bin ich gewohnt.«
»Tut mir leid.«
»Nicht nötig. Ich wollte Eric fragen, ob ich die restlichen Ausbildungsprogramme verklagen darf.«
»Du hast doch wirklich schon genug getan. Wir sind dir in keiner Weise böse. Eric ist der Meinung –«
»Ihr würdet mir einen Gefallen tun, bitte.«
»Einen Gefallen? Wir sind dir auf ewig verpflichtet.«
»Ihr schuldet mir gar nichts. Ich bitte euch als Freund.«
Ich seufzte. Der Prozeß hatte ziemlich schlimm geendet. Zwölf Menschen, ganz normal wirkende Leute, waren aufgestanden und hatten erklärt, es lohne sich nicht, für Eric zu kämpfen, denn auch sie hätten ihn lieber nicht als ihren Arzt. Ich hatte die Gesichter der Geschworenen beobachtet, sie hatten Eric auf dieselbe Weise verdammt, wie es die Ausbildungsprogramme getan hatten. Als Eric von diesem Ausgang hörte, hatte er mit den Achseln gezuckt, mir einen Kuß gegeben und dann eine Pizza bestellt. Er behauptete, es sei mehr mein Kampf als seiner gewesen.
»Da sind noch sechs weitere Ausbildungsprogramme«, sagte Hank.
»Du meinst, du wärst bereit, das Ganze noch sechsmal durchzuziehen?« Ich lachte. »Ohne Bezahlung?«
»Was soll ein alter Knabe wie ich schon mit Geld anfangen?«
Ich starrte ihn an. Seine dunklen Augen blickten mich eindringlich an; sie erinnerten mich an Eric. »Was treibt dich an?« fragte ich.
Er faßte meine Hand, und sein schwarzer Wollhandschuh fühlte sich rauh an auf meiner rosafarbenen Haut. »Zorn, Alex«, sagte er. »Zorn auf solche schlampigen Gerichtsurteile, die Talente und Leben zerstören. Diese Programme haben über den Verlauf

von Erics Leben entschieden, indem sie ihm die Chance nahmen, zu zeigen, was für ein großartiger Psychiater er sein könnte. Ich bin fest entschlossen, der Welt zu beweisen, daß niemand so etwas tun darf.«

»Du magst ihn wirklich, stimmt's?«

Er lachte laut und sagte: »Nein, ich mache es ja nur wegen des Geldes.«

39

Wir schafften es fast bis Ende Juni, ehe Eric die Treppe zu unserer Wohnung nicht mehr hinaufsteigen konnte; danach trugen wir ihn. Seine Ärzte erklärten, die Bestrahlung wirke nicht mehr. Ich schüttelte den Kopf; Tränen brannten in meinen Augen. Eric konnte noch immer sprechen; er gehörte noch immer mir.

»Liebste«, murmelte er, als ich in einer dunklen Nacht auf dem Bettrand saß und die Straßenlaterne ansah, die ein verschmiertes bläuliches Licht durch unser Fenster warf.

»Was ist los, Eric?« fragte ich, schoß in die Höhe und eilte auf seine Seite des Bettes. »Geht es dir gut?«

»Alex, mein Schatz, ich liebe dich.«

»Ich liebe dich«, sagte ich. War es soweit? War das der Abschied?

»Es gibt noch so viele Bücher, die ich nicht gelesen habe.«

»Du hast noch Zeit dazu«, sagte ich und kämpfte gegen Panik, Tränen und Verzweiflung an.

Seine Zähne glänzten, als er lächelte. »Du bleibst immer optimistisch, ja?«

»Ich gebe mir Mühe.« Ich packte seine Hand, so fest, daß es schmerzte.

Er schwieg und wurde so still, daß ich meine Handfläche auf seine Brust legte, um sicherzugehen, daß er noch atmete. »Es geht mir gut«, sagte er.

»Natürlich geht es dir gut.«

»Er hat mir nie verziehen, das bedaure ich sehr.«

»Wer?«

»Mein Vater.«

»Du hast doch gestern mit deinen Eltern telefoniert, erinnerst du dich nicht?«
»Meine Mutter hat gesagt, sie liebe mich, und mein Vater hat mich noch einmal aufgefordert, nach Hause zu kommen. Aber er hat mir nie verziehen, daß ich seine Vorschriften nicht eingehalten habe … eine solche Menge an Vorschriften, von denen ich viele noch immer nicht verstehe.«
»Was für Vorschriften?«
»Dinge, die ihm wichtig waren.«
»Er wirft dir gar nichts vor, Eric. Er liebt dich.« Ich weinte, wobei ich mich bemühte, nicht zu schluchzen. Ich wünschte mir, die Worte wären wahr, so daß er sie glauben könnte.
»Du bist eine viel bessere Frau, als ich verdiene, Alex.«
»Nein.«
»Halt dich an Hank.«
»Was?«
»Ich bin müde.« Er seufzte, und dann wußte ich, was er sich wünschte. Ich erinnerte mich an die Worte der Patientin, die er gepflegt hatte: »Ich werde jetzt gehen« – und an seine Antwort: »Ich bleibe hier.«
»Geh nicht«, sagte ich schnell und küßte ihn auf die heiße Stirn. »Geh niemals.«
»Na gut«, murmelte er und schloß die Augen.
Ich holte ein Buch und begann ihm vorzulesen.
Am folgenden Tag nahm ich Urlaub von meiner Arbeitsstelle, lieh mir Geld von jedem, den ich kannte, und las Eric praktisch unaufhörlich vor, Tag und Nacht. Oft schlief er, aber meistens starrte er in die Ferne. Während dieser Zeiten spürte ich den Verlust unserer Gemeinsamkeit am meisten, die schmerzliche Tatsache, daß er sich ohne mich auf einer Reise irgendwohin befand, um neue Erfahrungen zu machen, die ich nicht teilen würde. Dann holte ich ihn wieder zurück, indem ich mich räus-

perte, lauter las oder ihn küßte und streichelte. Er lächelte dann kurz, ehe er wieder fortging.
Selbst wenn ich merkte, daß er schlief, las ich weiter. Ich stopfte ihm Worte in die Ohren, fest entschlossen, daß er das Ende dieses Buches noch hören sollte und dann noch eines und noch eines. Wie konnte ich zulassen, daß er mitten in einer Geschichte ging, wo doch noch so vieles ungesagt, ungehört war?
Manchmal, wenn am Spätnachmittag die tiefstehende Sonne heiß und gelb strahlte, beobachtete ich ihn einfach, während er schlief, und gab mich dem Schmerz hin. Ich dachte an all die »letzten Male« und wie dumm ich gewesen war, daß ich sie nicht bemerkt hatte: das letzte Mal, als er einen Baseball schlug, ein Kind küßte, seinen weißen Mantel trug, einen Schneeball warf, einen Espresso trank oder sang – das letzte Mal, als wir miteinander schliefen. Wie blind war ich gewesen, daß ich all das nicht festgehalten und gewürdigt hatte; wie sehr hätte ich jeden Augenblick genießen und mir dessen, was wir hatten, bewußt sein sollen. Ich hatte die Zeit ignoriert, und jetzt konnte ich sie für alles Geld der Welt nicht mehr zurückholen. Und dann bewegte sich Eric, während ich noch nachdachte, und sah mich an, lächelte und bedeutete mir weiterzulesen. Ich tat es, und die Zeit kam mir dabei wie Luft vor, unsichtbar, gewichtslos und nicht festzuhalten, aber noch immer wußte ich nicht, wie ich sie anders verbringen sollte, als einen Augenblick nach dem anderen zu leben.

Anfang Juli konnte Eric nicht mehr in unserer Wohnung gepflegt werden, daher brachten wir ihn ins Haus meiner Eltern, wo er im Erdgeschoß liegen und Mom und Daddy mir helfen konnten.
Ich sah zu, wie Eric von den Helfern über die Treppe nach unten zum Krankenwagen getragen wurde, und mir fiel ein, daß ich das nächste Mal ohne ihn hierher zurückkehren würde. Dieser Ge-

danke ließ mich erstarren, bis ich das Hupen von unten hörte. Ehe ich die Tür schloß, warf ich noch einen letzten Blick auf unser gemütliches Nest, betrachtete die aufgehängten Flugzeugmodelle, die medizinischen Lehrbücher auf den Regalen, das kleine Modell des »Geölten Blitzes«, meine an den Wänden befestigten Zeichnungen und den Kaffee, der am Boden der gläsernen Kaffeekanne klebte. Es kostete mich keine Mühe, den Schlüssel im Schloß umzudrehen, aber in gewisser Weise war es das Allerschwerste – ein hohles Geräusch, ein Ton wie der Tod selbst.
Als Eric im Haus meiner Eltern untergebracht war und schlief, ging ich nach draußen und durch die Siedlung. Es herrschte die typisch klebrige Hitze des Monats Juli, die mich an längst vergangene Sommer erinnerte, in denen ich durch diese Straßen meiner Kindheit gelaufen war, mit roten Wangen und schmutzigen Knien, die auch durch Rubbeln nicht mehr sauber wurden, in den Zeiten vor den BHs, den Tampons, den Jungs, vor HIV und Krankheit. Kinder tollten herum, wo ich selbst gespielt hatte, wo ich einst über Regeln stritt, Seil sprang und Purzelbäume schlug. Ich sah ihnen zu und ging dann weiter.
Beim Gehen sah ich nach unten, auf meine Füße, die sich durch Schatten und Licht, dann wieder Schatten und wieder Licht bewegten. Ich bemerkte Risse im Zement, die von starken Baumwurzeln und Erdbewegungen stammten. Plötzlich stolperte ich in dem Versuch, ihnen auszuweichen, und dachte an Hanks Worte über die Risse in der Ewigkeit, durch die man fallen konnte. Wie närrisch war es von Eric und mir gewesen, dieser Wahrheit zu widersprechen, mit Worten, die in einfaches Gold eingraviert waren! »Auf ewig vereint«! Es hatte einst so richtig, so wahr geklungen. Aber jetzt. Jetzt konnte man nichts mehr neu definieren, nichts mehr zurücknehmen, nichts mehr reparieren.
»Alex! Alex!« schrie meine Mutter laut von der vorderen Veranda aus. »Alex! Komm schnell! Beeil dich!«

Ich rannte. Eric war noch nicht einmal eine Stunde im Haus meiner Eltern, und schon hatte er einen Anfall.
Der Riß wurde breiter.

Ich hörte, wie Mom alle anrief, die Bescheid wissen mußten: Pammy, Jerry, Hank, Gary und die anderen. Alle außer Erics Eltern. Das war meine Aufgabe.
Ich rief vom Krankenhaus an.
»Mr. Moro«, sagte ich, als er am Apparat war. »Eric ist sehr krank.«
»Um so mehr sollte man ihn nach Hause bringen«, antwortete er.
»Diesmal ist er wirklich sehr krank.«
»Dann werde ich eine Krankenschwester besorgen, die ihn zusammen mit mir begleiten kann.«
»Sie verstehen mich nicht –«
»Ich verstehe, daß Sie es nicht mehr schaffen.«
»Er ist im Krankenhaus.«
»Es wäre besser, wenn er hier bei uns wäre. Mein Rechtsanwalt hat mir mitgeteilt, daß wir nächste Woche einen Gerichtstermin haben bezüglich des Dokuments, von dem Sie behaupten, mein Sohn –«
»Hören Sie!« Am anderen Ende trat Schweigen ein. »Hören Sie«, wiederholte ich, »er ist krank! Wollen Sie und Mrs. Moro kommen?«
»Um ihn nach Hause zu holen?«
»Nein. Um ihn zu sehen. Um sich von ihm zu verabschieden.« Tränen würgten mich, ich preßte meine Fingerknöchel gegen die Lippen.
»Wenn wir ihn nach Hause bringen können, dann kommen wir. Ansonsten wird Sie mein Rechtsanwalt nächste Woche anrufen.«
»Er kann nicht reisen«, schluchzte ich.

»Auf Wiederhören, Miss Taylor.«
»Mr. Moro«, sagte ich zum Freizeichen, »ich werde ihm sagen, daß Sie ihm verzeihen. Ich werde ihm in Ihrem Namen Lebewohl sagen.«
Ich weinte ins Telefon; die umstehenden Leute starrten mich an.

Ich saß neben Erics Bett, wieder in einem Zimmer auf der Aids-Station im zwölften Stock, und hatte die Stirn gegen das kühle, silbrig glänzende Bettgeländer gedrückt, als Hank hereinrollte. Ich spürte seine Hand auf meiner Schulter und blickte auf.
»Hallo«, sagte ich. »Hier sind wir wieder.«
Etwas in Hanks Blick ließ mein Herz schneller schlagen.
»Deine Mutter hat mich angerufen«, sagte er.
»Danke, daß du gekommen bist.«
»Nichts zu danken.«
»Die Zuckungen haben aufgehört«, sagte ich und sah Eric an.
»Er sieht ruhig aus.«
»Ja.«
»Es wird vermutlich nicht anhalten.«
»Was hält schon an?«
Beide betrachteten wir Eric, dessen Gesicht so dünn und ausgemergelt aussah. Ich nahm seine Hand, die kühl und noch immer lebendig war.
Hank sagte: »Vergiß nicht, du bist seine Stellvertreterin im Willen.«
»Das vergesse ich schon nicht, aber er steht ja noch nicht am Rand. Ich meine … du weißt schon, Hank«, ich verbiß mir die Tränen, »er ist noch nicht bereit.«
»Ich hoffe, du hast recht, aber wenn es soweit ist, dann ist es eben so.« Hank rieb meine Schulter, und während er das tat, spürte ich, wie sich eine Faust um mein Herz krampfte, weil ich es plötzlich wußte.

»Nein«, schluchzte ich, »noch nicht, Hank.« Ich starrte Eric an, der so heiter schien, der so unbeweglich schlief, der so verletzlich war.

»Es wird nie leichter, Alex«, sagte Hank. »Tut mir leid.«

Seine Hand hatte mich losgelassen; ich blickte nicht auf, um ihm nachzusehen.

Es dauerte bestimmt noch fünf Minuten, ehe ich aufstand, um die Tür zu schließen. Als ich mit Eric allein war, fragte ich ihn, was ich tun sollte, ich flehte ihn an weiterzuleben, küßte seine geschlossenen Augen, wickelte ihn aus den Bettdecken und dem Krankenhausnachthemd und starrte auf den Körper, der nicht mehr Eric war, der es nie mehr sein würde, der ihm aber ähnlicher sah als jeder andere. Dann mußte ich voll Entsetzen mit ansehen, wie sich die Ruhe in spastische Krämpfe verwandelte, die ihn unzählige Stunden zucken und sich winden ließen.

»Können Sie denn gar nichts machen?« fragte ich, als Erics Krämpfe den zweiten Tag andauerten. Die Gruppe von Ärzten, insgesamt fünf, hatte sich zur Morgenvisite um sein Bett versammelt und starrte ratlos auf seine krampfartigen Zuckungen.

Ein älterer Herr wandte sich an einen neben ihm Stehenden: »Generalanästhesie wäre noch immer eine Möglichkeit.«

»Dazu müßte er auf die Intensivstation«, antwortete der andere. Das rief bei dem ersten ein Stirnrunzeln hervor, und sein Kopf wippte in schnellem, kurzem Nicken.

Eric trat kraftvoll gegen das Bettgeländer, und augenblicklich erschien eine purpurrote Schwellung an seinem linken Knöchel.

»Bitte beenden Sie das«, weinte ich, rannte zu Erics Bein, versuchte es einzufangen, rieb es, küßte es, versuchte alles.

»Die Intensivstation ist in diesem Fall nicht das Passende«, sagte der ältere Arzt. Die restlichen Ärzte in der Gruppe waren jünger; sie sahen entweder geistesabwesend oder entsetzt aus, für sie war jedes eigene Blinzeln eine gnädige Erlösung vom Anblick von Erics Elend. Als ich mich umdrehte, um einen kalten Lappen zu holen, marschierten sie hinaus, ein Haufen nutzloser Fachleute. »Scheißkerle!« rief ich ihnen durch den Korridor vor Erics Zimmer nach, und mehrere Krankenschwestern drehten sich um und starrten mich an. Die Gruppe verschwand im Zimmer eines anderen Patienten. »Scheißkerle! Scheißkerle! Scheißkerle!« tobte ich und knallte die Tür zu. »Scheißkerle!« sagte ich, als ich vor Eric stand, und er wurde still. »Nein«, sagte ich und trat eilig neben ihn. »Dich habe ich nicht gemeint, Liebster. Ach.« Ich sank in den Stuhl neben seinem Bett und beobachtete, wie er nach Luft schnappte.

Ich weiß nicht, wann der Vormittag in den Abend überging. Jeder kam zu Besuch, aber ich ließ mich nicht ablösen, und schließlich waren Eric und ich wieder allein, atmeten einer die Luft des anderen und warteten. Ich schaltete das Licht nicht an; ich merkte nicht, wie spät es war. Ich stieg zu ihm ins Bett. Er hatte noch die Kraft, seine Brust an meine zu schieben, meine Nähe zu genießen, seinen Atem gegen meine Wange zu richten. Dann umarmte ich ihn; er lag nur da. Ich küßte ihn; er lag nur da. Ich setzte mich auf ihn; er lag nur da. Ich bedeckte seinen Mund und die Nase mit der Hand, nahm ihm den Sauerstoff; er lag nur da. Ich entfernte die Hand und saß noch immer auf einem Körper, der leichter war als meiner, geliebter als irgendein anderer, und er lag nur da.

»Eric«, flüsterte ich. Er lag nur da. »Sag mir nur, daß du mich liebst«, sagte ich. Er lag nur da. Ich fuhr fort: »Ich habe mit deinem Vater geredet. Er hat gesagt, da wäre nichts zu verzeihen … er liebt dich.« Er lag nur da.

Schließlich stieg ich aus dem Bett, schob das Gitter nach unten und kniete mich auf den Boden, meine Lippen an seinem Ohr. »Danke, daß du mir gezeigt hast, wie man tapfer ist«, flüsterte ich und schluchzte. Er lag nur da. »Du wirst jetzt wohl gehen«, fuhr ich fort, mit bebender, schreckerfüllter Stimme. Er lag nur da. »Eric? Eric?« flehte ich. Er lag nur da. Ich betrachtete ihn. Nichts. »Eric«, sagte ich, »habe ich recht?« Er lag nur da. Dann wiederholte ich schnell: »Du wirst jetzt wohl gehen.« Ich gab ihm Zeit zur Antwort, und als er nicht antwortete, fügte ich hinzu: »Ich bleibe hier.« Ich sank auf dem Boden zusammen.

Er hatte wieder Anfälle, zweimal. Bei jedem Anfall blieb ich bewegungslos sitzen. Als er wieder still wurde, stand ich auf, und kurz darauf atmete er aus, lang und flach, hinüber in die Ewigkeit. Er glitt mir durch die Finger und hinein in den Riß, wo niemals mehr ein weiterer Atemzug nötig sein würde. Ehe er ging, hätte ich schwören können, daß er lächelte.

Ich lehnte mich in der Dunkelheit gegen die Wand, kämpfte gegen den Drang an, ihn zu retten, durch die Korridore zu stürmen und nach den Krankenschwestern zu schreien, den Alarmknopf zu drücken, hineinzubrüllen in den Tunnel des Vergessens. Statt dessen saß ich schweigend da und wartete, bis ich sicher wußte, daß es zu spät war. Ich war diejenige, die ihn gehen lassen mußte.

Nach einer Weile schaltete ich eine Lampe ein, um mir Eric noch einmal genau einzuprägen, und was mich da anstarrte, war der Hexenmeister, leuchtend bunt auf Erics durchscheinender Haut. Erst jetzt wurde mir klar, daß der Hexenmeister, unser Hexenmeister, mit Eric gehen würde und mit ihm sein Aufruf zum Leben, die Hoffnung, wo sie gebraucht wird. Ich empfand eine übernatürliche Ruhe, als ich ein Stück Papier vom Nachttisch nahm und gründlich und sorgfältig zu zeichnen begann; es war wichtig, daß ich alles richtig machte.

Ehe ich ging, schaltete ich das Licht aus und setzte mich zu Eric. Ich nahm seine Hand, die mir soviel Freude geschenkt hatte, und ich fühlte mich glücklich. In diesem Augenblick sah ich dem

Tod offen ins Antlitz, und was ich erkannte, war der Preis des Lebens.
Ich verabschiedete mich nicht, als ich die Tür zur Dunkelheit schloß.
Mit der Zeichnung in meiner Jeanstasche stieg ich auf den »Geölten Blitz«, fuhr vom Parkplatz des Krankenhauses und hinaus auf die Straßen, die mitternächtlich schwarz und einsam waren. Bis zum Morgengrauen fuhren wir ins Nirgendwo.

Sie warteten auf mich, als ich zu meiner Wohnung kam: Pammy, Jerry, Hank und meine Eltern, mit Gesichtern, die grau waren vor Sorge. Es erschreckte mich, sie auf der Treppe zu meinem Wohnhaus versammelt zu sehen; jetzt konnte ich nichts mehr verleugnen. Ich stellte den »Geölten Blitz« ab, als mein Vater auf mich zukam.
»Liebes«, begann er, »ich weiß nicht –«
»Ich weiß es schon, Daddy«, sagte ich und begann zu weinen. Wir umarmten uns. »Er ist gegangen, einfach gegangen«, murmelte ich.
»Es tut mir so leid«, sagte Daddy. Die Tränen liefen ihm herab, und er begann zu schluchzen, als meine Mutter dazutrat und uns ebenfalls umarmte. Ich kam mir vor wie begraben, beinahe erstickt; es dauerte Minuten, ehe ich mich von ihnen lösen und mich aufrichten konnte.
Meine Stimme bebte vor Trauer, als ich fragte: »Wo ist er?«
Meine Mutter antwortete: »Im Krankenhaus.«
Ich schüttelte heftig den Kopf, und die Bewegung ließ Pammys helle Kopfhaut, ihr schwarzes Trägerhemd, Jerrys dunkles Haar und Hanks glitzernde Brille vor meinen Augen verschwimmen. »Nein, Mom, ich meine nicht, wo sein Körper ist, ich meine, wo ist *er*?«
Mom sah verwirrt aus. Sie streckte den Arm aus, strich mir das

Haar aus dem Gesicht und hielt es zu einem Pferdeschwanz zusammen. Ich entzog mich ihrem Griff mit einem Ruck, ging weg von ihr und meinem Vater und fühlte die Besorgnis der beiden drückend, schwer und lastend in meinem Rücken. Und da stand Pammy, das Gesicht rot und tränenverschmiert, mit muskulösen Armen, wie Eric sie früher gehabt hatte.
Sie sagte: »Er ist dort, wo er immer gewesen ist.«

40

Wir begaben uns in Hanks Büro, um miteinander zu reden. Mein Hirn war wie vernebelt. Die Sonne schien unvorstellbar hell. Leute gingen zu Fuß oder fuhren im Auto vorbei; Blätter rauschten im Wind. Dumpf wurde mir bewußt, daß dies alles immer so sein würde. Für die Welt, für den Lauf der Dinge im allgemeinen, war gar nichts passiert, oder, schlimmer noch, es war etwas ganz Gewöhnliches passiert.

Als ich für die kurze Fahrt zu Hanks Büro hinten in den Wagen meiner Eltern stieg, hätte ich den Vorübergehenden am liebsten zugeschrien, ich sei nicht mehr so wie sie, ich sei vernichtet, zerstört, beschädigt für den Rest meines Lebens. Selbst Daddys Hinterkopf und Moms Hand in der meinen kamen mir fremd vor. Erics Tod war mir zugestoßen und hatte mich in eine andere Person, eine Außenstehende, verwandelt.

Ich führte meine Eltern zu Hanks Büro im Aids-Projekt; Hank, Pammy und Jerry waren schon vor uns eingetroffen.

»Nun«, sagte Hank, nachdem wir alle saßen, »es ist nicht sehr angenehm, aber als Erics Rechtsanwalt habe ich ein paar bürokratische Dinge zu erledigen.«

»Natürlich«, sagte mein Vater. »Das verstehen wir.« Er faßte nach meiner Hand.

Hank fuhr fort: »Da ist zunächst das Testament ...«

»Was ist mit Erics Eltern?« fragte ich. »Sollten wir nicht –«

»Nein«, sagte Pammy. »Es ist mir scheißegal, was dieses Ding da besagt. Meinem Vater steht überhaupt nichts zu.«

»Es geht hier nicht um einen dicken Batzen Geld«, sagte Hank.

»Das ist mir gleichgültig«, protestierte Pammy und sprang ärgerlich aus ihrem Stuhl auf. »Dieses Arschloch bekommt überhaupt nichts von seinen Sachen!« Da sie nicht wußte, wo sie hingehen sollte, setzte sie sich wieder. Ihr Gesicht war angespannt, und ihre Augen blitzten.

»Vielleicht wäre es das beste, wir lesen es einfach durch, so wie Eric es gewünscht hat«, meinte Hank. »Jeder, der im Testament erwähnt wird, aber nicht anwesend ist, wird per Post benachrichtigt.« Pammy verschränkte die Arme, saß auf trotzige Art breitbeinig da und sagte nichts.

»Bist du damit einverstanden?« fragte mich Hank. Ich nickte; Daddys Hand drückte die meine fester.

»In Ordnung«, sagte Hank, »dann fangen wir an: ›Ich, Eric Ricardo Moro, im Vollbesitz meiner geistigen und körperlichen Kräfte, vermache hiermit meine weltlichen Besitztümer wie folgt: Pammy Moro, meiner kleinen Schwester, der besten Kameradin meiner Kindheit, die Geheimnisse treu bewahrt hat, hinterlasse ich meine Lederjacke, alle Kondome, die ich nicht schon verwendet habe, und meine sämtlichen Hüte und Mützen, die sie vor Sonnenbrand und beißendem Frost schützen sollen.‹« Wir sahen Pammy an. Ihr Gesicht zeigte ein verzerrtes Lächeln, mit dem sie gegen die Tränen ankämpfte. Hank schluckte und fuhr fort: »›Jerry Moro, meinem kleinen Bruder, dem Eric-Doppelgänger und netten Jungen, hinterlasse ich meinen Baseball-Handschuh, meine medizinischen Lehrbücher und meine umfangreiche Sammlung unbenutzter Socken und Unterwäsche. Tut mir leid, Kleiner, mein Talent nehme ich mit, aber um dich mache ich mir keine Sorgen.‹« Hank blickte auf und wartete auf eine Antwort. Jerry weinte schweigend, wie es erwachsene Männer zu tun pflegen.

Ich nickte Hank zu, er solle fortfahren, obwohl mein Atem schnell und flach ging.

»›Den Menschen, die mir Zuneigung zeigten, wie das nur Eltern können, Wilma (Mom) und Milton (Daddy) Taylor, hinterlasse ich: Mom meinen Basketball und Daddy meine Kunstbücher.‹«

»Er hat die Ränder vollgezeichnet«, sagte ich. Ich fühlte, wie sich Daddys Hand anspannte, und sah Mom weinen.

»Bin ich die nächste?« fragte ich.

Hank nickte.

Ich holte tief Luft und stand auf. »Tut mir leid«, sagte ich.

»Das ist schon in Ordnung«, sagte Hank. »Wir können diesen Teil überspringen.«

»Nein, ich möchte es hören. Aber dazu muß ich allein sein.«

»Natürlich, Liebes, das verstehen wir«, sagte Mom.

»Daran hätten wir selbst denken sollen«, bemerkte Daddy.

Nachdem alle gegangen waren, trat ich an Hanks Schreibtisch.

»Macht es dir etwas aus, wenn ich es selbst lese?« fragte ich.

Er schüttelte den Kopf und reichte mir das Dokument.

»Ich kann ihn so deutlich hören«, sagte ich. »Ich sehe ihn vor mir, wie er am Anfang war, als ich ihn gezeichnet habe.«

Hank nickte.

»Hank«, sagte ich, »er ist mir jetzt so nah, noch mehr als im Leben.«

»Ich weiß«, sagte Hank. »Behalte das.«

»Wie denn?«

»Du wirst deinen eigenen Weg finden.«

»Dann sollte ich das jetzt wohl lesen«, sagte ich, schwenkte das Dokument und ging hinüber zum Fenster. Das Testament bestand aus nicht mehr als einem Blatt Papier, das trocken und leicht in meiner Hand lag. Ich begann schweigend zu lesen: »Alexandra Taylor, der aufregenden, leuchtenden, leidenschaftlichen Liebe meines Lebens, hinterlasse ich mein Herz, meine Seele, meinen Körper, meine Leidenschaft und meine Ewigkeit. Du, Alex, bist der Grund dafür, daß ich nicht traurig oder wütend bin, weil ich gehen muß oder weil ich nicht genug gehabt habe, denn du hast dafür gesorgt, daß es genug war. Ich danke dir. Ich hinterlasse dir den ›Geölten Blitz‹, mein Harley-Davidson-Motorrad, dem du seinen Namen gegeben hast, meine sämtlichen weltlichen Besitztümer, soweit sie nicht anderweitig vergeben sind, insbesondere meine Hemden, die du dir so gern ausgeliehen hast, meine Cowboystiefel, in denen du so süß aussiehst, meine Rezepte, bei denen es dir nie gelingen wird, sie nachzukochen, mein Stethoskop, mit dem du so gern gespielt hast, mein Adreßbuch, auf das du so neugierig warst, meine Jeansjacke, die du praktisch schon gestohlen hast, meine Fotos, auf denen hauptsächlich du zu sehen bist, meine Kamera, die noch mehr Fotos von dir machen soll, und alles andere, was du von meinen Sachen haben möchtest. Ich hinterlasse dir, Alex, all meine Träume von Erfolg und Ruhm, meine Sehnsüchte und mein Engagement, alles, was ich bin, auch wenn du es nicht brauchst, weil du viel mehr hast. Ich hinterlasse dir sämtliches Geld, das du mit mir in Verbindung bringen kannst, und alle Zahlungen aus Prozessen, die in meinem Namen geführt werden. Wie ich dich kenne, wirst du schon wissen, wie du es ausgeben mußt. Ich werde dich immer lieben. Meinen Eltern –«

Ich hob den Kopf, sah Hank an und holte Atem. Mein Gesicht war tränennaß, weil ich wußte, daß jetzt von Eric keine neuen Worte mehr kommen würden, daß ich von jetzt an nur noch Worte aus vergangenen oder phantasierten Gesprächen hören würde.

»Ich hole die anderen wieder herein«, sagte ich.

Als wir wieder saßen, fuhr Hank mit der Verlesung fort: »›Meinen Eltern, Roberto und Patricia Moro …‹« Hank zögerte, Pammys Kiefer spannte sich an, aber sie schwieg, als er weiterlas: »› … hinterlasse ich Erinnerungen, die sie verwenden können, wie sie möchten. Und Liebe.‹« Pammy atmete hörbar aus, Jerry hielt ihre Hand. Wir waren still.

»Das ist das Testament«, sagte Hank. »Jetzt geht es noch um die sterblichen Überreste.«

»Seinen Körper?« fragte ich.

»Ja«, erwiderte Hank. »Als seine Stellvertreterin im Willen, Alex, kannst du für Eric in seinem Namen sprechen.«

»Er wollte eingeäschert werden. Er bat mich, seine Asche zu verstreuen«, sagte ich, und meine Worte klangen unwirklich.

»Das hat er mir auch gesagt«, meinte Hank. »Hat jemand mit Erics Eltern Kontakt aufgenommen?«

»Nein!« Das war wieder Pammy. »Die könnt ihr vergessen. Sie interessieren sich ohnehin nicht dafür.«

Meine Eltern sahen erschrocken aus, sagten aber nichts.

»Das ist nicht wahr«, sagte ich. »Sie haben versucht, Eric nach Chicago zu holen, um ihm zu helfen.«

»Das ging nicht um Hilfe«, sagte Pammy. »Dabei ging es nur darum, daß Vater seinen Willen bekommt.«

»Vielleicht, aber Eric hat seinen Vater und seine Mutter nicht gehaßt. Er hat mir einmal wörtlich gesagt, daß er nichts dagegen habe, wenn sie nach seinem Tod irgendwelchen katholischen Schwachsinn machten.«

»Tatsächlich?« fragte Hank.

»Ja«, sagte ich.

»Eric haßte die Kirche, er haßte den Katholizismus«, sagte Pammy.

»Er hat mir erzählt, er sei kein Katholik«, sagte ich, »aber er sagte, seine Eltern könnten einen katholischen Gottesdienst abhalten.«

»Ich werde mit den Moros Kontakt aufnehmen«, sagte Hank. Er sah mich an. »Das war's dann wohl«, fügte er hinzu.

Wir standen auf.

»Warum kommst du nicht mit uns nach Hause?« fragte mich Daddy.

Ich schüttelte den Kopf. »Danke, aber ich bleibe lieber allein.«

»Bist du sicher?« erkundigte sich Mom.
»Ja, macht euch keine Sorgen.«
»Wir lieben dich«, sagte Daddy und umarmte mich.
»Ich liebe euch auch.«
Sie betrachteten mich voller Trauer, in der Hoffnung, mir etwas von meiner Traurigkeit abnehmen zu können, aber es war zuviel, zuviel für uns alle.
Nacheinander verließen wir das Büro.
»Bis bald«, sagte ich und ging zur Toilette.
Als ich fünf Minuten später durch den Korridor zurück zu Hanks Büro ging, holte mich Pammy ein.
»Es gibt noch etwas, das ich dir erzählen muß, Alex«, sagte sie. »Über Eric.«
»Was?«
»Ich wollte es nicht vor deinen Eltern und vor Jerry sagen, aber Eric hat dieses Geheimnis sein ganzes Leben lang bewahrt.«
»Ein Geheimnis?«
»Er wollte, daß ich es dir erzähle, wenn er nicht mehr ist.«
»Ich weiß nicht, wieviel ich heute noch ertragen kann, Pammy.«
»Er hat mir vertraut. Ich habe versprochen, daß ich es dir erzähle.«
»Na gut.«
»Können wir uns hier unterhalten?«
Ich sah mich in dem Korridor um. Er war leer. »Ich glaube schon«, sagte ich.
»Gut. Also dann. Eric ist mißbraucht worden, als er zwölf war.«
»Mißbraucht? Sexuell?«
Sie nickte. »Von dem Priester in der Gemeinde meiner Eltern. Demjenigen, der noch immer dort ist.«
»Nein«, sagte ich.
Sie nickte. »Und Dad hat sich geweigert, Eric zu glauben, vielleicht, weil er mit dem Geschehenen nicht fertig wurde. Er sagte,

Eric sei schmutzig und ein Sünder, weil er sich so etwas ausgedacht habe.«

»Aber er sagte die Wahrheit.«

»Natürlich, aber die ganze Sache hat meinen Vater abgestoßen. Er konnte das nicht ertragen, daher hat er sich abgewendet.«

»Und deine Mutter?«

»Sie hat nie etwas davon erfahren.«

»Aber warum hat dein Vater den Priester nicht zur Rede gestellt?«

»Weil es seine Welt auf den Kopf gestellt hätte, wenn er Eric geglaubt hätte.«

»Was war mit Erics Welt?«

»Die wurde geopfert.«

Ich wollte das alles nicht hören, aber jetzt setzte sich das Puzzle zusammen, ergab endlich einen Sinn: Erics Widerstand gegen eine kirchliche Heirat, die »Vorschriften« seines Vaters, die Eric nie verstanden hatte, die er aber, seinem Eindruck nach, verletzt hatte, sein überwältigendes Bedürfnis, Tiffany zu retten, einen geschlagenen, ebenso mißbrauchten Menschen, eine verwandte Seele.

»Aber warum hat Eric sich selbst die Schuld dafür gegeben, daß sein Vater ihn ablehnte?« fragte ich.

»Eric hat es sich zu Herzen genommen, als mein Vater sagte, er sei schmutzig. Nach dem, was geschehen war, kam er sich tatsächlich schmutzig vor und glaubte, er sei irgendwie selbst schuld daran gewesen.«

»Er war doch noch ein Kind.«

»Ja, und er war voller Ehrfurcht vor Vater. Er konnte nicht glauben, daß Vater unrecht haben könnte, daher hat er sich selbst die Schuld gegeben.«

»Aber der Priester war doch schuld daran.«

»Das wußte Eric vom Verstand her, aber gefühlsmäßig war das

viel schwerer zu begreifen. Auf jeden Fall hat es nichts daran geändert, daß er sich immer mit den Augen meines Vaters sah. Trotzdem ging Eric danach nie mehr in die Kirche. Er hat sich vom Katholizismus losgesagt, und das hat meinen Vater aufgebracht.«

»Eric hat mir erklärt, er wolle nie zum Heuchler werden.«

»Wie es dieser Priester ist. Dennoch, Eric hat sich so sehr gewünscht, daß mein Vater ihn liebt.«

»Und ihm verzeiht.«

»Ja, aber mein Vater hat Eric nie verziehen, daß er die Wahrheit gesagt hat. Und nachdem Eric krank wurde, fühlte mein Vater sich verantwortlich.«

»Verantwortlich? Wofür?«

»Weil er ›zugelassen‹ hatte, daß sein Sohn seine Vorschriften, seine Werte, wie immer du es nennen willst, verletzt hat.«

»Du meinst, dein Vater fühlte sich schuldig, weil er Eric nicht mehr verboten hat, weil er lieber ignoriert hat, was Eric tat?«

»Damals konnte er das alles nicht ertragen: Erics Menschlichkeit, seine sich entwickelnde Sexualität, aber rückblickend hat er das Gefühl, er habe Eric zu viele Freiheiten gelassen und aufgrund dieser Freiheiten habe Eric sich mit Aids angesteckt.«

»Aber man kann seine Kinder doch nicht einsperren!«

»Wenn mein Vater es gekonnt hätte, hätte er das getan.«

»Aber durch sein Verhalten hat er das Gegenteil bewirkt.«

»Du hast recht. Mich hat er schon vor langer Zeit verloren, als ich sah, wie er Eric behandelte.«

»Und jetzt hat er auch Eric verloren.«

»Und deshalb fühlt er sich schuldig. Mit Liebe hat das kaum etwas zu tun.«

»Aber Eric hat ihn geliebt.«

»Das mußte er, um zu beweisen, daß mein Vater im Unrecht war.«

»Warum hat mir Eric nie von dem Priester erzählt?«
»Wenn man so etwas erzählt, fangen die Menschen an nachzudenken, genau wie mein Vater.«
»Aber er kann doch nicht gedacht haben, ich würde ihm nicht glauben!«
»Nein, aber es ist sehr schwer, diese Vorstellung abzuschütteln, wenn man die Erfahrung einmal gemacht hat. Er wollte das, was ihr beide hattet, nicht beschmutzen.«
»Und warum solltest du mir das jetzt erzählen, nachdem er gegangen ist?«
»Vermutlich dachte er, es sei noch nicht zu spät und du könntest es irgendwie in Ordnung bringen.«
Ich nickte, aber ohne wirklich zu verstehen. Dann seufzte ich, weil mir diese längst vergangene Mitternachtsmesse einfiel, die Schönheit, die Reinheit, der Glaube, die Hoffnung – und Erics unerklärliche Sturheit, die stahlharte Art, mit der ihm sein Vater den Rücken zugewandt hatte, der Priester mit seiner weißen und goldenen Robe ... ich wollte nicht weiter daran denken.

Erst am Nachmittag erreichte Hank die Moros. Ich trieb mich noch immer in seinem Büro herum, um zu vermeiden, nach Hause zu gehen, als Hank durchkam und Mr. Moro auf den Lautsprecher des Telefons schaltete.
»Mr. Roberto Moro?« fragte Hank.
»Ja. Wer ist da?«
»Hank Brown, der Rechtsanwalt Ihres Sohnes Eric.«
»Rechtsanwalt? Was soll das? Gibt es irgendwelche Schwierigkeiten?«
»Alexandra Taylor ist hier bei mir –«
»Hören Sie, in diesem Fall kann mein Rechtsanwalt –«
»Mr. Moro«, sagte Hank, »Eric ist heute in den frühen Morgenstunden verschieden.«

Stille. Nicht einmal Erstarrung, Keuchen oder ein erschrockener Ton, einfach nichts. Hank und ich wechselten einen Blick und starrten dann erwartungsvoll auf das Telefon.
»Mr. Moro?« fragte Hank.
»Was haben Sie damit zu tun?« fragte Mr. Moro.
»Verzeihung?«
»Ich möchte eine Erklärung, weshalb ich vom Krankenhaus nicht benachrichtigt wurde, weshalb seine Ärzte mich nicht über seinen Zustand informiert haben.«
»Das kann ich nicht beantworten.«
»Wo ist er?«
»Seine sterblichen Überreste sind in der Leichenhalle des Universitätskrankenhauses«, sagte Hank. »Ich rufe an, weil Eric hinterlassen hat, man solle Sie informieren, falls Sie einen Gottesdienst abhalten möchten.«
»Falls wir möchten? Er ist Katholik. Sein Platz ist in den Armen der Kirche.«
»Ich verstehe.«
»Ich werde mich darum kümmern, daß sein Leichnam hierher geflogen wird, nach Chicago.«
»Da ist noch eine andere Sache, Mr. Moro.«
»Was denn?«
»Eric hat Miss Taylor und mir gegenüber erklärt, er wolle eingeäschert werden.«
»Das ist absurd.«
»Alexandra Taylor ist die Stellvertreterin im Willen.«
»Das ist mir vollkommen egal. Ich habe Ihnen doch gesagt, daß er Katholik ist. Wir verbrennen unsere Angehörigen nicht.«
»Sein Wunsch ist gesetzlich bindend.«
»Wer sind Sie?«
»Hank Brown, ich vertrete –«
»Was für eine Religion haben Sie?«

»Auch wenn Sie das nichts angeht, ich bin Baptist.«

»Nun, ihr Baptisten könnt eure Leute ja verbrennen, aber ich werde nicht zulassen, daß mein Sohn in einen Ofen geschoben wird.«

»Mr. Moro«, sagte Hank, »ich spreche hier als Rechtsanwalt Ihres Sohnes, und er hat festgelegt, daß seine sterblichen Überreste eingeäschert und von Miss Alexandra Taylor verstreut werden sollen.«

»Das werden wir ja sehen«, antwortete Mr. Moro und legte auf.

Mr. Moro behielt recht, er holte Eric nach Chicago. Und auch Eric behielt recht, daß er lebend keinen Fuß mehr in eine katholische Kirche setzen würde. Unschön war die Art und Weise, wie Hank und Mr. Moro mit Zähnen und Klauen um die Leiche, die Formalitäten, die Einäscherung und die Asche gegeneinander kämpften. Ich wußte, Hank würde gewinnen – er hatte das Recht auf seiner Seite –, und ich vermutete, daß Mr. Moros Kampf weniger mit Religion, einem Platz im Himmel oder den Wünschen seines Sohnes als mit elterlicher Macht und Kontrolle zu tun hatte.

Schließlich kam man zu einer Einigung. Erics Leiche sollte für den katholischen Gottesdienst, der in Chicago abgehalten wurde, freigegeben und unmittelbar danach eingeäschert werden. Ich würde ihn dann nach Hause transportieren.

Meine Rolle bei diesem Transport rief in mir die Vorstellung wach, wie ich mit einem Linienflug nach Philadelphia zurückkehrte, im Handgepäck die Urne mit Erics Asche. Der ganze Ablauf beunruhigte mich: der Gedanke, die Urne durch das Röntgenkontrollgerät zu schieben, die Entscheidung, wo ich sie im Flugzeug verstauen sollte – unter dem Sitz vor mir oder im Gepäckfach? Wie wäre es mit meinem Koffer? Was geschah, wenn sie aufging? Je mehr ich darüber nachdachte und mir vorstellte, welche Probleme mich erwarteten, wenn ich mit der

Urne ins Restaurant oder in eine Bar am Flughafen oder in die Toilette ging oder wenn sie am Flugsteig neben mir stand, desto mehr wurde mir klar, was für ein Vergnügen Eric daran gehabt hätte. Ich wünschte mir, es mit ihm teilen zu können.
Es mit ihm teilen ... Plötzlich fiel mir ein, daß wir es tatsächlich teilen konnten. Wir würden eine Fahrt unternehmen, wir beide zusammen, eine lange, letzte, großartige Fahrt, über Hügel, bei denen einem der Magen in die Kehle stieg, und durch weite Kurven, in die wir uns tief hineinlegen würden. Der Regen würde auf uns niederprasseln, der Wind und die Sonne würden uns trocknen, der Duft nach weichem, warmem Leder wäre unser Begleiter und blinkende orangefarbene und rote Neonlichter unsere Kunstwerke.
In meinem Rucksack würde ich Eric nach Hause bringen, zu der Melodie, die der »Geölte Blitz« uns sang.

41

Ich trug ein geborgtes schwarzes Seidenkleid, als ich die Kirche betrat, schwankte auf den hohen Schuhen, die ich nur selten trug, und meine Strumpfhose klebte in der Julihitze an meinen Beinen. Dann stand ich im sengenden Sonnenlicht auf den Stufen, nachdem ich zugesehen hatte, wie der kahlköpfige Priester Erics Leichnam segnete, ihn zum letzten Mal berührte, wobei der Hexenmeister unsichtbar blieb, verdeckt von den verschiedenen Lagen aus T-Shirt, Hemd und einem dunkelblauen Anzug. Ich hatte zugesehen, wie Erics Mutter, sein Vater und sein Bruder weinten, wie die anderen beteten, schnieften, seufzten und die Köpfe schüttelten, während Aids nie erwähnt wurde und nur von »Krebs« und »Gehirntumor« die Rede war.

Ich stand allein da. Ich hatte die anderen, meine Familie, seine Freunde, unsere Freunde, gebeten, nicht zu kommen. Ich wollte keinen Trost, keine Trauer und keinen Abschied. Zumindest nicht so.

Schließlich blickte ich auf, und sie waren verschwunden, die Leute, die dagewesen waren, die Leute, die ich nicht kannte. Eilig machten sie sich in ihren Autos auf in eine heile Welt ohne Feuchtigkeit und Zerfall.

»Sie wollten auch nicht mitgehen?«

»Was?« fragte ich. Als ich mich umdrehte, entdeckte ich hinter mir einen jungen Mann, etwa in Jerrys Alter, schwarz gekleidet und mit schweißverklebten Haaren.

»Diesen Teil kann ich nicht ertragen«, fuhr er fort. »Ich habe herumgetrödelt, bis sie weg waren.«

»Wer?«

»Die Beerdigungsgesellschaft.«
»Gesellschaft?«
»Zum Grab«, sagte er.
»Ach du Scheiße!« schnaufte ich. »Das wird er doch nicht tun wollen!«
»Alles in Ordnung?«
»Haben Sie ein Auto?«
»Klar.«
»Sie müssen mich zum Friedhof bringen. Sofort!«
»Ich habe Ihnen doch gesagt, solche Sachen verursachen mir Gänsehaut.«
»Bitte, schnell!«
»Was ist denn los mit Ihnen?« fragte er, während ich ihn am Ärmel über die Wiese zog, zu dem einzigen Wagen, der noch dastand; ich war mit dem Taxi zum Gottesdienst gekommen.
»Ich bin für den Leichnam verantwortlich«, sagte ich. »Er soll verbrannt werden. Bitte bringen Sie mich hin.«
»Na gut, aber ich bleibe nicht.«
»In Ordnung.«
Wir stiegen ein, und er fuhr los. Er war ein Freund von Jerry. Sie seien zusammen im Vorbereitungskurs auf das Medizinstudium, erzählte er. Aber alles, woran ich denken konnte, war Eric in diesem Sarg, wie er in ein lehmiges Loch versenkt und mit schwerer Erde und mit Blumen, die dufteten und bald welken würden, bedeckt würde.
Als wir ankamen, sprang ich aus dem Auto, noch ehe der junge Mann angehalten hatte, und rannte auf die Leute zu, die sich am Grab versammelt hatten. Ich stolperte auf der weichen Erde und sah, wie sie sich erschrocken zu mir umdrehten: der Priester, Mr. und Mrs. Moro und die anderen. Bei meinem Erscheinen wurden ihre Augen groß, und sie wichen zurück.
»Aufhören!« kreischte ich, aber sie hatten bereits unterbrochen.

»Das können Sie nicht machen«, keuchte ich, als ich jetzt vor ihnen stand.
»Verzeihen Sie, junge Dame«, sagte der Priester und sah mir in die Augen. »Das ist eine Beerdigung. Bitte haben Sie Respekt vor dem Verblichenen.«
»Sie hatten keinen Respekt vor ihm, als er noch lebte. Er hat Ihnen vertraut.«
»Verzeihen Sie bitte«, wiederholte der Priester.
»Gott sieht die Wahrheit«, sagte ich.
Der Blick des Priesters blieb zunächst unbeweglich und flackerte dann ganz kurz. Das verriet mir, er ahnte, daß ich wußte, was er getan hatte. Er sah zu Mr. und Mrs. Moro hinüber, um zu prüfen, ob sie es bemerkt hatten.
»Ich fahre jetzt fort«, sagte er und räusperte sich.
»Bitte tun Sie das«, sagte Mr. Moro.
»Jetzt gehört er mir«, sagte ich.
Der Priester las weiter aus der Bibel vor. Seine Stimme war fest, aber seine Finger, die auf den Seiten des Buches lagen, zitterten. Die Trauergäste drehten mir den Rücken zu.
»NEIN!« brüllte ich. Sie wandten sich wieder zu mir um. Mr. Moro kam auf mich zu.
»Verschwinden Sie«, sagte er, faßte mich am Arm und versuchte, mich wegzuführen.
»Das ist ungesetzlich, das wissen Sie genau«, sagte ich und entriß ihm meinen Arm. Er packte ihn schnell wieder, hielt ihn fest umklammert und zog mich mit sich.
»Machen Sie weiter«, befahl er dem Priester, und wir begannen zu raufen.
Die Stimme des Priesters tönte weiter, aber die Zuschauer starrten uns an. Mr. Moro zerrte an mir, und ich zerrte ebenfalls. Plötzlich sah ich aus dem Augenwinkel den jungen Mann, der mich zögernd hergefahren und geschworen hatte, gleich wieder

zu gehen. Statt dessen war er geblieben, um die dramatische Szene zu beobachten. Er war jetzt aus seinem Wagen gestiegen und stand neben uns.

»Soll ich die Polizei rufen?« fragte er.

Wir hörten mit der Balgerei auf und starrten ihn an.

»Gute Idee«, sagte Mr. Moro, und der junge Mann lief eilig davon.

Jetzt wußten wir nicht, was wir tun sollten; der normale Ablauf der Beerdigung war unterbrochen. Es herrschte Stille. Selbst der Priester hatte aufgehört zu lesen.

Nach fünf unangenehmen Minuten kamen zwei uniformierte Polizisten den kleinen Hügel herauf, auf dem wir uns versammelt hatten, und erkundigten sich, wo das Problem liege.

»Sie gehört nicht hierher«, sagte Mr. Moro.

»Ich habe hier eine Kopie der Urkunde«, sagte ich und reichte sie den Polizisten. »Ich bin Alexandra Taylor. Ich bin für die sterblichen Überreste des Verblichenen verantwortlich. Er soll verbrannt werden.«

Die Beamten wechselten einen Blick und betrachteten das Dokument lange; zweifellos war es das erste dieser Art, das sie jemals zu Gesicht bekommen hatten. Dann nahm der größere von beiden seine Mütze ab, fuhr sich mit der Hand durchs Haar, setzte die Mütze wieder auf und ergriff das Wort: »Können Sie beide sich denn nicht einigen?«

Wir schüttelten die Köpfe.

»Gibt es keinen Kompromiß?« fragte der andere Beamte.

Ich wollte nicht fragen, wie er sich das vorstellte. Wir schüttelten erneut die Köpfe.

»Nun ja, Sir«, sagte der erste Beamte, »ich habe geschworen, das Gesetz zu vertreten. Ich sehe, Sie haben hier einen Geistlichen, und ich bin selbst Katholik, aber –«

»Verdammt, er ist mein Sohn«, sagte Mr. Moro, aber weniger

zuversichtlich als sonst. Der Beamte warf dem Priester, dessen Schädel in der Hitze zu glänzen begann und der unruhig von einem Fuß auf den anderen trat, einen schnellen Blick zu.
»Tut mir leid, Sir, aber sie hat hier ein Dokument«, sagte der Beamte.
Ich erwartete, Mr. Moro würde erneut behaupten, es sei ungültig, erzwungen oder gefälscht, und auf einer Anhörung oder einem anderen juristischen Verfahren bestehen, aber statt dessen sackten seine Schultern ein wenig nach unten, als hätte man die Luft herausgelassen, und er nickte, ging davon und trat zur Trauergesellschaft.
Ich stand etwa zehn Meter entfernt und nicht direkt neben dem Sarg, Mr. Moro oder dem Priester. Aber ich sah es deutlich, eine Erinnerung, die sich in meinen Geist eingegraben hat. Mr. Moro betrachtete den jetzt schweigenden Priester eingehend, und sein Blick drang unter die kirchliche Aufmachung, unter die schützenden Lagen des geheiligten Gewandes, bis zu dem Mann, der sich darunter befand. Ich beobachtete Mr. Moro, während er es erkannte: den Körper, die Menschlichkeit, die Fähigkeit, Verbrechen zu begehen, die Spitze des Bösen. Ein ahnungsvoller Ausdruck huschte über sein Gesicht, und er warf den Kopf zurück und gab einen tiefen Schrei von sich, den er gen Himmel schickte.
»Geht!« befahl er den versammelten Menschen. Sie starrten ihn an, und erneut stieß er hervor: »Geht!« Seine Fäuste waren geballt, und die verwirrte Versammlung schüttelte die Köpfe, sie sahen einander an und wichen zurück.
»Roberto«, begann der Priester, »in dieser Zeit der Trauer –«
»Verdammter Mistkerl, geh!«
Der Priester schlug mit einem Knall die Bibel zu und ging den Hügel hinunter auf den Leichenwagen zu.
»Pat«, sagte Mr. Moro zu Mrs. Moro, »du bleibst.« Er nahm ihre Hand, und sie knieten sich neben den Sarg. Mr. Moro legte seinen

Kopf darauf und begann zu weinen. Sein Körper zuckte vor Schluchzen, das seine Brust heftig bewegte. Plötzlich schien es mir, als hätte ich noch nie so etwas Trauriges gehört wie die Töne seiner unkontrollierten Trauer. Mrs. Moro stimmte ein, kummervoll in einer höheren Tonlage, in der Gnade der Unwissenheit.

Ich wurde Zeuge dessen, was Eric nie gesehen hatte, nie sehen würde: Sein Vater drückte seine tiefempfundene, wahre Liebe aus, während das Bedauern ihn überfiel und ihn nie wieder loslassen würde.

Eric wurde geglaubt. Und endlich vergeben.

Die Reise zurück nach Philadelphia mit Eric war, wie ich gehofft hatte, lang, anstrengend und atemberaubend. Ich sprach mit ihm, lachte mit ihm, trug ihn auf meinem Rücken und hatte ihn beim Schlafen neben mir. Unterwegs öffnete ich die Urne nicht, obwohl ich versucht war, mit den Fingern durch ihn zu fahren, zu sehen, ob die beiden silbernen Ohrringe überlebt hatten, falls ja, sie in meine Ohren zu stecken, neben den, den er mir nach unserer ersten gemeinsamen Nacht geschenkt hatte.

Ich fragte mich oft, wo er war. Ich spürte ihn ganz nah bei mir, wie die Erinnerung an einen Traum, eine verwehte Wolke, irgendwo und nirgendwo. Es war in der Nacht, wenn die dicken Hotelvorhänge zugezogen waren und das Flackern eines Fernsehers lediglich eine Ahnung von menschlicher Gesellschaft schenkte, daß ich mich am meisten danach sehnte, zu ihm zu gehen, weil ich Angst hatte, er würde mit der Zeit in die ferne Ecke des Vergessens rutschen. Aber ich konnte ihn viel zu deutlich sehen, um seinen Glauben an mich zu enttäuschen, daher schlief ich ein, die Hand auf der kühlen, glänzenden Oberfläche der Urne, und erwachte im Morgengrauen, um weiterzufahren.

Als Eric und ich zum letzten Mal zusammen nach Philadelphia

hineinfuhren, vorbei an den Brücken und dem Fluß, durch die schmalen, holprigen Einbahnstraßen, da wurde mir klar, daß diese Stadt für mich mit ihm verbunden war. Ich begann zu weinen, daß die Tränen nach hinten in die steifen Seitenpartien des Helms geweht und von meinem Haar aufgesaugt wurden. Auf diese Weise, ohne Erics Arme um mich, ohne seine Hände, die mich führten, ohne Zukunft, hatte ich nie nach Hause kommen wollen. Ich fuhr an der Wohnung, die wir gemeinsam bewohnt hatten, vorbei und war nicht in der Lage, einen Blick nach oben zu werfen. Ich fuhr weiter zum Haus meiner Eltern.

42

Ich weiß nicht, wie ich das Jahr nach Erics Tod überstand. Wenn ich durch die Stadt stolperte, entdeckte ich im Glitzern und Zwinkern so vieler fremder dunkler Augen immer wieder seine Seele. Monatelang spazierte ich, nachdem ich die Wohnung aufgegeben und für eine Weile zurück zu meinen Eltern gezogen war, durch die Wohngegend meiner Eltern. Gelegentlich spielte ich Basketball, sah den Kindern beim Baseballspiel zu oder machte mit dem »Geölten Blitz« weite Ausflüge aufs Land. Eric blieb zu Hause im Schrank.

Ich versuchte zu arbeiten und ging noch immer in die Aids-Selbsthilfegruppe; ich begann sogar ehrenamtlich bei Hank im Aids-Projekt zu arbeiten, um mein Bestes zu geben für diejenigen, die nicht überleben würden.

Dort saß ich eines Tages, als Hank aufgeregt ins Büro stürmte.

»Ja!« schrie er. »Ja!« Er begann draußen im Vorzimmer einen Tanz mit dem Rollstuhl aufzuführen.

»Was denn?« fragte ich lachend.

»Wir haben gewonnen, Alex!« sagte er. Er hörte auf, sich im Kreis zu drehen, und faßte meine Hände. »Wir haben endlich für Eric gewonnen.«

»Gewonnen?« fragte ich. »Gewonnen?« Ich ging schon lange nicht mehr zu den Prozessen, weil ich keine Lust hatte, zu sehen, wie eine Geschworenenjury nach der anderen Eric verdammte.

»Ja, liebe Alex«, sagte Hank mit einem breiten Grinsen im Gesicht. »Wir haben gewonnen.«

»Du hast es geschafft!« sagte ich und umarmte ihn.

»Unsere Hartnäckigkeit hat es geschafft«, sagte er. »Und du

bekommst in Kürze ein bißchen Geld, sagen wir, so um die dreieinhalb Millionen Dollar.«

»Was?«

»Das stimmt. Jetzt kannst du es dir leisten, einen ›richtigen Anwalt‹ zu engagieren oder, noch besser, selbst Rechtsanwältin zu werden.« Er lächelte.

»Wenn Eric nur hier wäre ...«

»Er ist in der Nähe, Alex. Er freut sich, daß du das Geld bekommst.«

»Du hast recht, Hank. Aber was war diesmal anders als sonst?«

»Sally ist im Zeugenstand zusammengebrochen. Ich habe dir ja gesagt, sie war der Schlüssel zu diesem Fall.«

»Aber ich dachte, du hättest gesagt, die Geschworenen würden ihr vielleicht nicht glauben, wenn sie zugäbe, früher im Zeugenstand gelogen zu haben.«

»Das ist richtig, aber die Wahrheit hat die Zweifel der Jury schließlich besiegt.«

»Warum hat sie beschlossen, jetzt ehrlich auszusagen?«

»Sie wollte es nicht verraten, aber ich glaube, bei jemandem, der ihr sehr nahesteht, wurde eine HIV-Infektion festgestellt.«

»Tatsächlich?«

Hank hob die Hand. »Das habe ich dir nicht erzählt«, sagte er und rollte in sein Büro.

Ich folgte ihm. »Wir haben Glück gehabt«, sagte ich. Er wandte sich um und sah mich an.

»Wir haben einiges an Arbeit zu erledigen.«

»Ich weiß.« Ich wandte mich zum Gehen, um ihn an den Stapel Papiere auf seinem Schreibtisch zu lassen, und dabei begann ich, mich zu bedanken, ehe ich mich erinnerte, daß er mir das verboten hatte.

Als ich hinausging, hörte ich ihn dennoch flüstern: »Nichts zu danken.«

Das Geld aus dem Prozeß belief sich auf eine enorme Summe. Und es war so typisch für eine Gesellschaft, die einen begabten jungen Mann mit Aids im Stich gelassen hatte, daß sie jetzt – viel zu spät – Dollarscheine auf die Wunde kleisterte. Dennoch war es gerade dieses Geld, das mir erlaubte, die Hexenmeister-Kinderstiftung zu gründen, um Pflegeeltern von HIV-infizierten Kindern zu helfen. Ihr Logo war der Hexenmeister, den ich mir auf meinem linken Schulterblatt, über dem Herzen, eintätowieren ließ.

Und ich studierte Jura, um Erics Worten – die mir Pammy übermittelt hatte –, daß ich es »irgendwie in Ordnung bringen« sollte, einen Sinn zu geben.

43

Es war im Herbst, mehr als ein Jahr nach Erics Tod, als ich mit dem »Geölten Blitz« unterwegs war und bemerkte, daß das grüne Laub sich rot, orange und gelb färbte. Ich mußte an die Ausflüge nach Cape May denken, die Eric und ich jedes Jahr unternommen hatten, an diesen Strand, das nächtliche Schwimmen, die mutige Rettungsaktion, an Regengüsse und den verlorenen Ring.

Es war an der Zeit, Eric fliegen zu lassen.

Am gleichen Nachmittag noch rief ich Joey an; er war immer noch bei der Firma beschäftigt, wo ich früher als Himmelsschreiberin gearbeitet hatte.

»Ja?« antwortete er.

»Joey«, sagte ich, »hier ist Alex Taylor. Erinnerst du dich noch?«

»Ach ja, natürlich. Wie geht's dir?«

»Ganz gut, und dir?«

»Gut. Warum rufst du an, brauchst du einen Job?«

»Nein«, sagte ich und lachte.

»Das ist gut. Mr. Rig hat dir nämlich diese Geschichte von damals immer noch nicht verziehen.«

»Ich weiß.« Ich zögerte. »Ich rufe eigentlich an, weil ich dich fragen wollte …«

»… ob ich mit dir ausgehe?«

»Na ja …«

»War nur Spaß. Was kann ich für dich tun?«

»Einen wahnsinnig großen Gefallen, Joey. Bitte. Ich will mir morgen ein Flugzeug ausleihen, falls das Wetter gut ist.«

»Ausleihen? Also weißt du!«

»Dann eben mieten. Ich weiß, daß Mr. Rig am Vormittag nie da ist, und ich brauche es nur ein paar Stunden. Ich bezahle auch.«

»Es gibt keine Möglichkeit –«

»Es bedeutet mir sagenhaft viel, Joey. Ich kann dir gar nicht sagen, wieviel.«

»Wirst du etwas schreiben?«

»Ja.«

»Was?«

»Mußt du das unbedingt wissen?«

»Hör zu, es gibt nur eine einzige Art und Weise, wie ich das drehen kann, nämlich daß ich Mr. Rig erzähle, ich sei geflogen und ein Kunde habe für die Schrift bezahlt. Wenn du irgend etwas Verrücktes schreiben willst, dann kostet mich das meinen Kopf.«

»Ich werde nur schreiben: ›Eric, ich liebe dich.‹«

»Du hast wohl noch immer denselben Freund?«

Ich antwortete nicht.

»Es wäre sehr viel einfacher, wenn du mich das machen läßt, Alex.«

»Das wäre nicht das gleiche.«

»Er würde den Unterschied gar nicht merken.«

»Glaub mir, er würde es wissen.«

Er wartete; ich konnte hören, wie er überlegte. Diese Arbeit war Joeys Leben; eines Tages würde ihm der Laden gehören. »Na gut«, sagte er schließlich, »aber nur unter einer Bedingung.«

»Ich bezahle den üblichen Preis, oder mehr, wenn du willst.«

»Du mußt nur für die Schrift bezahlen.«

»Okay.«

»Aber das ist nicht die Bedingung.«

»Was dann?«

»Versprich mir, daß du mir eine Chance gibst, falls du dich jemals von diesem Typen trennst.«
»Versprochen.«

Der nächste Morgen war sonnig, ein vollkommener Herbsttag, und ich erwachte mit schnell pochendem Herzen. Der Himmel war genau richtig: blau, klar, mit rosafarbenen Wolken am Horizont, wie geschaffen zum Fliegen, eine unberührte Fläche zum Schreiben. Heute war es soweit.
Mom und Daddy hatten darauf bestanden, daß ich auf dem Weg nach New Jersey bei ihnen vorbeischaute. Ich brachte die Urne mit und trug sie unter dem Arm.
Sie saßen am Frühstückstisch und tranken noch Kaffee.
»Willst du erst noch frühstücken?« fragte Daddy. »Deine Mutter hat Pfannkuchen gebacken.«
»Nein, danke.«
»Liebes«, sagte Mom und stand auf, »bist du dir auch wirklich sicher, daß wir nicht mitkommen sollen?«
»Ich bin mir sicher.«
Mom umarmte mich, wobei sie mir die Urne gegen die Rippen preßte. Dann trat sie zurück. »Ich backe Kekse für die Zeremonie heute.«
»Gut.« Mom hatte für heute nachmittag eine Zusammenkunft geplant, um gemeinsam den Tag zu würdigen und an Eric zu denken – als ob wir ihn jemals vergessen würden.

Joey war nervös, als ich ankam. Er scheuchte mich zur Startbahn und schob mich mitsamt meinem Rucksack eilig ins Flugzeug.
»So, du bist beladen und bereit«, sagte er. »Hast du auch wirklich einen gültigen Flugschein?«
»Ja.« Das war eine Lüge, weil ich seit über zwei Jahren die von

der Flugbehörde vorgeschriebene Untersuchung nicht hatte machen lassen, aber ich war gesund und konnte fliegen.
»Wohin fliegst du?« fragte er.
»Nach Cape May«, sagte ich und lächelte.
»Das hast du mir nicht gesagt!« schrie er, als ich den Motor startete. Er wich zurück, und seine Haare peitschten um sein Gesicht.
»Du hast mich nicht gefragt!«
»Aber die Saison dort ist längst aus, da ist gar niemand mehr!«
»Ich weiß!« brüllte ich und winkte. Er blieb auf der Startbahn stehen und starrte mir nach, als ich in Richtung Ozean startete.
Ich fand es aufregend, wieder zu fliegen; ich liebte den kalten Höhenwind, und als ich an die Küste kam, war ich in Hochstimmung, lebendig, bereit. Ich flog ein paarmal über den Strand und erinnerte mich, überlegte, wo wohl der Ring geblieben war, ob er im Sand vergraben lag oder ins Meer gespült worden war, wo er sich der Ewigkeit näherte. Ich fragte mich, warum wir nicht öfter hergefahren waren. Ich fragte mich, ob ich jemals wieder herfahren würde.
Ich blickte auf die Urne neben mir und sagte: »Ich liebe dich, Eric.« Dann begann ich, die Botschaft zu schreiben, die er nie sehen würde, die vielleicht niemand außer mir sehen würde, und auch ich nur, wenn sie sich bereits wieder auflöste. Es dauerte mehr als zwanzig Minuten, sie zu schreiben, und als ich fertig war, flog ich hinaus über den Ozean, öffnete die Urne und hielt sie in die Höhe, hinaus und nach hinten, damit der Wind den Inhalt mitnahm. Es schien mir zu wenig, ihn ganz an einem Ort zu verstreuen, selbst wenn dieser Ort so groß war wie der Ozean oder so schön wie der Strand, daher machte ich mich auf den Rückweg zum Flughafen und ließ ihn dabei hinausfliegen, über Farmen, Städte und Straßen.
Jetzt wußte ich sicher, was ich immer gewußt hatte: daß Eric nie

hätte begraben werden können, er wäre nicht liegengeblieben. Er mußte mittendrin sein, in allem, eine graue Flocke, die auf die Spitze eines Cowboystiefels fiel, ein verkohltes Stückchen zwischen den Stäben an einem Basketballkorb, Asche, die lose auf der Brust einer Frau lag. Das war Eric.

Er war nicht verschwunden. Er war jetzt überall.

When a man loves a woman

(60504)

(60462)

(60428)

(60676)

(60677)

(60678)

Gesamtverzeichnis
bei Knaur, 81664 München

Knaur